PATIENTS
SI VOUS SAVIEZ

Christian Lehmann est né en 1958. Médecin généraliste en région parisienne, il a publié son premier roman, *La Folie Kennaway*, en 1988. Ont suivi une dizaine de romans, dont *La Tribu*, fondé sur son expérience en service de réanimation cardiaque, *No pasarán, le jeu*, un roman pour adolescents édité dans le monde entier, et plus récemment *Une éducation anglaise*, un roman autobiographique sur son adolescence et *Patients si vous saviez*.

Christian Lehmann

PATIENTS SI VOUS SAVIEZ

Confessions d'un médecin généraliste

TÉMOIGNAGE

Robert Laffont

Cet ouvrage est publié en collaboration avec Sylvain Bourmeau,
conseiller littéraire de la collection Points.

TEXTE INTÉGRAL

ISBN 978-2-7578-0438-4
(ISBN 2-221-09800-5, 1re publication)

© Éditions Robert Laffont, S.A., Paris, 2003

À la mémoire
du Dr Reynolds Rohan (1881-1951)

« Fais ce que dois, advienne que pourra... »

Avertissement

Le code de déontologie médicale fait obligation au médecin de respecter le secret professionnel (article 4). Il existe une autre obligation, déontologique et légale : le devoir d'informer et d'éclairer (article 35).

Lors de l'apprentissage des étudiants en médecine, le médecin enseignant est amené à utiliser des « cas réels simulés » : il s'agit de situations cliniques bâties à partir de son expérience et de sa pratique, permettant une « mise en situation » de l'étudiant.

Dans le même esprit, bien que toutes les situations, histoires et cas médicaux dont vous allez lire le récit dans les pages qui suivent soient inspirés de la réalité, il va sans dire que les personnages spécifiques ont été imaginés de toutes pièces aux fins de ce même récit, et sont à ce titre des créations littéraires.

Villers, Île-de-France, un jour de janvier.

C'est un matin d'hiver, pas plus glacial qu'un autre.

J'ai déposé les enfants au collège.

Avant de sortir de la voiture, je scrute les pare-brise gelés des autres véhicules sur le parking de la gare et n'y découvre aucun ticket.

La police municipale ne sort pas quand le thermomètre descend au-dessous de cinq degrés. C'est tant mieux pour elle, et pour moi, car depuis quelques années maintenant le maire a décrété la « tolérance zéro » pour le stationnement des médecins.

À Paris, il suffit aujourd'hui de glisser une pièce dans la fente du parcmètre pour bénéficier le jour durant de l'indulgence des aubergines. Mais ici, à trente kilomètres de la capitale, on traque sans faillir, État de droit oblige, les médecins qui, en visite à domicile, ne prendraient pas le temps de dénicher un parcmètre en état.

Un café au comptoir, un rapide coup d'œil au *Parisien* oublié sur une chaise, et dont la manchette titre sur la grève des gardes de nuit décrétée par les généralistes.

Je traverse le square, pénètre dans le hall d'immeuble. Bonne journée, aucun SDF n'est venu chier dans le hall. Dans la mesure où la présence du cabinet médical à

13

l'étage rend plus délicate la pose d'un digicode à l'entrée, je me suis trop souvent vu contraint de nettoyer le hall à mon arrivée pour ne pas indisposer les autres locataires.

Latifah

Je croyais être en avance, mais à peine arrivé l'interphone sonne. Latifah est venue directement du laboratoire d'analyses, elle s'assied face à moi, me tend l'enveloppe contenant ses résultats. Manque de chance, elle a prélevé ses analyses la veille, et en l'absence de son résultat d'hémoglobine glyquée, la consultation pour le suivi de son diabète n'a aucun sens. Je ne lui ai pas demandé de glycémie. Un patient trop « gourmand » qui se restreindrait volontairement, plus ou moins consciemment, la veille de sa prise de sang pourrait fort bien présenter une glycémie normale à chaque dosage, alors même que des hyperglycémies passées inaperçues dégraderaient ses artères.

J'attends que l'ordinateur s'allume, j'échange quelques mots avec elle, comment se sent-elle, comment va la famille ?

Deux minutes de patience avant d'accéder à son dossier pour vérifier les conclusions de ses trois dernières consultations, qui confirment mon souvenir : elle a pris plusieurs kilos en quelques mois et je crains une déstabilisation de son diabète, qui aggraverait son risque vasculaire. Seul ce résultat d'hémoglobine glyquée, plus fiable qu'un simple dosage du sucre dans le sang, pourrait me renseigner sur la façon dont, lors des trois derniers mois, son diabète a été contrôlé par les médicaments. Et sur un régime apparemment resté lettre morte chez cette jeune grand-mère pour qui bien nourrir sa smala est un devoir incontournable.

J'appelle le laboratoire, au cas où. La secrétaire vérifie. Impossible d'obtenir le résultat avant quatorze heures, Latifah reviendra plus tard. Consultation avortée.

J'hésite entre la satisfaction de pouvoir souffler quelques minutes et l'inquiétude. Comme tous les lundis, l'après-midi va être chargé. On verra plus tard.

Le temps de récupérer sur le site Internet de mon secrétariat téléphonique les nouveaux messages et les rendez-vous, de jeter un œil sur la messagerie où s'amoncellent les mails, et c'est parti pour la matinée.

Auguste et Simone

Auguste et Simone sont venus ensemble.

Auguste pour renouveler son ordonnance d'antihypertenseurs.

Il mime son inquiétude, espère que, cette fois-ci, ses chiffres seront normaux. Il mime, parce qu'il ne peut pas parler : l'accident de la circulation qui a mutilé le bas de son visage a nécessité toute la science du chirurgien, et de nombreuses séances de reconstruction.

Comment puis-je me souvenir d'avoir partagé des fous rires avec lui, alors que je n'ai jamais entendu le son de sa voix ?

À quatre-vingt-cinq ans, il est vif, drôle, et si amoureux de sa femme que leurs silhouettes courbées l'une vers l'autre dans la rue me saisissent à chaque fois.

Auguste se déshabille, se pèse, s'allonge sur le divan d'examen. J'ai tiré le drap de papier très haut pour masquer le fait que la sellerie en skaï, durcie par des années d'utilisation, se déchire de plus en plus aux points de piqûre, laissant apparaître une mousse jaunie d'un effet assez peu hygiénique. Il faut que je trouve un

15

moment pour choisir et faire livrer un nouveau divan : celui-ci a dix-sept ans, l'âge de ma première consultation, il a fait son temps. Un moment, j'ai songé à calfeutrer la plaie avec un adhésif solide, mais il m'a semblé que j'accentuerais encore le misérabilisme en recourant à cet artifice.

Sa tension artérielle reste élevée, sans que je sache quelle part joue dans cette élévation le souci constant que lui cause l'aggravation des difficultés respiratoires de sa femme.

Il se rhabille tandis que Simone, à son tour, vient s'allonger sur le drap d'examen.

Auscultation cardiaque, vaisseaux du cou, tension artérielle, une première fois, puis une deuxième pour vérifier la systolique… Auscultation pulmonaire, palpation abdominale. J'examine ses jambes, la progression insidieuse de sa dermite ocre, ces petites plaques apparues il y a quelques années maintenant au niveau de la face interne de ses chevilles et qui lentement s'étendent au tiers inférieur du mollet, signe apparent de la détérioration de sa circulation veineuse. Elle me parle tandis que je l'ausculte, je lui réponds. Seule une partie de mon attention reste concentrée sur son examen clinique, mais je sais d'expérience que si jamais ces gestes routiniers, rituellement répétés une vingtaine de fois par jour depuis dix-sept ans, décelaient soudain une anomalie, je serais dans l'incapacité de poursuivre la conversation. Je suis comme un radar en veille, à l'affût d'un écho anormal sur mon écran de détection.

Simone, ce matin-là, m'inquiète. Non pas tant parce qu'elle respire avec difficulté, au point que le curseur du débitmètre de pointe dans lequel je la fais souffler pour mesurer sa capacité respiratoire ne bouge pas d'un millimètre, mais parce qu'elle me révèle, au moment où, de retour à mon bureau, je lui remets les

divers papiers administratifs nécessaires à la prolonga-
tion de son oxygénothérapie à domicile, qu'elle attend
la visite d'un médecin-conseil de la Sécu en fin de
matinée.

Les organismes d'assurance maladie emploient
dans leurs services médicaux, théoriquement distincts
des services administratifs, des médecins dont la tâche
est d'évaluer la légitimité des prescriptions ou des
demandes d'invalidité, de contrôler sur le plan médical
les actes financés par les caisses. Ces médecins contrô-
leurs, aujourd'hui appelés « praticiens-conseils », sont
en général assez moyennement appréciés de leurs
confrères en exercice, qui souvent les considèrent comme
des « planqués » travaillant au service d'une administration de tutelle pesante. Bénéficiant des avantages
des salariés en termes de protection sociale et d'horaires de travail, le corps des « medcon » est à la fois
méprisé et envié par les médecins libéraux, dont beaucoup, chaque année, cèdent au mirage des trente-cinq
heures et le rejoignent pour échapper à une activité trop
pesante.

En théorie, tout le monde, en France, peut se soigner sans avoir à s'inquiéter du coût des soins, couvert de manière solidaire par la Sécurité sociale et
les organismes de mutuelle complémentaires. Cela ne
signifie pas que l'accès aux soins ne soit pas payant,
qu'il n'ait pas un coût, mais qu'en France il est possible de se soigner, de soigner ses enfants ou ses parents
âgés, sans remettre en question son existence sociale,
sans hypothéquer son existence, comme c'est parfois
le cas aux USA.

Corollaire de cette liberté : l'existence d'un service
de contrôle médical, chargé de vérifier la bonne utilisation de l'argent public. Il est parfaitement légitime,
voire souhaitable, que la Sécurité sociale vérifie le bien-
fondé de ma décision de faire bénéficier Simone d'un

respirateur à domicile. Mais quelques mauvais souvenirs, et un orgueil imbécile que je n'arrive pas à dominer, m'empêchent d'être parfaitement serein. D'autant que si certains médecins-conseils, parmi lesquels on retrouve d'anciens généralistes ayant l'habitude de la pratique en cabinet, ont conscience de la complexité de la relation médecin-patient et de son influence sur l'exercice médical, d'autres n'éprouvent aucun état d'âme lorsque leur est donnée la possibilité d'appliquer les innombrables et contradictoires dispositions de la législation sociale de la manière la plus restrictive possible, quel qu'en soit le prix pour les médecins ou les patients.

Le téléphone sonne comme je les raccompagne à la porte :

« Ne vous inquiétez pas, docteur, on connaît le chemin. »

Kamil au téléphone

C'est Kamil, vingt-huit ans, artisan menuisier, que j'ai vu pour une bronchite la semaine dernière.

« Je suis bloqué du dos », me dit-il. Effectivement, il a passé trois jours à travailler dans un hall d'immeuble, en plein courant d'air.

Quelques questions-réponses précises : la douleur n'est pas insoutenable, n'irradie pas dans les jambes. Il n'a pas de difficulté à marcher, pas de fièvre, arrive quand même à se mouvoir. J'ouvre rapidement sa fiche « patient » à l'écran, vérifie l'absence d'allergies, d'incompatibilités médicamenteuses, de contre-indications. Je lui donne quelques conseils de traitement : ibuprofène à dose maximale pendant trois jours. Bien entendu, me rappeler si la douleur ne décroît pas.

espère ⇒ hope.

Luigi et Helena

Arrivent Luigi et Helena, décidément c'est la matinée des vieux couples. Ceux-là se chamaillent sans cesse, s'envoient des piques. Elle a fait une hémiplégie heureusement résolutive, lui est suivi entre autres pour une hypertension et un excès de cholestérol. Il n'est pas certain que le traitement que je lui donne, efficace et protecteur chez un sujet plus jeune, soit encore utile à son âge. Les études divergent sur ce point, et, dans le doute, la dose médicamenteuse modérée que je lui prescris coûte près de 30 euros par mois à la collectivité, sans que je sois certain de lui rendre service. S'il ne fumait pas, ce serait plus simple, mais il accumule les facteurs de risque : outre le tabagisme, c'est un homme, et il est hypertendu. Cela m'amène à poursuivre le traitement. D'ailleurs, même si à soixante-treize ans je n'espère pas qu'il arrêtera brusquement la cigarette, je sors quand même de son étui mon analyseur de monoxyde de carbone flambant neuf et lui demande d'y souffler pour mieux apprécier son niveau d'intoxication. Peine perdue, Luigi a du mal à souffler, beaucoup de mal. La prochaine fois, lui aussi aura droit à mon débitmètre de pointe. Je crains que sa capacité vitale, que j'avais probablement surestimée, ne se révèle particulièrement basse, comme c'est le cas chez de nombreux vieux fumeurs qui, s'étant habitués à leur souffle court, considèrent normale leur gêne respiratoire, au point de ne jamais s'en plaindre.

Quelque part au Texas, les pieds sur son bureau, un adipeux connard nourri aux stock-options pianote sur un site de courtier en ligne pour verser sur un compte paraguayen les dividendes que lui a valu la dernière hausse du cours de l'action de Philip Morris, son employeur. Je me réconforte en songeant qu'obésité et hypercholestérolémie ont quand même du bon, tout en plaignant d'avance les aides-soignants qui devront transférer ce salopard du brancard des urgences sur son lit de soins intensifs cardiaques.

Imaginez qu'un industriel perde chaque année 1 % de sa clientèle… De quoi donner la chair de poule aux actionnaires et faire tomber quelques têtes, n'est-ce pas ? L'industrie du tabac, elle, *tue* chaque année 1 % de sa clientèle. En ces temps de dégringolade boursière, cette information n'inquiète pourtant guère les dirigeants de Philip Morris et de Reynolds. C'est avec « une confiance et un optimisme bien fondés » que les industriels du tabac ont abordé le nouveau millénaire. Confrontées depuis de nombreuses années à la lente montée en puissance du mouvement antitabagique, ces compagnies ont vu leur capacité de nuire rognée dans les pays occidentaux. Aux USA, au rez-de-chaussée des gratte-ciel, en Grande-Bretagne, sous le porche des banques de la City, la « tribu de la porte d'entrée » brave le vent et la pluie pour en griller une devant des immeubles où la cigarette est interdite. Et, sur le plan judiciaire, les procès américains ultramédiatisés intentés à la fin des années 90 par des familles de fumeurs contre l'industrie du tabac ont bénéficié du soutien de l'administration Clinton et tiré parti de la révélation des « documents Brown-Williamson », recueil de mémos internes confirmant que, dès les années 60, l'industrie du tabac connaissait, grâce à des études privées, la nature addictive du tabac et le lien entre tabac et cancers des voies respiratoires. En France, en dépit des prises de position de quelques « idiots utiles », figures médiatiques appelées à la rescousse pour défendre la liberté de fumer, et malgré ses faibles moyens sans commune mesure avec ceux de l'industrie, le Comité national de lutte contre le tabagisme a marqué quelques points, notamment en intentant un procès aux cigarettiers qui contournaient l'interdiction de publicité en promouvant leurs marques par le biais de vêtements ou autres articles de sport estampillés de leur logo. Cette technique, difficile à appliquer en Europe de l'Ouest, donne toute la mesure de sa puissance dans les pays en voie de développement, et particulièrement dans les pays de l'Est, où il n'est pas rare que le billet d'entrée à un concert sponsorisé par telle ou telle marque ne soit disponible qu'en échange de quelques paquets de cigarettes vides, manière efficace de fidéliser une clientèle jeune, pauvre, totalement à la merci des campagnes d'affichage vantant un mode de vie à l'occidentale à grand renfort de superbes créatures, de drive-in éclairés au néon et de canyons pittoresques. Car qui, à Kiev, connaît le rapport d'autopsie du cow-boy Marlboro ? L'effondrement de l'Union soviétique a permis aux dealers de tabac de racheter à bas prix des usines locales, de promouvoir le tabagisme dans des pays où la culture de santé publique était quasi inexistante, d'assurer l'asservissement de millions de femmes et de jeunes, sous couvert d'un humanisme de façade et de la sponsorisation de réunions sportives, voire du soutien actif d'économies nationales défaillantes. Comme le déclarait ingénument Dan Quayle, ex-vice-président de Bush l'Ancien : « L'expansion agressive des exportations de tabac est rendue nécessaire par la diminution du tabagisme en Amérique. » Une autre amie de l'humanité a longtemps œuvré dans le même sens. Margaret Thatcher, ex-Dame de fer toujours prête à vilipender le laxisme de la jeunesse anglaise, fut salariée par Philip Morris de 1996 à 1998 à hauteur de plusieurs millions de dollars annuels afin de faire du lobbying en direction des pays pauvres pour y promouvoir le tabagisme. Manière originale, sans doute, de régler le problème des retraites par répartition…

Je constate que Luigi présente une petite tumeur cutanée qui me semble parfaitement bénigne, et que je me promets de surveiller. Je le note dans son dossier.

Le téléphone sonne alors que Luigi se rhabille. Je m'en excuse, décroche.

Valérie au téléphone

C'est Valérie qui n'en peut plus : il faut que je téléphone à la neurologue à laquelle j'ai adressé son père Gérard. Tout de suite.

« Elle ne nous a donné un rendez-vous que dans trois semaines, mais sa secrétaire a dit que, si c'est une urgence, vous l'appelez et elle nous donnera un rendez-vous plus tôt. »

Bien vu, mais le problème, c'est qu'il ne s'agit nullement d'une urgence.

Gérard souffre d'une maladie neurologique ancienne, qu'il a longtemps négligée malgré mes admonestations répétées. Il y a une semaine, il a brusquement décidé de se reprendre en main.

Je ne sais combien de temps durera cette résolution, mais il aurait pu aussi bien se réveiller il y a six mois ou dans deux ans… Son état ne m'inspire aucune inquiétude, même si je suis persuadé qu'un jour ou l'autre, du fait de l'absence de suivi cohérent, il risque une tuile. Mais comment faire comprendre à Valérie que l'urgence qu'elle ressent n'en est pas une ?

J'explique que ma consœur est un être humain, comme moi, que je ne peux pas utiliser l'argument de l'urgence à tout bout de champ sous peine de me discréditer et de rendre un bien mauvais service à mes autres patients, et que je m'interdis de resquiller, par respect pour les véritables urgences, et par égard pour ma consœur. Qui travaille déjà probablement, comme moi, entre dix et douze heures par jour, et que c'est la raison du délai d'attente, pas une quelconque volonté de sa part d'emmerder le monde pour justifier ses émoluments. « Dix heures par jour… », murmure Valérie, atterrée mais saisissant apparemment que la situation est bloquée.

« Je suis désolé, j'ai un patient devant moi », dis-je d'un ton assez sec avant de raccrocher, parce que je sais que je ne peux rien de plus pour elle et que la conversation risque de s'éterniser.

Retour à Luigi et Helena

Luigi est maintenant rhabillé, j'imprime l'ordonnance… quand Helena me rappelle à mes devoirs :

« C'est le moment de l'année où on lui fait la prise de sang, docteur… »

Pris de court, je renonce à me lancer dans une longue explication, à lui demander pourquoi douze mois lui semblent un intervalle plus cohérent que dix ou huit ou seize pour contrôler une nouvelle fois la biologie de son mari. Il existe des recommandations, certes, mais elles traitent des patients en général, pas de Luigi en particulier, et, sans une enquête alimentaire poussée, comment connaître son taux de cholestérol actuel sans y aller voir ?

Je pianote à l'écran quand Helena, hochant la tête, rajoute :

« Oui, docteur, c'est bien. Tout. Vous lui faites la totale. On vérifie tout. »

Je me souviens brusquement de cette patiente qui a claqué la porte du cabinet, voilà des années, parce que mes ordonnances d'examens sanguins ne dépassaient pas les trois cents francs quand celles de sa voisine de palier atteignaient régulièrement les deux mille…

Je lâche le clavier, me tourne vers eux. Un tout petit rayon de soleil perce à la fenêtre, le premier depuis une semaine.

« On vérifie tout ? Tout ? Mais vérifier tout, Helena, ça s'appelle une autopsie », dis-je en mimant un grand coup de scalpel en travers du bordel de paperasserie qui encombre chroniquement mon bureau.

Helena a un mouvement de recul, frissonne comme un personnage de dessin animé.

J'en profite pour pousser mon avantage, ouvre les bras comme une endive en costard sur un plateau de jeu télévisé.

« Tout. Tout ! Mais Helena, la médecine n'est pas un supermarché ! Et même si c'en était un… quand vous entrez chez Carrefour avec votre caddie, vous n'essayez pas d'y caser tout ce qu'il y a en magasin ? »

Elle rit, Luigi sourit.

« Helena, je vérifie les choses qui peuvent avoir un intérêt pour la santé de Luigi, vu son examen clinique, et un ou deux trucs qui pourraient m'échapper. Si on trouve une anomalie, on poussera plus loin. »

Il n'est pas dix heures du matin, je sens que la journée va être longue.

Albert au téléphone

Je les ai raccompagnés jusqu'à l'ascenseur, il fait un froid glacial dans le hall d'entrée. Téléphone à nouveau. Je presse le pas, décroche avant que l'interlocuteur ne raccroche. Albert. Albert a quatre-vingt-dix-sept ans, j'aimerais que ça continue, on se connaît depuis dix-sept ans, et je sais bien que c'est un vœu pieux.

« Docteur, je crois que j'ai une occlusion intestinale, je ne suis pas allé à la selle depuis… oh, plusieurs jours… six ou sept… »

C'est dit sans revendication ni plainte, d'une voix douce. Je lui demande de venir dare-dare.

Jessica

C'est le tour de Jessica, vingt et un mois, qui devait venir pour son vaccin mais… elle est à nouveau malade. Je crains le pire, mais en fait ça se passe bien. Jessica, qui a « promis » à Maman de ne pas pleurer, chouine à peine pendant l'examen. Habituellement, c'est une véritable sirène d'alarme, qui couvre par ses hurlements toute tentative d'auscultation pulmonaire scrupuleuse. Au moment où j'ôte sa couche pour la peser, elle inonde de pipi l'alèse de papier. Sa mère se confond en excuses.

« Ne vous inquiétez pas, il n'y a rien de plus normal… On ne va pas se formaliser pour un peu de pipi de bébé… »

Je ne lui dis pas à quoi je songe. À ce ministre de la Santé, lui-même pédiatre, entendu à la télévision il y a quelques semaines : « Un généraliste, c'est 20 euros, un pédiatre, c'est 22 euros et demi. Eh bien, je suis pédiatre : quand vous faites une visite, une consultation à un nourrisson, il faut l'apprivoiser, vous le déshabillez, généralement, il faut, bon, il y a plusieurs couches. À ce moment-là, il se met à faire pipi, vous le nettoyez, vous l'examinez, il braille, vous n'entendez rien, vous y revenez. Ça dure deux fois plus longtemps qu'une consultation normale. Or, pendant ce temps-là, le généraliste, il fait deux consultations à 20 euros. D'ailleurs, il y a une pénurie de pédiatres… »

Nous retirons le drap souillé, nous nettoyons Jessica… Quel dommage… Cette enfant de vingt et un mois ne doit pas regarder la télévision… Sinon, elle saurait que ça ne se fait pas de pisser chez le généraliste, seulement chez le pédiatre. Et sa mère ? Ne sait-elle pas qu'il faut amener les bébés entièrement nus au cabinet, afin que le généraliste, machine à faire du fric, ne perde pas de temps à les déshabiller ?… Décidément, il y a fort à faire pour éduquer les populations. Heureusement, nos élites hospitalo-universitaires s'y emploient…

Cette fois-ci, nous avons tiré le gros lot. Toux nocturne, deux vomissements, larmes, petite fièvre, voix rauque, morve claire qui fait le va-et-vient entre le nez et la lèvre supérieure, cela ressemble fort à une laryngite, conséquence d'une rhinite virale. Son ventre est parfaitement souple, c'est la toux qui la fait vomir. Et si les tympans sont rouges, c'est simplement une inflammation « satellite » de l'espace ORL, pas une otite.

Pas d'antibiotique, mais du paracétamol pour la fièvre, un peu de celestène, des feuilles d'eucalyptus à faire infuser dans la chambre à coucher, comme avant guerre.

Je note tout ça dans le dossier, imprime ordonnance et résultat de consultation pour le carnet de santé.

Comme si j'étais certain de ce que je fais, comme si chaque terme de mon diagnostic, chaque décision thérapeutique prise, était absolument cohérent et validé, alors que la part de la connaissance scientifique, de l'intuition, de l'expérience, de l'erreur, est impossible à définir. Elle me fait quand même une bise avant de partir, je ne sais pas ce que sa maman lui a fait miroiter en échange de son silence relatif, mais, dans son for intérieur, elle doit maintenant focaliser son attention sur la récompense promise.

Le téléphone sonne.

Pharmacie Besnier

« Bonjour, pharmacie Besnier… C'est au sujet de la prescription de M. Fornerie. Vous avez prescrit Aldactone, un comprimé le matin, et M. Fornerie me dit qu'il a l'habitude de prendre de l'Aldactazine. Il pensait que c'était un générique, mais je lui ai expliqué que ce n'est pas la même chose…

– J'ai prescrit Aldactone ? Écoutez, c'est une erreur, effectivement, je suis confus…

– Je lui donne de l'Aldactazine, alors ?

– Oui, oui, bien sûr. Je suis vraiment… Je vous remercie de m'avoir appelé.

– Non, non, c'est naturel. On est censés vérifier dès qu'il y a un doute.

– Merci encore. Sincèrement. »

Je raccroche, pianote sur l'ordinateur. Comment se fait-il que j'aie commis cette erreur ? Je ne retrouve pas l'ordonnance… Et puis ça me revient. Le patient était venu il y a dix jours, il pensait avoir égaré son ordonnance, et je la lui ai refaite de tête, sur un coin du bureau, parce que je m'apprêtais à partir en visite et que l'ordinateur était éteint. Comme quoi il faut redoubler encore d'attention… Dans ce cas précis, la susbstitution n'aurait probablement pas eu de conséquence grave, mais nul n'est à l'abri d'une méprise. D'autant que le système français fait volontairement l'impasse sur la gestion de ses erreurs. Dans certains pays, lorsqu'un incident survient, on en analyse les causes afin d'éviter qu'il ne se reproduise. En France, on a plutôt tendance à déclarer coupable un exécutant, et à clore le dossier. Un exemple ? Celui de l'expérience menée au printemps 1995 par le mensuel *Que choisir*. La revue avait présenté dans une centaine de pharmacies des ordonnances comportant des erreurs grossières et dangereuses.

27

Le Dr Jean-Pierre Dio, généraliste, avait prêté son concours et rédigé les ordonnances. Le but n'était pas de « piéger » les pharmaciens, mais d'enquêter sur les procédures existantes afin d'en améliorer éventuellement la qualité. Le résultat, publié dans le numéro de septembre 1995, fut édifiant : 83 % des ordonnances dangereuses avaient été exécutées sans difficulté. Un seul pharmacien avait joint le médecin par téléphone pour s'étonner du contenu de l'ordonnance. Le conseil national de l'Ordre des pharmaciens envoya immédiatement aux officines une circulaire rappelant le devoir de vigilance. L'Ordre des médecins, en revanche, entama une longue procédure à l'encontre du Dr Dio, accusé d'avoir mis à mal les relations avec une autre profession de santé, et… d'avoir « déconsidéré » la profession médicale. Le Conseil d'État devait blanchir le médecin six ans plus tard, mais comment ne pas s'étonner que l'institution garante de la déontologie des médecins se soit avant tout souciée de défendre l'infaillibilité supposée des professionnels de santé plutôt que de prendre acte d'une situation préoccupante non seulement pour les patients, mais aussi pour les médecins et les pharmaciens. Plutôt que de réfléchir à une manière d'améliorer le système, l'Ordre des médecins préféra poursuivre un coupable idéal…

Aux États-Unis, au cours de la même année, une étude de même nature, effectuée par une équipe de pharmacovigilance de l'université de Georgetown, avait testé dans une cinquantaine de pharmacies du comté de Washington une prescription contenant un risque d'interaction médicamenteuse majeur. Malgré l'existence de programmes de surveillance informatisée des prescriptions, 32 % des pharmacies laissèrent passer l'ordonnance potentiellement mortelle. L'année suivante, après publication des résultats dans le *Journal of the American Medical Association (JAMA)*, une nouvelle étude plus vaste fut lancée concernant 245 pharmacies de sept grandes villes américaines, laquelle confirma le taux d'erreur. Les médecins se penchèrent alors sur les raisons de ces erreurs, interviewèrent les pharmaciens qui n'avaient pas repéré les ordonnances dangereuses, et découvrirent un univers qu'ils ne connaissaient pas, dans lequel la pression liée à la rentabilité avait transformé certaines officines de grande distribution en usines à délivrer du médicament. Les pharmaciens ne furent pas montrés du doigt, mais considérés comme des victimes d'un système dont il importait de modifier les conditions de fonctionnement. L'American Medical Association rendit compte de ces résultats, qui servirent à alerter médecins et pharmaciens, et à mieux connaître les interactions dangereuses en cause. Apparemment, cela lui parut plus utile que de poursuivre le département de pharmacovigilance de l'université de Georgetown…

Céline

Mon rendez-vous suivant est avec Céline, mais elle n'est pas dans la salle d'attente. Je ne l'ai vue qu'une fois : elle était triste, déprimée, une séparation difficile à avaler, des problèmes de boulot. Je sais qu'on devait se revoir, mais je ne me souviens pas pourquoi. Pour vérifier l'efficacité de son traitement, son évolution ? Pour faire une prise de sang ? Ou avait-elle autre chose, un mal de dos, que sais-je ? J'ai oublié. De toute façon, elle ne viendra pas. Ne téléphonera pas non plus. Elle aurait probablement pensé à décommander son coiffeur, mais une consultation de médecine générale…

Albert

Ça tombe bien, parce que Albert arrive.

« Entrez, entrez, mon ami. »

J'aime bien l'appeler mon ami.

Je ne sais pas ce qu'en pensent les psychanalystes, les spécialistes de l'éthique, les administrateurs des caisses, mais je vis dans cette fiction que cet homme de quatre-vingt-dix-sept ans est « mon ami », que sa vie m'est chère, aussi précieuse que s'il avait mon âge et contribuait à l'épanouissement de l'épatante machine productiviste que nous avons déployée sur la Terre.

« Déshabillez-vous entièrement, et racontez-moi ça », dis-je en m'asseyant à mon bureau, à la fois sincèrement désireux de l'aider et de lui apporter une écoute, et prêt à profiter de son temps de réponse, de sa lenteur, pour cliquer sur mon fournisseur d'accès et aller récupérer quelques mails que je lis en douce.

Alain par mail (et Clarissa)

Sur l'un, Alain me demande de lui refaire une ordonnance que son laboratoire d'analyses a perdue, et de la leur faxer. Je réponds rapidement qu'à l'heure du mail, mon fax mort au champ d'honneur il y a quatre ans n'a jamais été remplacé, qu'il serait plus simple qu'il passe au cabinet en fin de soirée.

Un confrère nantais lance un appel au secours sur le Net, que je lis en diagonale : un plantage de son lecteur de carte Vitale a semble-t-il endommagé son logiciel médical. J'efface le message pour éviter d'encombrer mes archives. Bien que j'imagine parfaitement la détresse de mon collègue, je suis dans l'impossibilité de lui porter assistance. Depuis l'avènement triomphal de la télétransmission, qui permet aux médecins, après dix ans d'études, d'effectuer le travail de saisie des feuilles de soins à la place des employés de la Sécurité sociale à pas cher, les communications électroniques médicales se sont longtemps résumées à tenter d'aider les confrères dans la panade plutôt qu'à parler de médecine. Mais depuis le début du mouvement de fronde généraliste lancé en octobre 2001 par la grève des gardes, les messageries Internet sont le lieu d'un débat acharné qui dépasse les sempiternelles revendications tarifaires pour confronter les pratiques et tenter d'imaginer l'évolution de notre métier. Cela change agréablement des plantages informatiques.

Un dernier mail ce matin, en anglais : Clarissa, jeune salope vierge affamée (*hungry young teen-bitch*, je traduis), m'informe que Papa n'est pas là et que pour découvrir les nouvelles photos qu'elle a prises sous sa douche ce matin avec son super appareil numérique et qu'elle vient d'installer sur son site, je n'ai qu'à cliquer sur un lien. Si ça ne te rend pas hyper-raide, m'assure-t-elle, c'est que tu es déjà mort. Adieu, Clarissa, bonne chance avec la vie.

Retour à Albert

« Ça fait plusieurs jours que je ne suis pas allé à la selle, dit Albert en s'extirpant enfin de son tricot de peau.

– Bien, nous allons voir ça, allongez-vous, mon ami. »

Albert marche précautionneusement jusqu'au divan, je me glisse derrière lui, l'aide à s'allonger. Je m'assieds à côté de lui, l'examine tandis qu'il me raconte son histoire.

Et là, ça se gâte.

Ça se gâte parce que le ventre d'Albert est parfaitement souple – ce qui est plutôt bon signe –, mais qu'en réponse à mes questions qui tentent de préciser un peu l'histoire de la maladie, comme on disait quand j'étais externe, qu'en réponse donc à cet « interrogatoire » qui tente de trier l'anecdotique et l'essentiel pour asseoir un diagnostic – et si possible sans perdre de vue ce que l'anecdotique peut avoir d'essentiel –, qu'en réponse à mes questions… Albert se vautre. Parce que Albert, qui n'a pas mal au ventre, qui n'a pas de nausées, qui n'a pas vomi, qui ne présente aucune masse abdominale, dont le pouls et la tension sont corrects – j'allais dire parfaits, mais que reste-t-il de parfait chez un homme de quatre-vingt-dix-sept ans à part le souvenir de l'enfant qui courait dans les garrigues de Provence –, parce que Albert, donc, n'a pas plus d'occlusion intestinale que je n'ai de stock-options.

Tant mieux.

Je pourrais m'en réjouir.

Mais ce n'est pas le cas.

Parce que Albert se révèle incapable de répondre à des questions pourtant simples.

Il ne sait pas, en fait, depuis quand il n'est pas allé à la selle.

Un, deux, six, sept jours, il n'en a aucune idée.

Il m'a appelé en urgence pour un problème dont, trente minutes plus tard, la « réalité » nous échappe, à lui comme à moi.

La sonnette de la porte d'entrée retentit tandis que je lui fais un toucher rectal. Ça ne m'étonne en rien, c'est un axiome de base en médecine générale : le téléphone ou la sonnette se déclenche toujours au moment d'un toucher rectal, d'une injection ou lorsque le médecin, n'en pouvant plus, sort en coup de vent de son bureau – provoquant la levée de un ou deux patients en salle d'attente qui pensent que leur tour est arrivé – afin de s'enfermer dans les toilettes.

Je poursuis l'examen, ne note rien de spécial… sinon qu'au retrait du doigtier, un peu de liquide jaune vient tacher le drap d'examen.

« Vous avez mis un suppositoire, Albert ?

– Oui, oui, j'en ai mis… »

Il n'en dit pas plus, mais je comprends qu'il en a probablement mis plusieurs, et ne s'en rappelle pas non plus.

Tout ça me dépasse un peu, parce que j'aimerais bien pouvoir échafauder un autre diagnostic que celui qui semble se profiler à l'horizon. Je sais bien qu'Albert décline, je l'ai pressenti lors des consultations précédentes, tout au long de l'année dernière, mais jusque-là…

Jusque-là nous avions pu, lui et moi, faire semblant que « pour l'instant tout allait bien ».

Il y a une dizaine d'années déjà, Albert était venu me voir, un peu paniqué parce qu'il avait égaré une ordonnance. Il se voyait déjà atteint d'un Alzheimer, d'autant qu'il lui arrivait, comme à moi, d'oublier un numéro de téléphone, de payer une facture avec deux jours de retard. Je l'avais longuement interrogé, j'avais vérifié qu'il se servait correctement du téléphone, qu'il utilisait toujours sans difficulté les transports en commun, qu'il n'avait aucun mal à compter sa monnaie, toutes choses extrêmement rassurantes. J'avais ensuite pris le temps de réaliser un « Mini Mental Status Test », en trente questions, dont le résultat, pour cet homme qui n'avait qu'un certificat d'études, était très satisfaisant. Je le lui avais expliqué, lui avais dit qu'il s'agissait d'oublis mineurs, pas d'une dégénérescence cérébrale, qu'il n'était pas en train de perdre ses facultés intellectuelles… et j'avais brusquement été confronté à son émotion palpable, un tremblement incontrôlable qui l'avait pris, l'avait forcé à se rasseoir, tandis que cet ancien résistant qui s'était un instant imaginé condamné à un lent crépuscule voyait à nouveau un avenir se dessiner devant lui. Mais aujourd'hui, dix ans plus tard, cette occlusion intestinale fantôme, l'incapacité dans laquelle il se trouve de dire ce qui l'a amené à consulter, tout cela est assez triste, et inquiétant...

Tandis qu'il se rhabille, j'actionne l'ouverture de la porte d'entrée de l'immeuble, fais défiler à l'écran ses antécédents, l'historique de ses consultations précédentes. Rien. Je lui avais déjà donné un médicament contre la constipation, le mois précédent. Il n'y a rien à faire, sinon proférer quelques conseils diététiques totalement inopérants, le rassurer, prendre le temps de digérer ces faits nouveaux pour tenter d'en préciser la portée à long terme. Il faudra probablement surveiller l'évolution de ce trouble, ce qui ne va pas être facile, parce que Albert, c'est la rançon de son grand âge, n'a plus de famille... Interroger le pharmacien, demander à une infirmière de le prendre en charge. Prescrire quelques examens biologiques simples pour ne pas passer à côté d'une cause curable. Mais pas question de demander des batteries d'examens, un scanner, une consultation gériatrique en milieu hospitalier, pour ce qui n'est, sorti du contexte médical, qu'un événement de vie absolument normal chez un homme de cet âge. Pas question non plus de prescrire le énième pseudo « oxygénateur cérébral » dont l'industrie pharmaceutique nous a largement abreuvés dans les années 70, et dont, trente ans plus tard, les ventes restent extrêmement confortables sans que la preuve de leur efficacité ait jamais été apportée.

J'allais raccompagner Albert quand je remarque qu'il a boutonné sa chemise de travers, mardi avec mercredi comme disait ma grand-mère. J'hésite un instant, je ne veux pas l'humilier, mais dehors il fait glacial…

« Attendez, mon ami, je crois qu'il y a un petit problème, c'est sans doute l'émotion… »

Il se laisse faire tandis que je remets les boutons en place, que je glisse le pan de sa chemise dans son pantalon. Cet homme pourrait être mon grand-père.

Il vit seul, il n'y a aucune famille à prévenir. L'assistante sociale de la Sécu, peut-être, demain. Aujourd'hui je n'aurai pas le temps.

Un jour des hommes me rhabilleront en pensant à autre chose, un regard sur leur montre.

Au moment où je boutonne le dernier bouton, celui du haut, Albert relève légèrement le menton pour me faciliter la tâche et, l'espace d'un instant, ce bref mouvement de la tête me redonne espoir.

Un moment, Albert regagne en dignité ce que l'âge et la maladie lui ont fait perdre.

Je le raccompagne à l'ascenseur, vérifie que son manteau est bien fermé. Il murmure un « Merci » que recouvre la fermeture des portes.

Gérard au téléphone

Nouveau coup de téléphone, cette fois, c'est Gérard lui-même, ignorant du coup de fil de sa fille, une heure plus tôt, qui me demande exactement la même chose : rappeler la neurologue, insister pour obtenir un rendez-vous en urgence.

Rebelote : « Désolé… pas une urgence… respect dû à ma consœur… délai d'attente raisonnable vu la pathologie… pas moi qui décide de la façon dont marche le système… en Angleterre c'est bien pire… etc. »

Amélie

Pas posé le récepteur qu'il sonne à nouveau, alors que dans l'entrebâillement de la porte Amélie hésite à entrer. Je lui fais un petit signe, elle vient s'asseoir pendant que je décroche. Le soleil la nimbe. Elle est jolie. Mais ça doit lui taper dans l'œil et je n'ai pas de store.

Khadija au téléphone

Au téléphone, c'est Khadija. C'est rapport à son mari, qui veut me voir demain matin à huit heures et demie.

Le mari veut me voir parce qu'il a le droit de savoir, lui aussi. Il a le droit de savoir pourquoi j'ai proposé à sa femme de prévenir les services sociaux.

Je me mets à sa place, j'imagine assez sa légitime incompréhension : « En quoi ça le regarde, le docteur ? Je fous sur la gueule de ma femme, mon fils de dix-neuf ans s'y met aussi pour me donner un coup de main quand ça me colle une tendinite, c'est mon choix… »

Avec une telle profession de foi, il s'imaginait passer à la télé, pas être mis au pied du mur par un généraliste à 20 euros. J'explique à Khadija, visiblement prête à laisser tomber, que si la simple évocation des services sociaux a suffisamment foutu les miquettes à ses deux hommes pour que les choses s'arrangent d'elles-mêmes, elle peut effectivement décider d'en rester là. Mais que je reste à sa disposition, et que nous reparlerons de tout ça ensemble, de vive voix, pas au téléphone. Qu'en attendant ça ne regarde en rien son mari, et que sur mon front il n'y a pas marqué « La Poste », donc son « Droit de savoir » à huit heures du matin, il peut toujours courir : c'est pas l'heure de l'émission.

Je raccroche, et je sais bien que je suis malhonnête. Je n'ai tout simplement pas envie d'affronter le mari de Khadija. Oh, avec moi il ne sera pas violent, ce n'est pas le genre, il réserve ça, comme tant de machos de supérette, à son souffre-douleur conjugal. Mais j'ai impérativement besoin de garder foi en l'Homme, et au fil des années je prends soin de ne pas affronter de plein fouet sans airbag l'envahissante méchanceté née de la bêtise.

Étrangement, cela ne m'empêche pas de soigner le mari de Khadija, qui lorsqu'il s'allonge sur ma table d'examen a un prénom : Roger.

Que je soigne alors comme n'importe qui.

Sans l'appeler « mon ami ». Il ne faut pas exagérer.

Au risque de me répéter, il n'y a pas marqué « La Poste ».

Retour à Amélie

Je repose le téléphone, soudain conscient que, par la force des choses, Amélie a entendu une partie de la conversation, qui à tort me ferait passer pour un défenseur de la cause féminine quand je ne suis pas certain que sur ce coup-là ma conduite ait été irréprochable.

Je devais revoir Amélie dans trois jours, avec le strapping que j'ai réalisé pour son entorse de cheville, mais l'apparition d'un très léger hématome sous la malléole externe m'ayant amené à lui demander de passer une radiographie dans la semaine, elle a préféré le faire sans attendre. Comme le laissait supposer l'examen clinique lors de la première consultation, il n'y a pas de fracture. L'hématome semble être lié à la déchirure des tissus autour du ligament latéral externe.

Nul doute que cette radiographie normale semblerait inutile à un administrateur de la Sécurité sociale ou de sa mutuelle. Je m'étonne toujours que ces experts auto-proclamés ne gagnent pas plus souvent au tiercé : peut-être est-il plus facile de donner les chevaux dans l'ordre une fois que la course a eu lieu...

Je lui refais un strapping, lui propose de reprendre le travail le lendemain maintenant que la marche n'est plus trop douloureuse, lui fixe un rendez-vous sans passer par le secrétariat téléphonique, au risque de créer un embouteillage en salle d'attente samedi prochain.

La « visite médicale »

Je profite d'un moment de répit pour jeter un œil sur la messagerie Internet de mon secrétariat téléphonique. Je tape mon nom de famille, mon code d'accès, un des divers codes qu'il faut savoir mémoriser aujourd'hui pour pouvoir survivre dans la jungle du secteur tertiaire. J'y découvre un unique message, que je mets bien une minute à déchiffrer :

« LIFESCON

Société LARFONT GERAUME Portable : 06 07 .. .. .., nx lecteur de glyss si interess pr plus d'info le rappeler. » Petit à petit, je comprends que Jérôme Larfont, de la société Lifescan, a sans doute voulu m'avertir de la commercialisation prochaine d'un nouveau lecteur de glycémie pour mes patients diabétiques.

Ça m'apprendra à ne plus recevoir les VRP de l'industrie pharmaceutique, pardon, les « visiteurs médicaux ». Pourtant j'en ai connu d'attachants, de sympathiques et, surtout, au début de ma carrière, il y a dix-sept ans maintenant, je prenais plaisir à les recevoir, à discuter avec eux. Ils me donnaient de l'assurance, à un moment où, abordant la pratique de ville au sortir de l'hôpital sans quasiment jamais avoir pratiqué de remplacement, je ressentais face à chaque nouveau patient un affreux sentiment d'imposture. Les visiteurs médicaux me connaissaient, certains m'avaient déjà aperçu à l'hôpital local, du temps où je n'étais pas un généraliste à 60 balles, mais LE réanimateur cardiaque de garde...

Ils me parlaient avec respect, me donnaient du « docteur » à tout bout de champ, me vouvoyaient avec élégance et un opportunisme matois, car à vingt-six ans j'avais soif de leur reconnaissance. Puis les choses se sont gâtées, j'ai commencé à douter des messages apparemment anodins qu'ils me délivraient, et ça a été le début de la fin. Leur stratégie de communication a d'ailleurs constitué le déclencheur de mes interrogations, puis de ma défection.

Auraient-ils continué à vanter, chacun de leur côté, les incomparables et incontournables mérites de leurs produits que j'aurais mis plus de temps à m'éveiller des rêveries pseudo-scientifiques dont ils me berçaient. Mais j'éprouvais d'autant plus de sympathie pour eux que je savais que certains de mes confrères les recevaient par brouettes de six d'un coup, dans une foire d'empoigne grotesque, ou profitaient de leur position pour les recevoir debout dans le couloir en prenant soin de les humilier devant les clients. Et je n'étais pas dupe de l'insistance avec laquelle leur hiérarchie les poussait à la faute, à une publicité comparative qui ne disait pas son nom et au dénigrement systématique des produits du collègue concurrent.

Le second m'expliquait que le produit miracle du premier n'avait en fait prouvé sa supériorité que dans une seule étude sur treize patients et demi-biaisée par un vice de forme, le troisième soulignait que l'amélioration de la survie alléguée par le second n'avait été validée que chez le rat albinos dépressif à queue plate...

Rapidement, le brouhaha de leurs accusations respectives couvrait le message scientifique qu'ils étaient censés véhiculer, jetant une lumière crue sur la dimension essentiellement commerciale de leur démarche.

De longues années encore, tout en ayant conscience du problème, j'avais continué à les recevoir, sur rendez-vous, comme les patients. Plus que le plaisir d'entasser sur mes étagères surchargées des échantillons gratuits qu'éventuellement je pouvais donner aux nécessiteux, ou de fascinants gadgets à trois balles distribués comme autant de verroteries à des indigènes naïfs, la conscience aiguë de leur fragilité dans un système qui les pressurait un peu plus chaque année m'interdisait de leur fermer la porte.

Parfois, l'un d'entre eux disparaissait, et j'apprenais qu'on l'avait débarqué à la faveur d'une restructuration.

Et la disparition pouvait être définitive.

L'un d'entre eux, un type à l'élégance toute britannique que j'avais reçu régulièrement pendant des années, fut un jour brutalement remplacé par un petit nouveau que j'accueillis avec une certaine mauvaise grâce, tant il me sembla, même si c'était injuste, qu'il n'avait pas le droit de profiter ainsi de ce que j'imaginais être le licenciement d'un homme plus âgé aux chiffres de vente déclinants.

L'intrus resta debout en face de moi, je lui fis signe de s'asseoir en bougonnant qu'on n'était pas dans un tribunal, sans toutefois ignorer que certains confrères forçaient les représentants médicaux à rester debout, ce qui me semblait le comble de l'incohérence. Soit leur discours avait une valeur scientifique, et il était légitime de les recevoir correctement, soit la nature purement commerciale de leur démarche apparaissait un jour clairement au médecin, et il fallait leur fermer la porte du cabinet. Les recevoir tout en les humiliant permettait probablement à certains confrères de profiter des menus cadeaux et avantages de l'industrie pharmaceutique tout en se drapant dans les oripeaux de la vertu.

L'intrus s'assit, donc, sortit un gros classeur noir qu'il garda maladroitement ouvert en équilibre avant que je lui fasse signe qu'il pouvait le reposer sur le bureau (même pour ça, chez certains confrères, il fallait une autorisation), et commença à dévider son argumentaire. J'écoutai d'une oreille distraite. Un médicament antiviral, un collyre antiseptique… il tourna la page pour me présenter un antibiotique que je refusais systématiquement de prescrire en raison de sa mauvaise tolérance digestive. Je m'apprêtais à l'arrêter d'un « Ce n'est pas la peine, vous perdriez votre temps et le mien », lorsque de lui-même il referma son classeur.

« Mon prédécesseur m'a prévenu que vous ne prescriviez pas cette molécule, et a expliqué pourquoi. C'est dommage… »

Surpris, je lui avais alors demandé des nouvelles de mon major des Indes.

« Vous ne saviez pas ? Il a été mis en arrêt maladie en mars dernier. Il m'a transmis son fichier à la Salpêtrière, au service des maladies infectieuses. Il est mort du sida fin juillet. »

C'était le genre d'événements qui m'avaient longtemps retenu d'agir selon mon penchant naturel. Mais au fil des ans, le nombre de patients et la charge de travail augmentant, je commençai à réduire le nombre de rendez-vous que je réservais aux visiteurs médicaux. Dans le même temps, les améliorations de mon logiciel médical, qui me permettait de réévaluer à tête reposée les informations élogieuses que l'on me délivrait sur telle ou telle nouvelle molécule, de comparer le coût journalier réel pour le patient de telle ou telle « avancée thérapeutique » par rapport à des traitements antérieurs à l'efficacité confirmée, me convainquit peu à peu que l'influence des représentants sur mes prescriptions n'était pas nulle (comme je l'avais longtemps cru car je m'estimais à tort réfractaire à tout ce qui était du domaine de la publicité) mais subtile et néfaste.

En contrepartie des quelques maigres informations de qualité que j'aurais pu obtenir en lisant la presse médicale indépendante, il fallait mettre en balance l'impact réel sur mes décisions des demi-vérités instillées par l'un, puis réfutées par l'autre, des suspicions sans fondement jetées sur des démarches thérapeutiques anciennes qui avaient fait leurs preuves, des incitations à changer de molécule « pour satisfaire le patient qui recherche la nouveauté », comme l'affirmaient sans rire certains.

J'avais pris un jour la décision de ne plus les recevoir, et ne m'en portais que mieux. J'y avais gagné un confort intellectuel qui compensait largement l'absence du dernier Palm Pilot sur mon bureau, ou le fait de ne plus être invité à de mornes soirées de formation médicale continue sponsorisée qui se clôturaient par des repas nouvelle cuisine.

En attendant Grégoire

Il est maintenant près de onze heures trente, et j'attends Grégoire, qui a dix minutes de retard. Je devrais en profiter, ranger un peu le foutoir qui encombre mon bureau, essayer de déblayer les tonnes d'articles, de revues médicales, de livres et de courriers semi-urgents qui s'amoncellent. Je n'ose jeter un regard vers la droite, où la pile de documents médicaux à scanner dépasse les soixante centimètres. Chaque jour, je reçois un monceau de courrier, dont une bonne demi-douzaine de comptes rendus opératoires, de résultats d'analyses biologiques, de lettres de spécialistes auxquels j'ai demandé un avis sur tel ou tel patient. En théorie, si je voulais être performant, je devrais immédiatement scanner chaque document et le transférer dans le dossier du patient concerné, mais la manipulation me prendrait facilement une trentaine de minutes, que je n'ai pas. Alors je me contente de lire chaque document, de voir s'il contient un élément nouveau qui remettrait en cause la stratégie thérapeutique ou imposerait de revoir plus rapidement le patient pour l'en informer. La plupart du temps, les choses en restent là, et la pile gagne quelques centimètres chaque semaine… Avec un peu de chance, lors de la prochaine consultation du patient, je trouve le temps de ressortir le document, de le commenter, d'en expliciter les conclusions, voire même de le scanner pour tenir le dossier à jour, enfin de le remettre au patient avec soulagement.

À certaines périodes de l'année, comme en ce moment, en hiver, cette gymnastique est impossible, d'où le risque, si je n'y prête attention, d'oublier des éléments importants.

L'ordinateur

Sans le logiciel médical, qui me permet de trier les informations, de classer séparément échographies, antécédents allergiques, vaccinations, de mettre en place des alarmes pour programmer une coloscopie trois ans après la précédente afin d'éviter la transformation d'un polype intestinal en cancer, je serais perdu.

La masse d'informations accumulée en dix-sept années dans le dossier de certains patients serait noyée au sein d'un fichier papier comme ceux qu'utilisait mon prédécesseur, un homme méticuleux mais dont les fiches, couvertes d'annotations que le temps a rendu illisibles, pesaient chacune après trente ans d'exercice pas loin de trois cents grammes.

Le logiciel médical, inventé il y a une dizaine d'années et sans cesse amélioré par un confrère fondu d'informatique qui passe ses nuits à peaufiner son bébé, a révolutionné ma pratique, en me permettant de me replonger aisément, à chaque consultation, dans l'historique de mes patients, au fil des résultats objectifs mais aussi de mes notes personnelles. Je n'ose imaginer ce qui m'arriverait si le logiciel n'existait plus. On me retrouverait probablement étouffé sous une tonne de dossiers et de vieilles radiographies, comme ces vieillards obsessionnels et paranoïaques qui ne jettent rien et meurent un jour écrasés par un éboulement de vieux *Point de Vue-Images du Monde* dans le couloir des toilettes.

Mon enthousiasme n'est pas pour autant partagé par tous mes confrères. Car après une première période où les médecins qui en ressentaient le besoin se sont informatisés par choix personnel, le plan Juppé de 1996, en rendant cela obligatoire, a changé la donne. Accélérer l'informatisation de la profession était une bonne chose en soi mais, afin de satisfaire aux exigences des caisses d'assurance-maladie en matière de télétransmission, on a imposé un cahier des charges si complexe que de nombreux petits éditeurs ont mis la clef sous la porte, ruinant des années d'investissement de certains confrères. Et la concentration née de cette surenchère a étranglé les indépendants et permis à l'industrie pharmaceutique d'investir ce secteur d'activité, ce qui était totalement contraire au but recherché.

Grégoire

Grégoire arrive enfin, amené par sa maman qui l'a récupéré à la sortie de l'école primaire. Elle a dû quitter son travail en catastrophe parce que l'infirmière l'a appelée : Grégoire vomit, a très mal à la tête, est brûlant.

J'interroge Grégoire, qui du haut de ses huit ans répond de manière inadaptée à mes questions. D'ailleurs, c'est probablement mon interrogatoire qui est inadapté, parce qu'à la question : « Est-ce que tu as mal à la gorge ? », sa réponse à la Fernand Raynaud (« Ça m'arrive ») a une certaine logique. Je suis obligé de demander quelques éclaircissements à sa maman, qui me les donne volontiers.

Tout est important dans ce qu'elle me dit, et j'essaie d'être très attentif. Aux informations qu'elle me donne, aux mots qu'elle emploie, à son ton de voix qui me renseigne sur son degré d'inquiétude. Il faut écouter les mères, m'ont seriné mes maîtres, enfin ceux qui considéraient que l'interrogatoire du patient était un temps crucial de toute consultation. Il faut écouter les mères, elles savent.

Ce n'est pas toujours vrai, mais bien imprudent le médecin qui choisit d'ignorer ce conseil. Il risque de très mal évaluer le degré de gravité d'une affection, et de réduire d'autant ses chances de bien soigner l'enfant qui lui a été confié, tant la qualité du rapport de confiance mutuelle qu'il établit avec l'enfant mais surtout avec ses parents importe dans le suivi de l'affection. Car devant toute maladie touchant un enfant, le médecin navigue entre deux écueils : minimiser les risques d'aggravation éventuelle, et ainsi faussement rassurer les parents en insistant sur la bénignité de l'affection, ou inversement jouer la carte du pessimisme, prescrire radiographies ou prises de sang inutiles pour se convaincre qu'il donne à l'enfant toutes ses chances, l'inonder de médications plus ou moins efficaces.

Grégoire respire normalement, son auscultation est parfaite ainsi que sa coloration. Il est souple, sa nuque n'est pas raide, sa conscience normale. Pas de points d'hémorragie sous la peau, ce « purpura » qui pourrait signer une méningite. Pas d'otite non plus, une gorge à peine rose.

« *A priori*, rien de grave. On va dire que c'est une affection ORL virale, probablement la grippe, mais il est impossible d'en avoir la certitude. On va juste traiter les symptômes : faire baisser la température et calmer les maux de tête avec du paracétamol, le faire boire abondamment, le surveiller. Les vomissements sont sans doute dus à la fièvre, il ne faut pas s'en inquiéter. Mais je vous le rappelle comme à chaque fois : Grégoire a beau avoir huit ans, c'est encore un enfant. Ce n'est pas comme une voiture qu'on amène chez le garagiste pour une révision, ou un ordinateur qui vient d'être réparé. Je le soigne à l'instant *t*, aujourd'hui, pour ce que j'ai décelé. Mais tout peut évoluer, et dans ce cas, si quelque chose de nouveau apparaît, si vous avez un doute, appelez-moi. Si vous ne pouvez pas me joindre, et que son état vous inquiète, n'hésitez pas à consulter un confrère... »

La maman de Grégoire opine du chef, elle demande que je ne prescrive pas de produits effervescents parce que Grégoire a horreur de ça, elle demande encore un certificat pour l'école, et pour son travail. Je délivre un certificat pour son employeur, et un second, beaucoup plus long, pour l'établissement scolaire de Grégoire :

« Madame, Monsieur,

« Mon attention de professionnel a été attirée à diverses reprises par le nombre excessif de certificats médi-

46

caux fournis aux chefs d'établissement et aux directeurs d'école pour justifier des absences qui sont parfois de très courte durée.

« Les arrêtés du 14 mars 1970 ne prévoient de tels certificats que lors du retour en classe d'élèves ayant contracté une maladie contagieuse[1]. Dans tous les autres cas, comme le précise l'article 5 du décret n° 66-104 du 18 février 1966, il est seulement demandé aux familles de signer par écrit le motif de l'absence. Or il apparaît que les familles ont souvent pris l'habitude de fournir un certificat médical, comme si celui-ci paraissait plus crédible que leur propre témoignage et que certains chefs d'établissement en font une demande intensive.

« Ces comportements entraînent à la fois une lourde dépense pour le budget social de la nation et de grandes pertes de temps pour le corps médical.

« Ainsi, je me conformerai à ces instructions et ne fournirai de certificat médical pour absence d'élève que pour les maladies citées.

« Textes de référence :

"Article 5 du décret n° 66-104 du 18 février 1966.

"Arrêtés du 14 mars 1970.

"Circulaire ministérielle n° 76-288 du 8 septembre 1976.

"Arrêté du 3 mai 1989.

"B.O. n° 35 du 30 septembre 1976.

« Si la direction de l'établissement y trouve quelque chose à redire, demandez-leur de m'appeler. »

---

1. Coqueluche, diphtérie, méningite à méningocoque, polio, rougeole, rubéole, oreillons, infection à strepto b hémolytiques, typhoïde et paratyphoïde, teignes, tuberculose, dysenterie amibienne ou bacillaire, gale, grippe épidémique, hépatite A, impétigo.

La mère de Grégoire acquiesce, prend congé.

C'est la cinquième fois que j'utilise ce modèle de certificat qui m'a été transmis sur Internet par un confrère de Nîmes, ancien camarade de faculté. Imprimer cette longue liste a un côté potache, fastidieux, mais c'est le seul moyen de lutter contre l'instrumentalisation dont, médecins, nous sommes constamment victimes. On nous sollicite régulièrement pour établir des certificats dont certains confinent au grotesque, certificats que les administrations inventent au gré de leur fantaisie pour éviter de faire face à leurs responsabilités. Parfois, c'est bien plus grave : comme ce confrère a qui on a demandé un jour un certificat attestant qu'un enfant de huit ans avait le droit de quitter la classe pendant les cours pour se rendre aux toilettes. Sa réponse a fait le tour des groupes de discussion médicaux sur Internet : « Je soussigné docteur en médecine certifie avoir examiné ce jour l'enfant X, et constaté la normalité de ses fonctions physiologiques pour son âge. J'atteste en outre avoir reçu la demande transmise par les parents d'un certificat pour autoriser l'enfant à aller aux toilettes. Il me semble utile de préciser à l'attention des auteurs d'une telle demande que je me tiens à leur disposition pour attester de leur incompétence notoire en matière d'éducation, en termes de connaissance minimale du fonctionnement physiologique du corps humain. Un certificat médical de perversité mentale sera systématiquement délivré. En tout état de cause, ce type de demande ne concerne pas le médecin, et ne sert qu'à protéger d'on ne sait quel péril des gens qui ont beaucoup de temps à perdre, et malheureusement à faire perdre aux autres. Certificat établi à la demande des parents du malheureux intéressé et remis en main propre pour faire valoir ce que de droit (et de travers). »

Hubert au téléphone

Le téléphone sonne, c'est Hubert, soixante-treize ans, qui demande si j'ai pensé à préparer la lettre pour le spécialiste qu'il a choisi de consulter, et qu'il voit cet après-midi vers dix-huit heures. Je n'ai pas eu le temps, je promets de le faire dans la foulée et lui demande de passer vers quinze heures. Un rapide coup d'œil sur l'agenda de consultations, qui est maintenant totalement bondé cet après-midi, alors qu'il est à peine midi et que, épidémie oblige, je m'attends à des appels en urgence quand les enfants demi-pensionnaires quitteront l'école ce soir. Trois visites à domicile seulement. C'est Byzance ! J'ai même une chance de pouvoir déjeuner en paix.

Retour à Grégoire

Je raccompagne Grégoire et sa maman, je dis « bonne chance » et ferme la porte.

Certains de mes patients m'ont fait remarquer ce qu'ils considèrent comme une bizarrerie. Je ne leur dis jamais, ou très rarement : « Au revoir ». Je dis « Bonne chance ». J'ai eu beau tenter de me contrôler, rien n'y fait, cela me revient naturellement. En y réfléchissant, j'ai réalisé que, plus ou moins inconsciemment, cette bénédiction laïque est destinée à les protéger jusqu'à notre prochaine rencontre, non pas que j'imagine un instant être doté de pouvoirs magiques, mais parce que l'expérience m'a appris que la vie est cruelle, et le vaste monde au-delà de ma porte d'entrée peuplé de dangers indicibles. J'en ai quitté certains sur ce palier, souriants, détendus, amicaux, que je n'ai jamais revus vivants. Et au fil des années, j'ai appris, comme Yossarian, le pilote de B-52 héros de *Catch 22*, l'un des plus magnifiques romans de guerre que j'aie jamais lus, que l'homme est une marchandise fragile. Faites-le traverser la rue devant une voiture conduite par un débile qui ne pensait pas à mal mais essayait seulement d'envoyer un SMS sur son portable pour repousser un rancard avec sa copine, laissez-le respirer quelques particules récemment éternuées par un tuberculeux dans une rame de métro, donnez l'occasion à une poignée de cellules perdues dans un recoin de son organisme de faire sécession et de se lancer dans une prolifération frénétique, et vous en aurez rapidement la confirmation : l'homme est une marchandise fragile.

Midi sonne pour les autres, je commence à avoir faim mais c'est totalement secondaire. Il n'y a plus personne dans la salle d'attente, et je m'offre le luxe d'aller aux toilettes en toute quiétude, sans regarder ma montre. Comme beaucoup de mes confrères, j'évite de boire au cours de la journée pour ne pas trop aller aux toilettes, ce qui est totalement incohérent, contraire aux conseils que je répète quotidiennement, mais que la pression de la salle d'attente, bien supérieure à la pression vésicale, a fini par rendre incontournable.

La lettre d'Hubert

Je me lave les mains, sans attendre que l'eau devienne chaude – il ne faut pas rêver non plus –, et retourne à mon bureau taper la lettre pour le spécialiste qu'Hubert s'est autoprescrit. C'est une spécificité française, je le constate simplement : tout patient peut consulter autant de médecins qu'il le souhaite, et la Sécurité sociale rembourse, pas forcément avec le sourire, mais elle rembourse. Certains patients atteints de « nomadisme médical », selon la terminologie en vigueur, alignent ainsi les consultations, passant d'un spécialiste à l'autre, accumulant les avis divergents, voire les examens complémentaires, dans l'incohérence la plus totale, avec probablement le sentiment d'être d'autant mieux soignés qu'ils ont plus consulté de médecins. Le cas d'Hubert est différent : il a pratiqué, à ma demande, un examen cardiologique. Je lui avais demandé de le réaliser à l'hôpital, mais la liste d'attente était trop longue, et il s'est rendu dans une clinique où le cardiologue s'est naïvement étonné qu'un homme de son âge, avec de si lourds antécédents, ne soit pas suivi par un spécialiste. C'est là qu'il a dévoilé à Hubert qu'il avait un cabinet dans la ville voisine, quelle coïncidence !

Dans la mesure où c'est moi qui, il y a dix-huit ans, en tant que réanimateur cardiaque ai reçu Hubert à l'hôpital local lors de son premier infarctus, et que je l'ai suivi depuis avec l'appui du chef de service, mon ex-patron et maître (comme on dit en médecine), cette irruption d'un tiers m'agace un peu comme ces gens qui vous rencontrant pour la première fois dans une soirée se croient obligés de vous fourguer leur carte de visite au cas où vous auriez un urgent besoin dans les semaines à venir d'un graphic designer ou d'un courtier en bourse. Lors de sa dernière consultation, tout fier de lui, Hubert m'a tendu son résultat d'examen et m'a informé de sa prochaine visite chez le cardiologue. Je n'ai rien dit, j'ai lu les conclusions de mon confrère, ça m'a semblé cohérent, mais les résultats étant sensiblement les mêmes que les précédents, et la pathologie d'Hubert étant parfaitement stabilisée, je ne vois pas en quoi quelques examens supplémentaires vont faire avancer le schmilblick. J'ai cependant insisté pour écrire une lettre au cardiologue, quand j'en aurais le temps. Parce que je me méfie de ce premier mouvement d'humeur né d'une trop haute opinion de moi-même, et d'une réticence inavouée à voir demain remises en question mes stratégies thérapeutiques. Et parce qu'il m'apparaît nécessaire, même si mon confrère ne signale jamais dans son compte rendu qu'il a proposé à Hubert de le reconsulter, de lui fournir au cas où l'ensemble des éléments en ma possession. Pour éviter, aussi, la spirale des examens complémentaires redondants. C'est une attitude méprisable, soupçonneuse. Dans le meilleur des mondes je devrais considérer l'arrivée d'un autre professionnel dans la relation médecin-malade comme un élément positif, au pis neutre. La réalité m'a lentement éloigné de ce monde merveilleux. Au moins Hubert, par chance, n'est pas tombé sur un des « bras cassés » de la région, l'un de ces médecins incompétents et cupides dont chaque confrère – par expérience – connaît la dangerosité.

« Mon cher confrère », commence la lettre type, « je vous remercie de bien vouloir recevoir en consultation… » Non, ça ne va pas du tout, ce n'est pas du tout ça.

« Mon cher confrère, vous avez proposé à Hubert, qui ne saurait refuser, de lui faire bénéficier de votre science… »

Non, ça ne va pas non plus, pas du tout du tout.

« Docteur, je suis le médecin traitant d'Hubert depuis vingt ans. Comme vous le verrez, il a une valise pleine d'antécédents cardiaques lourds, d'examens complémentaires divers : échographies cardiaques, enregistrements Holter, épreuves d'effort et dopplers, comptes rendus de consultations spécialisées, tout un historique médical que j'ai essayé de gérer au mieux de ses intérêts avec une certaine cohérence, sans hésiter pour autant, malgré mon lourd passé dans l'unité de soins intensifs cardiaques de la région, à m'adjoindre les conseils éclairés d'un confrère consultant spécialisé, car deux avis valent mieux qu'un. Manque de pot, je ne suis pas certain que trois avis valent mieux que deux, quatre que trois, etc., et j'aurais apprécié dans votre compte rendu d'échographie que vous me signaliez avoir proposé à Hubert une nouvelle batterie d'examens sophistiqués dont l'utilité me laisse d'autant plus sceptique que vous n'avez à aucun moment cherché à avoir connaissance des investigations déjà pratiquées. Bonne poire, et décidé à passer outre ma méfiance naturelle fort mauvaise conseillère, je vous joins l'ensemble de l'histoire clinique d'Hubert, en choisissant d'espérer que vous y prêterez attention et lui rendrez service. Si jamais votre consultation révélait quelque chose qui nous a échappé toutes ces années, à mon ancien patron et moi-même, je crois que je serais totalement mortifié, et c'est cette crainte de ne pas être à la hauteur, plus que toute autre chose, qui nourrit mon aigreur actuelle. Peut-être êtes-vous tout simplement doté d'un ego surdimensionné et d'une volonté de guérir que vous ne maîtrisez pas plus que je ne le fais moi-même, et vous imaginez-vous que votre sens du diagnostic et vos compétences vous permettront de réussir là où tant d'autres auraient échoué. Pierre et Marie Curie devaient partager ce sentiment. Jacques Crozemarie aussi, probablement. Bien confraternellement… »

Il serait temps de partir en visite, on m'attend. Le téléphone sonne à nouveau. Je le regarde comme si j'avais débusqué un cafard sur mon bureau, mais ça ne l'intimide en rien. Je décroche.

Sabrina au téléphone

« Docteur ? C'est Sabrina. Je ne pensais pas vous trouver à cette heure… »

Moi non plus, ça m'apprendra à sécréter du fiel en doutant de l'intégrité de mes confrères.

« C'est au sujet du petit que je garde, le petit Matthieu… »

Elle a une drôle de voix, c'est la première chose qui me frappe. Elle a une drôle de voix qui m'éloigne brutalement des bilans cardio-vasculaires redondants et de la médecine Club Med (« le médecin que je veux, quand je veux »).

Une drôle de voix qui me rappelle… l'un des moments les plus authentiquement terrifiants de ma vie, peut-être le seul où j'ai pris conscience de l'insondable abîme que recouvre l'esprit humain… « *J'ai voulu… J'ai voulu la punir…* » Je me force à refermer la porte sur ce souvenir.

« C'est le petit Matthieu… Je l'ai récupéré de ses parents ce matin… je crois… il a de drôles de marques, il faudrait que je vous le montre avant que son père vienne le récupérer.

– Viens tout de suite. »

Je repose le combiné. Reviennent en boucle et en désordre toutes les consultations de Matthieu, celles de son père – rares – et de sa mère, que je connais depuis l'âge de… je ne sais plus, mais elle devait être encore elle-même une enfant à l'époque.

Des marques ?

Encore du temps perdu, un quart d'heure pendant lequel je tourne en rond, vide les poubelles en préparant mentalement la conduite à tenir si jamais… si jamais…

La salle d'attente

Je devrais passer l'aspirateur dans la salle d'attente, ça me calmerait, mais je risque de ne pas entendre la sonnette.

C'est vrai qu'elle est moche, cette salle d'attente, que je devrais mettre des tableaux au mur. D'ailleurs ils sont prêts, ils n'attendent que la perceuse, quand j'aurai le temps. Ils attendent en prenant la poussière, sur une armoire, depuis deux ans.

Quant aux revues, n'en parlons pas. Grâce à un couple d'amis fidèles, je récupère tous les mois une flopée de magazines récents que j'empile sur les étagères en faisant un tri rapide des revues trop amochées… Comme mes amis et moi ne partageons pas les mêmes idées politiques, il m'arrive de mettre au panier des revues économiques neuves, parce que j'ai du mal à voir tel ou tel patron d'une multinationale affirmer en couverture que les lois de protection sociale à la française, ou la fiscalité sur les grandes fortunes, constituent une gêne inqualifiable à la propagation du Kapital sur l'ensemble de la planète.

Je retourne à mon bureau. Toujours personne. Je devrais en profiter pour pointer dans la comptabilité de mon logiciel les règlements des « tiers payant » effectués par les caisses. Toutes les semaines, je reçois des bordereaux qui, en théorie, récapitulent les versements effectués sur mon compte professionnel par les services administratifs de la Sécurité sociale pour chacun des patients que je ne fais pas payer. Parfois tout baigne. Parfois c'est l'horreur, lorsque la « liquidation » des documents a été réalisée en dépit du bon sens. Il faut alors pointer les erreurs, réclamer, attendre que les erreurs soient rectifiées. Autant la caisse départementale travaille correctement, autant d'autres caisses catégorielles ou mutuelles semblent fonctionner en roue libre, remboursant le patient à ma place, ou ne remboursant personne, ce qui est plus pratique…

La sonnette retentit.

Je vais ouvrir.

Sabrina entre, c'est une très jolie femme d'une trentaine d'années, nourrice agréée. Elle connaît tout des maladies infantiles, des rhumes, des bobos divers, des rubéoles et des gastro-entérites aiguës… L'entendre parler de marques sur un bébé m'a d'autant plus inquiété.

Matthieu

Matthieu a huit mois, c'est un bébé impossible à décrire, comme tous les bébés. Seuls les « connards sans enfant » – comme le lâche, méprisant, Roland Giraud dans *Trois hommes et un couffin* – s'imaginent que tous les bébés se ressemblent : ces crétins péremptoires qui vous affirment au cours d'un dîner jusque-là supportable que « à partir de trois ans, *ça* devient intéressant », et auxquels vous vous retenez de planter votre fourchette dans le gras de la main, juste entre le pouce et l'index, pour voir l'effet que ça leur ferait.

Sabrina déshabille Matthieu, nous n'avons pas dit grand-chose.

J'ai demandé s'il n'avait pas de fièvre. Non.

Si c'était la première fois. Oui.

S'il a mangé correctement. Oui.

S'il a l'air pas comme d'habitude. Non.

Je ne sais pas si c'est beau une ville la nuit, mais un gosse, c'est long à déshabiller, parfois, quoi qu'en pense le ministre.

Voilà Matthieu nu sur le drap d'examen, à l'exception de sa couche pour le moment. Bien portant apparemment, tout propre tout beau, croissance apparemment harmonieuse.

Sabrina n'a pas son carnet de santé. J'ai vérifié sur son dossier informatique, je n'ai pas vu Matthieu depuis trois mois, mais peut-être n'a-t-il pas eu besoin de voir un médecin, ou bien ses parents ont-ils consulté quelqu'un d'autre, un pédiatre…

Matthieu me regarde très sérieusement ; moi je n'ai d'yeux que pour son avant-bras gauche. Au niveau du coude et en dessous, la peau saine laisse place à plusieurs ulcérations. Certaines sont de la taille d'une grosse vésicule de varicelle, ou d'une brûlure de cigarette, c'est selon. D'autres, plus larges, me laissent perplexes, d'autant que les plaies ont été badigeonnées au mercurochrome, ce qui en modifie l'aspect et gêne l'analyse.

« Il était comme ça ce matin quand je l'ai déshabillé », glisse Sabrina, qui sait que « mettre du rouge » est la dernière chose à faire sur une lésion cutanée.

Je scrute Matthieu sous toutes les coutures, cherchant une explication à ce qui ressemble de plus en plus à des brûlures. Un moment, j'imagine qu'il puisse s'agir d'un zona, un virus qui se manifeste par un chapelet de vésicules de tailles diverses que les parents, à tort, ont peut-être percées avant de badigeonner les lésions suintantes pour les assécher. Mais ça ne colle pas : les lésions du zona suivent le trajet d'un nerf, ce qui n'est pas le cas ici.

Et puis, brusquement…, une intuition.

Le diagnostic s'impose à moi.

Cela se fait au feeling, en ces temps où le sens clinique a moins bonne presse que le « diagnostic différentiel » et le « référentiel métier ».

Mais cela s'impose tout seul, et je m'étonne d'avoir mis plus de quelques secondes à faire le diagnostic.

Je prends Matthieu dans mes bras en faisant un bruit de bouche débile pour le rassurer, je le retourne et le repose doucement sur le ventre. Il soulève la tête, m'observe. Je prends le premier objet que je trouve, le place devant lui, légèrement hors d'atteinte. Il se redresse, s'appuie sur ses avant-bras et se jette en avant comme un crapaud malhabile.

« C'est la moquette, dis-je à Sabrina. Son pyjama a dû glisser, il s'est brûlé l'avant-bras sur la moquette… »

Je souris, Sabrina sourit, Matthieu aussi se détend et sourit.

Je poursuis l'examen, par précaution, sans rien découvrir d'anormal. Nous venons d'éviter de justesse une erreur qui aurait pu coûter à Matthieu et à ses parents des semaines, peut-être des mois d'angoisse, de justifications impossibles à fournir…

Grâce à mon sens clinique très développé ?

Grâce à ce que j'ai lu sur un site Internet américain sur les allégations infondées de sévices à enfants ? Non. Grâce à mes souvenirs de jeune interne qui a usé ses genoux sur quelques moquettes de passage, avant d'apprendre à se méfier de l'acrylique.

Louis Bozon et Leonard Cohen

Il est une heure moins dix quand je monte enfin dans ma voiture.

Sur France Inter, Louis Bozon vante la bonne ville de Dax et incite la population à venir y faire une cure thermale.

Remboursable par la Sécurité sociale.

Que fait la police ?

France Info diffuse en boucle des informations sur la grève des gardes de nuit, les négociations au point mort, la surenchère de certains syndicats. J'enclenche le lecteur de CD, coup de chance, c'est Leonard Cohen, qui me susurre à l'oreille ses confessions apaisantes, ses amours enfuies, ses défaites héroïques.

Suzanne

Premier arrêt, la maison de Suzanne, sur la nationale. Je mets mon clignotant bien en avance, ralentis graduellement pour signifier au gros-cul qui me suit à toute allure que je vais tourner à gauche, réussis à me faufiler dans le flot de camions-bennes qui entre et sort de l'usine locale. J'arrête le moteur, descends de voiture en empoignant ma sacoche. Le sol tremble. Je serre les dents pour éviter de perdre un plombage.

Je n'en ai que pour quinze, vingt minutes, mais Suzanne vit ici depuis vingt ans au moins, et c'est ici, dans cette petite maison de banlieue aujourd'hui cernée de terrains vagues et de chantiers en construction, que son fils est mort il y a six mois.

L'alcool et le tabac, comme son père avant lui, comme ses deux autres frères.

Elle les a tous vus partir et reste seule aujourd'hui, attendant son tour, ou que la maison s'écroule.

Suzanne est en « ALD », prise en charge à 100 % par la Sécurité sociale pour une « affection de longue durée », une pathologie qui s'est progressivement effacée avec l'âge, tant il est vrai que l'organisme humain possède des capacités de guérison spontanée que la médecine rechigne à ébruiter pour mieux faire valoir sa toute-puissance.

Je pourrais en informer la Sécu, qui ainsi diminuerait ses remboursements à 65 %. Mais voilà, le médecin-conseil, en dépit des textes qui fixent la prise en charge des ALD à deux ans renouvelables au maximum, a décidé d'en faire bénéficier Suzanne jusqu'en 2055, ce qui est résolument optimiste s'agissant d'une femme âgée de quatre-vingt-trois ans. Il y a peu de temps, je remplissais encore consciencieusement, tous les deux ans, pour chacun de mes patients en ALD, un document de six pages au doux nom de PIRES (Protocole Inter Régimes d'Examen Spécial, je crois), dans lequel j'exposais les « arguments cliniques et résultats des examens complémentaires récents significatifs », le « projet thérapeutique détaillé : spécialités pharmaceutiques ou classes thérapeutiques – autres soins y compris para-médicaux », enfin le « suivi envisagé : nature et périodicité des examens, de la surveillance ». Nombre de confrères trouvent fastidieux de remplir ces documents à destination des médecins-conseils de la Sécurité sociale. Pas moi. J'en tire un certain plaisir, parce qu'ils me permettent de présenter de manière claire et lisible un cas clinique, un dossier, et me forcent à réviser l'historique du patient ainsi que la justesse de décisions thérapeutiques anciennes. Et, comme la Sécurité sociale adore que les médecins remplissent des documents lui expliquant la pertinence de leurs actions, j'en tire aussi une rémunération non négligeable, puisqu'elle s'élève à deux fois et demi le tarif d'une consultation normale. C'est dire que la Sécurité sociale me préfère en scribe qu'en prescripteur, en contrôleur de ma propre activité médicale qu'en soignant. Mais qu'importe, au fond, si le temps passé est bien rémunéré et sert finalement la prise en charge du patient. Seulement voilà, dame Sécu a dû se trouver trop généreuse, et du jour au lendemain les médecins-conseils, en contradiction avec les textes, se sont mis à accorder des ALD pour dix, vingt, trente ans ou, mieux encore, « jusqu'à nouvel avis »…

But de la manœuvre : court-circuiter le médecin généraliste et économiser la rémunération, tous les deux ans, d'un document de synthèse pourtant utile pour le suivi du patient.

Dans le cas de Suzanne, c'est un assez mauvais calcul. Interrogé par la caisse d'assurance maladie, j'aurais certainement fait le constat suivant : l'affection de longue durée de Suzanne est aujourd'hui guérie. Mais on ne me demande plus rien, et je ne vais pas cafter sur Suzanne, à son âge…

C'est un mensonge par omission, certes, mais comme Don Camillo, je me tourne vers un Dieu absent en arguant que la pauvre n'en profitera pas bien long-temps.

La maison est briquée comme un sou neuf, et quand je passe le porche, je mets les patins, avec un pince-ment au cœur.

Lorsque Suzanne ne sera plus, je ne reverrai jamais cet ustensile insolite, qui aurait aujourd'hui sa place dans un musée. Elle aussi, qui me traite comme un notable, comme les paysans devaient, il y a deux siècles, accueillir le médecin venu du bourg voisin à cheval pour la fluxion poitrinaire de l'aïeule.

Son examen clinique me prend peu de temps, son renouvellement d'ordonnance encore moins. Reste que, malgré ma faim, je rechigne à la quitter si vite. L'été, quand il fait beau, elle me fait visiter son jardin, me montre son potager, ses colombes…

J'ai bien conscience d'être l'un des rares visiteurs qui viennent rompre la monotonie d'une existence soli-taire. J'ai mauvaise grâce à la quitter, mais que pour-rais-je de plus pour elle ?

Je sais déjà ce qu'elle attend de moi : ne pas finir à l'hôpital, mais dans son lit, entourée si possible d'un peu d'affection. J'allais écrire : de l'affection des siens, mais, à part moi, elle n'a plus personne. Le seul pro-blème, c'est que je ne suis pas du tout certain, lorsque le moment arrivera, de pouvoir lui offrir ce qu'elle espère. Cela dépendra de beaucoup de facteurs que je ne maîtrise pas, et surtout de la disponibilité des infir-mières du coin. Car, à l'allure où vont les choses, je ne suis pas certain de trouver, dans quelques années, une infirmière libérale disposée à me seconder au chevet de Suzanne.

Les infirmières

Si la condition de vie des généralistes est par certains côtés difficile, la situation des infirmières, dans un pays comme le nôtre, tient de la démence. Qu'il se trouve encore aujourd'hui des femmes, des hommes, pour accepter, jour après jour, ce sacerdoce de forçat est à peine concevable. Affectées aux tâches les plus humbles et les plus difficiles, réduites par des tarifs d'une profonde indécence à des horaires inadmissibles et probablement contraires au droit, elles accueillent la souffrance des faibles, des grabataires, jour après jour, sans reconnaissance réelle de leur statut.

L'image de cette manifestation d'infirmières balayée par des canons à eau, je ne l'oublierai jamais : elle me hante. J'en ai chialé à l'époque. Rien que d'y penser j'ai la gorge qui se noue. Et je ne trouve aucun réconfort en constatant qu'aujourd'hui les mêmes qui leur envoyaient les CRS viennent à la télévision se tordre les mains devant la pénurie inexplicable à laquelle ils se retrouvent confrontés, et promettent d'importer de jeunes Andalouses, dans un délire colonial qui refuse de dire son nom.

Ces dernières années, j'ai vu partir des infirmières que j'ai côtoyées pendant quinze ans. Nous nous croisions dans les halls d'immeuble, dans les ascenseurs, cela aurait pu être torride – dans l'imaginaire collectif, l'infirmière est une amante experte, nue sous sa blouse –, c'était juste amical et inconséquent, deux boxeurs sonnés échangeant quelques mots de réconfort avant de remonter sur le ring.

Elles sont parties, elles ont laissé tomber, elles ont retrouvé une vie de famille, une vie de femme, loin de la merde, de la pisse et des escarres. Et celles qui restent, par simple transfert de charge, se retrouvent emprisonnées dans un ubuesque système de quotas qui les pénalise au-delà d'un certain nombre d'actes, et les oblige à faire le tri entre les patients dont je leur demande d'assumer la charge. Récemment, un mail d'un confrère m'a fait prendre conscience de la gravité du problème : malgré tous ses efforts, il n'avait pu trouver aucune infirmière dans son village de province pour prendre en charge la fin de vie d'un patient condamné par un cancer de la peau généralisé. Le patient savait sa mort prochaine, avait demandé à pouvoir rentrer chez lui. En vain. Il allait mourir à l'hôpital, parce que en ville les infirmières abruties de travail et harassées par les contrôles administratifs avaient jeté l'éponge, refusé l'insigne honneur, au regard de Dieu et dans l'indifférence des hommes, d'affronter une heure au moins par jour, samedi et dimanche compris, la souffrance de cet homme boursouflé de métastases, qu'il fallait aider à manger, à boire, laver, langer, dont il fallait tenir la main... Le confrère était déboussolé, démoralisé. Je comprenais son effarement.

Moi aussi, longtemps, j'avais partagé cet idéal en apparence si clair, si pur, si indissociable de ma fonction de soignant : aider les mourants, soulager leurs douleurs, redonner dignité à leurs derniers instants, aider ceux qui vont mourir, et le savent, à voler encore à chaque dernière journée quelques moments de bonheur, de grâce, de joie.

Un temps, cela m'avait semblé possible. Je m'y étais attelé avec un zèle et un orgueil incommensurables. Je serais ce médecin idéal, cette main qui apaise, ce bras que l'on broie en signe de reconnaissance quand les mots n'ont plus cours. Parce que je sortais tout juste de l'hôpital, parce que j'y avais parfois vu mourir des malades qu'on abandonnait à eux-mêmes, des cas sans intérêt médical avéré dont le médecin en charge du service refusait de s'encombrer et dans la chambre desquels seules pénétraient les infirmières, les aides-soignantes et, pour ne pas être en reste, l'externe que j'étais, qui réussissait à force de persuasion à y attirer à sa suite un interne compatissant, en échange de menus services administratifs rendus, plus fastidieux que désagréables. J'avais vu mourir ces hommes, ces femmes ; plus tard, ayant gagné en grade et en responsabilité, c'était moi que les infirmières appelaient pour me prévenir que la famille était là, c'était moi qui les accompagnais jusqu'à un fauteuil pour qu'ils ne s'effondrent pas dans le couloir, qui attendais que nous soyons assis pour dire les mots, dire que nous avions fait tout notre possible, mais que cela n'avait pas suffi. Nous leur laissions le temps de se ressaisir, le temps d'un dernier adieu dans ces chambres plongées dans la pénombre. Puis les familles partaient, et le brancardier arrivait, chargeait le corps, le recouvrait d'un drap et disparaissait dans l'ascenseur vers la morgue, au sous-sol. La chambre était nettoyée, on y branchait une grosse machine de désinfection qui irradiait pendant quelques heures un rayonnement bleuté du plus bel effet. Le lendemain matin, c'était terminé, comme si le patient n'avait jamais existé.

Jacky

Je m'imaginais qu'à domicile, ce serait différent. Que ce serait plus humain, moins anonyme, plus proche de l'idée que je me faisais de ma fonction. Et parfois, parfois, cela avait été le cas. Le fils de Suzanne en était un exemple. Jacky s'était éteint chez lui, dans son lit, doucement, sans souffrir. Jour après jour, tandis que ses forces l'abandonnaient, il s'était laissé glisser dans le sommeil, un sommeil dont il s'éveillait encore embué de rêves de son enfance, ce qui avait le don de bouleverser Suzanne, qui redécouvrait dans l'antichambre de la mort le fils que l'alcool lui avait trop longtemps volé. Il était mort une nuit, alors que je dormais paisiblement dans mon lit, et Suzanne l'avait découvert vers cinq heures du matin. Elle l'avait lavé, avait aéré la chambre, puis m'avait attendu dans sa petite cuisine de poupée. J'avais vérifié, selon la terminologie en usage, que la mort était « réelle et constante », c'est-à-dire que j'étais venu m'asseoir à côté de Jacky, j'avais posé mon stéthoscope sur sa poitrine, longtemps, longtemps, comme à chaque fois troublé de n'entendre plus rien. Étrange rituel, qui m'avait permis de lui dire adieu, même si je ne savais pas comment formuler cet adieu. Puis j'avais rempli le formulaire, appelé l'infirmière pour la prévenir, lui demander de passer quand même encore pour Suzanne, et aussi la remercier de son dévouement, de son aide irremplaçable.

Oui, parfois ce rêve de simple humanité avait été rendu possible, mais parfois aussi cela avait viré au cauchemar. Et ces épisodes-là, d'année en année, m'ont aguerri, m'ont appris à me méfier de mon *hubris* comme de l'opinion communément véhiculée selon laquelle la mort à domicile est une universelle aspiration légitime. Car elle a un coût, cette mort plus humaine, un coût très lourd que, au-delà des bonnes paroles des ministres et des budgets consacrés aux soins palliatifs, le lent effritement du système de santé fait essentiellement peser sur les acteurs de terrain, œuvrant sans les moyens et le statut nécessaires dans un domaine où la moindre erreur a des répercussions psychiques incalculables.

Ainsi, depuis quelques années, chaque fois que se pose à moi la question du maintien à domicile d'un patient en fin de vie, au lieu de répondre instantanément « présent ! » comme un bon petit soldat de la médecine générale, j'énonce certaines conditions, certains principes de base. Par expérience, il m'est apparu que, pour que les choses se passent bien, il faut que chacun des intervenants puisse à tout moment, s'il estime ne plus pouvoir assumer son rôle, se retirer, et demander le secours des confrères hospitaliers.

Les infirmiers peuvent estimer que leur charge de travail devient trop lourde – dans mon expérience, aucun ne l'a jamais fait.

Le médecin peut estimer qu'il n'est plus capable de gérer une situation trop complexe ou trop dramatique.

Le patient, bien entendu, peut désirer la sécurité d'un service hospitalier et d'une surveillance sans faille, quand par la force des choses médecin et infirmières ne peuvent le veiller jour et nuit à domicile.

Les membres de la famille, enfin, peuvent venir confier à tout moment leur lassitude, leur peur, leur désarroi.

Je sais maintenant reconnaître, grâce aux expériences passées, le seuil à ne pas dépasser chez les uns ou chez les autres, et si je vois flancher l'un de nous, je prends sur moi de préparer les choses, de contacter l'hôpital, de demander de l'aide et d'assurer le transfert du malade dans de bonnes conditions. Il importe que personne d'autre que moi ne se sente responsable de cette décision, que personne ne s'estime coupable de n'avoir su assumer ce qui était au-dessus de ses forces.

À ce prix, et parce qu'au fil des ans l'hôpital s'est doté d'unités de soins palliatifs, que des confrères, des consœurs se sont impliqués dans cette pénible mission, qu'enfin le regard sur le mourant a peu à peu changé, à ce prix cette ultime étape de la vie peut être regardée en face.

Certes, ces anciens chefs de service que j'avais connus sont pour la plupart encore en place, et continuent toujours à « sauter » la chambre du mourant en poussant le chariot de visite un peu plus loin dans le couloir. Mais même eux, en fin de compte, m'ont appris quelque chose.

« La Cuisse »

Je referme la porte du jardin, remonte en voiture. Informations médico-sportives sur France Inter : « La Cuisse » de l'idole en short va mieux. Enfin, on espère qu'elle va mieux. On l'a vue, « La Cuisse », faire un tour de stade à petites foulées. Mais on en saura plus dans la soirée, après la cinquième IRM, dont on espère d'ores et déjà qu'elle pourrait mettre en évidence un début de cicatrisation. C'est que des millions sont en jeu... Des millions de supporters gavés de résultats sportifs, et des millions d'euros de sponsorisations publicitaires. « La Cuisse », qui vend de l'eau minérale, de l'alimentaire d'entrée de gamme, des abonnements satellite, des portables et des assurances vie... « La Cuisse » est l'objet de toutes les attentions. En France, pays de la liberté, de l'égalité et de la fraternité (qu'incarne si bien dans les gazettes le prolongement humain de « La Cuisse »), le délai d'attente moyen pour obtenir une IRM est de huit semaines. Et tout médecin qui ferait réaliser deux IRM à vingt-quatre heures d'intervalle pour une lésion musculaire contractée sur un terrain de sport serait aussitôt mis en examen par les médecins-conseils de la Sécurité sociale. Mais il ne s'agit pas ici de soigner un être humain, il s'agit de « La Cuisse », acteur incontournable du PNB de la France...

Je retourne au centre-ville vers le petit appartement où Raoul et sa femme subsistent avec 730 euros par mois.

Raoul

Raoul est revenu d'entre les morts.

Après une succession d'incidents plus ou moins graves qui s'étaient accumulés en l'espace de quelques semaines et l'avaient conduit dans l'antichambre de la mort, Raoul a été pendant neuf mois, à quatre-vingt-deux ans passés, l'objet des soins attentifs de collègues hospitaliers que je ne rencontrerai probablement jamais, qui aujourd'hui – je ne peux imaginer qu'il en soit autrement – doivent se demander fugitivement ce qu'il devient, s'il est toujours vivant.

Je devrais prendre le temps de retrouver les coordonnées de ce service de « soins de suite » situé dans un département voisin, je devrais les appeler, juste pour dire qu'il est toujours là, et que ce qu'ils ont fait tient du miracle.

Prendre le temps… À qui vais-je faire croire ça ?

C'était l'année dernière, au mois de janvier. Raoul allait mal, très mal. Depuis plusieurs jours sa tension s'effondrait. Je n'arrivais pas à le sevrer de l'oxygène que son infection bronchique m'avait amené à lui prescrire. Les plaies cutanées de ses jambes, de ses fesses, semblaient se creuser chaque jour davantage.

Sa femme m'a appelé en fin d'après-midi : il y avait eu une erreur de transmission, elle croyait que je devais passer ce jour-là et n'avait pas voulu me déranger.

J'avais pris la sacoche, traversé la moitié de la ville en soufflant comme un bœuf parce qu'à cette heure-là, vers cinq heures et demie, la sortie des bureaux rendait la circulation en voiture impraticable. Débarquant en catastrophe, j'avais eu un coup de sang, pourquoi ne pas m'avoir appelé plus tôt, c'était malin d'avoir attendu… et puis, confronté à la brusque dégradation de l'état de santé de Raoul, j'avais fermé ma grande gueule, ravalé cette morve de notable dérangé en pleine consultation, et réalisé l'urgence de la situation.

J'aurais pu, j'aurais dû m'excuser, arguer de ma fatigue, de mon angoisse, de l'accumulation de trop d'appels pour urgence vitale qui n'étaient rien d'autre que des visites de confort, mais le temps pressait, et il fallait tenter de stabiliser l'état de Raoul, dégager ses poumons avant de téléphoner aux urgences de l'hôpital, expliquer la situation à sa femme, à Raoul lui-même.

« Je crois que votre infection pulmonaire s'aggrave, malgré l'oxygène, les antibiotiques et la kiné… il serait plus sage de vous hospitaliser… »

Raoul avait hoché la tête, essayé de parler, nous étions seuls dans la pièce pendant que sa femme jetait quelques affaires dans une petite valise. J'avais dû m'approcher pour l'entendre.

« C'est mieux comme ça, avait-il murmuré. C'est trop pour Lucienne, elle n'en dort plus la nuit… »

J'avais acquiescé en serrant les dents, et puis comme j'entendais sonner en bas, comme j'entendais dans le vestibule de grosses voix masculines rieuses, je m'étais à nouveau penché sur lui et j'avais longuement embrassé son front, me relevant juste à temps pour ne pas être vu par les ambulanciers.

« Je garderai un très bon souvenir de vous… », m'avait-il soufflé, alors même qu'on l'emmenait, et cette dernière phrase m'avait plongé dans un abîme d'introspection. Délicieusement surannée, elle eût pu laisser imaginer qu'il quittait un palace où il venait de passer un agréable séjour, et en félicitait le maître d'hôtel : « Je garderai un très bon souvenir de vous… »

La juxtaposition même de ces deux mots me déroutait complètement. Comment Raoul, qui n'était pas dupe de l'extrême précarité de son état actuel, pouvait-il espérer garder quoi que ce soit dans les jours à venir, et encore plus un souvenir ? À moins qu'il n'eût voulu me dire que même de l'autre côté…

Je ne le lui ai jamais demandé.

Lorsque Lucienne, près d'un an plus tard, m'a annoncé qu'il revenait à la maison, je n'ai même pas su quoi répondre. À chaque consultation, elle m'avait tenu au courant de l'évolution de son mari. De sa très lente récupération à l'hôpital, de son transfert dans un service de « soins de suite » éloigné, où dans un premier temps il avait été considéré comme grabataire. De ses efforts, et de ceux de l'équipe soignante, pour le remettre debout, lutter contre l'ankylose, lui réapprendre la marche… Et le voilà qui revient parmi nous, Lazare au déambulateur…

Je l'ai revu pour la première fois il y a une semaine. Il a grossi, il a perdu son teint cireux, ses plaies ont cicatrisé, sa respiration est presque normale. Il regardait à la télévision un de nos hommes politiques les plus corrompus déclamer à une tribune son soutien aux déshérités de la Terre et, comme en 1936, lorsqu'il faisait le coup de poing contre l'Action française, Raoul maugréait dans sa barbe qu'il fallait tous les pendre, et laisser les corbeaux s'en dépêtrer.

Il m'a vu arriver, m'a souri : « Ah, mon docteur ! » Et puis après que je l'eus examiné, que je me fus émerveillé de sa récupération, il m'a glissé : « Oh, la dernière fois, vous ne donniez pas cher de ma peau, hein… je l'ai bien vu dans vos yeux… et quand vous m'avez embrassé, je me suis dit, mon vieux Raoul, c'est pas bon signe… » J'ai bougonné quelque chose, qu'on ne m'y reprendrait plus, que la prochaine fois j'en profiterais pour lui faire les poches. Sa main serrait mon poignet avec force. Il était vivant. Je savais, il savait, que beaucoup d'autres n'avaient pas eu cette chance.

Aujourd'hui, c'est presque une visite de courtoisie, parce qu'heureusement tout va bien. La tension est bonne, l'auscultation parfaite, les lésions dermatologiques sont stabilisées, les urines dans la poche en plastique sont claires… Raoul est à nouveau tranquillement assis sur une grenade dégoupillée, comme l'année dernière, et, sans amertume ni angoisse, il profite de ce que la vie lui a été rendue.

Mon rôle, c'est d'être attentif, vigilant, de ne pas rater le moindre petit début de symptôme qui pourrait à nouveau déstabiliser son fragile équilibre.

Tout cela coûte cher, très cher probablement, et a nécessité un investissement matériel et humain énorme eu égard à la valeur relative qu'accorde notre société à la vie d'un ancien ouvrier de chez Renault. Combien de temps cela durera-t-il encore, dans un monde voué à la productivité et à la compétitivité ? Je ne sais pas. C'est peut-être là que se situe le vrai miracle : tout au long de la chaîne des intervenants médicaux et sociaux qui l'ont entouré, médecins, infirmières, aides-soignantes, agents administratifs, assistantes sociales…, il ne s'est trouvé personne pour dresser un bilan économique de la situation et signaler d'une voix douce mais ferme que toutes ces dépenses, franchement, chez un homme de cet âge et dans cet état… Non, apparemment personne n'a réagi selon les lois du marché, et de ce miracle je rends grâce à notre cécité collective, *amen*. Car la santé n'échappe pas aux nouvelles règles qui régissent la société de ce début de XXIe siècle, au glissement vers le tout-économique où chaque secteur, bientôt chaque vie si nous n'y prenons garde, est considéré avant toute chose sous l'angle de la rentabilité. Une colonne recettes, une colonne dépenses, et la messe est dite. Chaque secteur doit faire la preuve de sa viabilité économique à court terme, satisfaire à des critères financiers établis *a priori*, en dehors d'une réflexion sur sa qualité ou son utilité au corps social. C'est ainsi que pour contrer les accusations de dépenses injustifiées, certains professionnels de la santé ou de l'industrie pharmaceutique pointent cette réalité paradoxale : que le secteur de la santé ne représente pas seulement un facteur de dépenses pour le pays (environ 11 % du PIB), mais aussi un apport de recettes de plusieurs centaines de milliards, et une contribution de plus de 6 % à l'activité de production du pays... Mais recourir à ce type d'argument comptable, tenter désespérément de justifier l'existence d'une activité médicale, est-ce une attitude cohérente ? L'accès à une meilleure qualité de vie, la prévention de certaines maladies potentiellement évitables, le soulagement de la souffrance, la prise en charge des pathologies touchant les plus faibles, les plus âgés, les « improductifs » comme Raoul, nécessitent-ils d'être évalués *avant tout* sur le plan de la rentabilité économique ? Et, *a contrario*, la sur-prescription de médicaments inadaptés ou mal évalués, de cures thermales d'utilité douteuse, d'examens complémentaires sophistiqués sans intérêt objectif pour le patient, pourrait-elle trouver une justification *a posteriori* dans une légitimité purement financière, au prétexte qu'elle participerait à l'activité économique du pays ? Bien évidemment non. La santé a un coût, mais la vie n'a pas de prix. L'activité du médecin ne saurait avoir de justification financière. Et c'est tant mieux, car sinon celui-ci ne serait au final qu'un rouage parmi d'autres destiné à adapter et à maintenir la force de travail des individus au service exclusif d'un système économique.

Grosse diarrhée

Dernière visite avant l'écurie, je veux dire la cantine : Claudine P., vingt-deux ans, je ne reconnais ni son nom ni son adresse. En général, je me méfie de ces visites à domicile chez des patients que je ne connais ni d'Ève ni d'Adam, et cette fois-ci, c'est avec raison.

Dix bonnes minutes avant de dénicher une place pour me garer, encore un bon moment avant de trouver la cage d'escalier dans ce grand ensemble assez chic dont toutes les tours se ressemblent.

Le secrétariat téléphonique a noté le numéro de l'appartement, coup de chance c'est au rez-de-chaussée. Je sonne.

Rien.

J'attends un peu, quel était le motif de la visite, déjà ?

Je regarde ce que j'ai griffonné ce matin sur un post-it en notant l'appel : gastro.

La pauvre, elle doit être pliée en deux sur les toilettes, j'attends encore trois bonnes minutes avant de me résoudre à cogner à la porte, cette fois, quand une voix retentit de l'autre côté : « Qui est-ce ? » Rasséréné, j'empoigne plus fermement ma sacoche, lance : « C'est le médecin, vous avez demandé un médecin... »

La porte s'entrouvre, elle est en T-shirt, le cheveu ébouriffé, l'air plus endormie que défaite.

« Vous êtes SOS médecins ?

– Non, je suis le médecin que vous avez appelé ce matin...

– Ah », dit-elle en rognant un ongle, pressée de retourner au plumard. « Ah, ouais... mais il y a un autre médecin qui est déjà passé... »

Elle commence à repousser le battant, sa pizza a été livrée à domicile, pourquoi s'emmerder à téléphoner pour décommander ?

« Combien de confrères vont encore se casser le nez sur votre porte jusqu'à ce soir ? » réussis-je à glisser avant que celle-ci ne se referme, parce que je suis persuadé que je ne serai pas le seul.

Il suffit de prendre les pages jaunes, d'appeler un médecin, c'est simple comme un coup de fil...

Je laisse cette connasse à son sommeil en lui souhaitant une attaque de diarrhée incoercible sous la couette, et remonte en voiture. À la radio, c'est à nouveau l'heure des infos, j'ai un coup de déprime, je jette un œil au tableau de bord : 14 h 06. Si je ne me dépêche pas un peu, ma cantine va fermer.

Mario aux fourneaux

J'arrive à temps, Mario est en salle, il débarrasse les couverts. À ma question rituelle : « Est-ce qu'il n'est pas trop tard ?... », il répond, imperturbable, qu'il n'est jamais trop tard.

« Où vous voulez... » me dit-il encore en m'indiquant le restaurant vide à l'exception de quelques retardataires qui sirotent un café en refusant de regarder leur montre.

Je m'assieds à une table près de la fenêtre, dos à la colonne du radiateur, parce que avec la faim je commence à avoir vraiment froid. Je fouille dans mes poches, inquiet. Je n'ai pas eu le temps de m'acheter un journal, et je ne connais rien de plus triste que manger seul sans lecture. Du fond de ma poche déformée, je sors des chèques que j'aurais dû déposer à la banque depuis une semaine déjà, de vieux bordereaux, des feuilles de soins datant du mois dernier, une plaquette de paracétamol, un article sur l'anthrax que j'avais découpé dans une revue médicale et qui heureusement ne m'a jamais servi, une ancienne liste de Noël de mon fils...

Je m'y arrête un instant.

Il est quatorze heures passées et je n'ai pas pensé à ma femme ni à mes enfants depuis mon arrivée au cabinet médical à huit heures ce matin. J'ai vécu ces six heures comme dans un tunnel, sans penser à rien de ce qui fait ma vie, de ce qui lui donne un sens.

Je reste là un moment, interdit, fixant ce bout de papier glissé dans ma poche.

Que font mes enfants à cette heure-ci ?

Que fait ma femme ?

Quand je le lui demande au téléphone, en vitesse, entre deux consultations, juste histoire de ralentir un instant le flux, elle me répond, faussement nonchalante : « Moi ? Je ne fais rien... je bouffe mes corn-flakes allongée sur ma moquette... »

C'est un *private-joke*, parce que je suis bien conscient que l'essentiel du fonctionnement de la maisonnée est à sa charge : s'occuper des enfants, de leurs devoirs, de la nourriture, de l'entretien de ce pavillon que nous louons maintenant depuis quinze ans parce qu'à quarante-trois ans avec un bac + 8 et dix-sept ans d'expérience, je ne suis pas foutu d'accéder à la propriété, comme on dit.

Chaque année, je mets un peu d'argent de côté.

Chaque année, les prix immobiliers grimpent du double.

Je devrais placer mon pécule en bourse, m'ont expliqué doctement amis et connaissances depuis des années, tout le monde sait ça.

« Tu places ton argent, il travaille pour toi au lieu de dormir sur un compte, et si tu profites bien du marché, tu te fais des couilles en or ! Un type intelligent comme toi, tu devrais comprendre ça... » Le hic, c'est que je n'arrive pas du tout à me persuader que c'est aussi simple... Probablement à cause de toutes ces conneries qu'on m'a enseignées à l'école, que

75

mes parents m'ont répétées : « Rien ne se perd, rien ne se crée… »

Je n'arrive pas à imaginer qu'en déposant mes économies quelque part, elles puissent soudain se mettre à se multiplier comme par magie, comme avant Pasteur on imaginait que rats et cafards naissaient par génération spontanée dans les ordures accumulées.

Non, je sais que l'argent qui soudain affluerait sur mon compte ne serait pas le fruit d'une quelconque multiplication des pains, mais un simple transfert. Que mon capital ne fructifierait pas par l'action du Saint-Esprit, mais bien parce qu'il servirait un moment les intérêts d'un quelconque de ces barons de la finance qui nous beurrent la raie du matin au soir avec leurs minutes Internet gratuites et leurs sonneries pour portable customisées, comme si le fait d'abrutir le peuple en lui vendant son asservissement en barrettes de douze constituait un gigantesque progrès.

Non, je suis bien plutôt persuadé que la mentalité du rentier et du spéculateur, à la recherche du profit maximal, ne s'embarrassera plus un jour, si personne ne trouve le frein de cette guimbarde, de dépenser temps et argent à perte sur un vieil emmerdeur dans le genre de Raoul. J'en ai eu la preuve il n'y a pas si longtemps, quand le groupe Axa a tenté brusquement, rentabilité oblige, de faire exploser les primes d'assurance vie des enfants handicapés, au prétexte qu'une compagnie d'assurances doit dégager des bénéfices et ne fait pas de solidarité. Comme le disait un porte-parole d'Axa : « On sait qu'humainement c'est dur, mais on doit faire notre métier d'assureur. »

Pas de bourse, donc, pas de gros pécule, pas de maison pour l'instant. Con comme un généraliste à 20 euros, j'ai décidé de ne pas suivre le mouvement du capital.

Et l'année m'a été plutôt douce, d'ailleurs.

La voix de Jean-Marc Sylvestre, soudain hésitante quand hier encore elle nous vantait avec entrain la nouvelle économie et les valeurs technologiques, le ton de compérage de Jean-Pierre Gaillard accueillant sur son plateau un quelconque analyste martelant des clichés pathétiques du style « si ça baisse, c'est bien forcément que ça va remonter un jour »…

Ah, entendre jour après jour, une année durant, ces grenouilles péremptoires dévisser de leur échelle… Mauvais Français que je suis, ça m'a redonné confiance. Il ne manquerait plus qu'un grand manager de multinationale vienne tambouriner avec sa grolle trouée (ou est-ce juste la chaussette ?) sur le beau bureau en verre de Claire Chazal comme un vulgaire Khrouchtchev en menaçant de se délocaliser en Afghanistan et je crois que je me taperais une confortable érection.

M. 100 000 Kaèfes

Me revient en mémoire cet homme que j'avais reçu une seule et unique fois il y a quelques années, pour une douleur cervicale je crois. Au moment où, pour remplir sa fiche administrative, je m'enquérais de sa profession, il m'avait répondu d'un ton légèrement agacé…

« Ah, vous ne pourriez pas comprendre… Je gère 100 000 Kaèfes par jour… mettez *donc* courtier… »

J'avais adoré le « donc », celui que l'on adresse à un valet particulièrement obtus :

« Eh bien, Firmin, je mettrai *donc* le costume pied-de-poule, puisque vous n'avez pas été fichu de me ramener ma veste en lin de chez le teinturier… »

Sous quel pont couche aujourd'hui M. 100 000 Kaèfes ?

« Qu'est-ce que je vous propose, une escalope à la crème ? Nous n'avons plus de plat du jour… »

Mario interrompt ma rêverie, il me connaît par cœur, depuis le temps.

Il connaît mon mode de fonctionnement, qu'il n'essaie plus d'influencer, tant il me sait casanier.

À de très rares exceptions près, je mange la même chose pendant des mois, parfois des années.

Il y a eu la période pizza jambon et aubergines, qui a bien duré six mois, puis le pavé au poivre, sans doute autant, les penne au thon, au printemps, et l'escalope à la crème, qui tient la route depuis fin août maintenant, sans pouvoir jamais espérer détrôner la crème brûlée, championne toutes catégories de longévité.

Ce n'est pas que je n'aime pas manger, mais je n'arrive pas à choisir, mon esprit est occupé ailleurs.

En général, je débarque au restaurant avec mon courrier sous le bras, que j'ouvre en attendant d'être servi, accumulant un monticule d'enveloppes vidées de leur contenu, de revues médicales vite feuilletées, de prospectus pharmaceutiques que j'ajoute à la pile sans les ouvrir…

Dans *La Mouche*, le film de David Cronenberg – encore un médecin –, Jeff Goldblum, avant de se retrouver affublé de quelques chromosomes supplémentaires et d'un appétit immodéré pour le sirop de canne régurgité, amène une de ses conquêtes dans son pied-à-terre, un immense loft d'artiste laissé à l'état de friche post-industrielle. Tandis que le sympathique savant fou étire son mètre quatre-vingt-dix en travers du lit en savourant une torpeur post-coïtale bien méritée, sa copine, Geena Davis, ouvre un placard et se trouve confrontée à une demi-douzaine de costumes tous identiques, et à un assortiment de chemises et de chaussures toutes semblables.

« C'est quoi, ce bordel ? » demande-t-elle en substance, imaginant probablement d'avoir couché avec un serial killer.

« Ce n'est rien, répond Goldblum, ça m'évite de perdre du temps à réfléchir à des détails secondaires… »

Mario pose l'assiette devant moi, je mange mécaniquement, réalise que c'est bon, très bon. Je mange trop vite, j'ai toujours peur que le portable ne sonne, mon secrétariat téléphonique a pour consigne de me transférer tout ce qui peut de près ou de loin ressembler à une urgence, et je sais d'expérience que le signal passe très mal à l'intérieur du restaurant. En cinq minutes, c'est plié. « Une crème brûlée ? » demande Mario. J'acquiesce, je ferme les yeux, m'accole au radiateur. En fait, ce n'est pas manger que je voudrais, c'est dormir.

Mais ce court moment de répit ne se passe pas comme prévu. Parce que les souvenirs reviennent à la surface, c'est ne plus y penser, qu'il faudrait, et ça je ne sais pas faire.

Clara et Melissa

Le téléphone avait sonné, j'avais décroché sans même cesser de pianoter sur le clavier de l'ordinateur, j'écrivais, je m'en souviens encore, une lettre à un ami aujourd'hui décédé. J'ai répondu sur un ton souriant, c'était l'été, moins de boulot, l'impression de vivre enfin, l'approche des vacances…

« Docteur, il faudrait que je vous amène ma fille. Je crois que j'ai fait une bêtise. »

À l'arrière, j'entendais pleurer un enfant. La routine.

« Une bêtise ? Quel type de bêtise ? » Toujours ce ton chantant de l'imbécile qui s'attend à s'entendre dire que la petite a pris une dose d'Efferalgan pour 18 kilos alors qu'elle en fait à peine 17…, enfin ces petites angoisses sans gravité de la mère de famille qui sait bien qu'elle risque d'agacer le médecin mais qui désire un avis parce que sinon elle ne dormira pas tranquille. En général, je rassure les mamans, et elles s'excusent : « Je suis trop bête, ne m'en veuillez pas. » Et moi de répondre que je préfère qu'elles m'appellent : la tranquillité d'esprit, c'est simple comme un coup de fil. « Oui, docteur, mais vous avez tellement de travail »… C'est pas grave c'est pas grave, c'est un plaisir.

Je raccroche, tout le monde est content, elles sont soulagées, moi j'ai l'impression, à pas cher, d'être utile. C'est le coté curé sans soutane, ça ne mange pas de pain. Un confrère dit que le travail de généraliste, c'est la médecine plus la rassurologie : c'est assez juste et certainement utile, dans un monde où la peur incite à surconsommer des médicaments, des régimes, des consultations…

Mais ce jour-là, j'étais loin du compte.

« Une grosse bêtise, je crois », avait-elle dit à l'autre bout du fil, et elle s'était mise à pleurer. J'avais cessé de taper sur le clavier.

« C'est Melissa. C'est à cause de Melissa. Elle a encore fait dans son pantalon. »

Elle haletait, les mots ne sortaient pas, soudain j'ai pressenti qu'au final, ce ne serait probablement pas une si belle journée que ça.

« J'ai voulu… J'ai voulu la punir… »

Elle faisait un son, maintenant, elle faisait un son avec sa bouche, une sorte de hurlement à l'intérieur d'elle, une plainte étouffée qui m'a glacé.

« Qu'est-ce qui s'est passé, Clara ? »

Je n'avais pas dit « Qu'avez-vous fait ? » quand bien même ces mots me brûlaient la gorge. Non, j'avais dit

« Qu'est-ce qui s'est passé ? », pour rester neutre, pour ne pas la braquer, pour que ce qui hurlait à l'intérieur d'elle ose sortir la tête. Parfois, il est difficile de ne pas croire à l'existence du Mal.

« J'ai… voulu… la… punir… Je… c'était… la… troisième… fois… rien qu'aujourd'hui… »

Mario

« Attention, docteur, ça sort du four, c'est trrrrrèèèèès chaud ! »

Mario a posé la crème brûlée sur la table, avec un petit mouvement du poignet pour la présenter sous son meilleur jour.

Je n'ai plus faim. Pour lui faire plaisir, je mange.

Je n'ai jamais rien su de ce qu'il était advenu de Melissa. Je ne l'ai plus jamais revue, ni elle, ni sa mère, ni son père. J'ai bien essayé de contacter les services sociaux, que j'avais alertés le jour même, comme l'avaient certainement fait à son arrivée mes confrères du service de réanimation des grands brûlés. On m'a expliqué gentiment que ce n'était plus mon problème, que tout ça était pris en charge, merci de ne pas nous déranger à nouveau, nous avons du travail, et je suis persuadé que vous aussi, docteur, bonne journée…

Je paie. À qui était ce billet ? Sabrina, Amélie, Luigi ?

Qui m'a payé à déjeuner aujourd'hui ? Je n'en sais rien, mais le déjeuner avait un drôle de goût, vers la fin.

Je traverse le square, il est 14 h 55. Je suis dans les temps, presque.

Victoires de la Musique

Je pousse la porte de l'immeuble. Dans le hall, trois ombres en uniforme « Victoires de la Musique ». Ils me voient arriver, et l'un d'entre eux, University of California Los Angeles, fait mine de chercher un nom sur le panneau de sonnettes de la porte d'entrée.

« Euh, je cherche le docteur… » dit-il très fort pour avoir l'air décontracté, et ça ne marche pas du tout, mais je ne sais pas s'il s'en rend compte.

Il déchiffre chaque bouton méthodiquement, tandis qu'un de ses acolytes essaie de prendre l'air détendu tout en repoussant délicatement la porte de la boîte aux lettres qu'il vient de desceller. Manque de chance, la porte refuse de rester fermée et vient doucement lui toucher l'épaule.

« Le docteur…, dis-je. Quelle judicieuse idée. Vous l'avez devant vous… »

Je marche droit sur le panneau de boîtes aux lettres, ils s'écartent. Je me trouve face à la porte de la boîte aux lettres du voisin, qui pendouille lamentablement. Je la referme sèchement, retire mon courrier.

« C'était… euh… c'était pour un rendez-vous… »

Ils ont une tête à vouloir prendre rendez-vous comme moi à faire du saut à l'élastique sans élastique.

J'opine du chef pour bien montrer à quel point je les trouve crédibles.

« Euh, on n'est pas des voleurs, m'sieur, me dit le casseur de boîtes aux lettres.

– Loin de moi cette idée, je réponds. Mais si c'est pour un rendez-vous, il faut téléphoner au secrétariat…

– Hé, l'autre bouffon, là, s'énerve United Colors of Benetton, il nous prend pour des voleurs !… »

Je ne les prends pas pour des voleurs. Ça demande-rait plus d'organisation qu'ils n'en possèdent à eux trois. Je les prends pour une bande de branleurs venus s'infiltrer dans les caves de l'immeuble en profitant d'un éventuel défaut de vigilance du docteur. Bien entendu, et sans penser à mal, m'sieur, s'ils peuvent au passage fracturer une boîte aux lettres, rayer une bagnole ou pisser dans le local des poubelles, ils ne s'en priveront pas, tant il leur est plaisant de laisser ainsi trace mémorable de leur séjour sur la Terre.

Je ne suis pas une femme, ni un enfant de douze ans, ni un vieillard. Ils haussent les épaules lorsque je referme la porte d'entrée avec un sourire, sortent de l'immeuble en s'apostrophant pour garder une conte-nance.

« Waaa, l'aut'pédé, si tu crois que j'vais consulter un gros pédé comme ça, j'le nique et j'nique sa mère... Gros con de médecin, j'l'emmerde. »

Voilà ce que c'est de manquer de souplesse. Je viens de perdre un client potentiel. Quel dommage !

Dans l'ascenseur, je jette un œil sur le courrier. Une enveloppe attire mon attention. La fenêtre d'adresse encadre un papier de couleur jaune dont je connais la provenance. Seul le service d'anatomie pathologique de l'hôpital utilise un papier de cette couleur. Je déchire l'enveloppe, lis en diagonale. En fait, je ne lis même pas. Je reconnais un mot ici ou là : biopsie... cytoponc-tion... quelques petits amas... les noyaux sont arrondis... J'essaie de soutenir d'une main la pile de courrier pour pouvoir tourner la page et arriver à la conclusion. La porte de l'ascenseur s'ouvre, je sors sur le palier, exé-cutant une danse grotesque pour éviter de perdre en route la moitié de ma charge. Impossible de tourner cette putain de page.

Et puis, soudain, ça n'est plus indispensable, ça n'est plus si urgent.

J'ai lu les mots que je ne voulais pas lire : « prolifération adénocarcinomateuse invasive d'architecture essentiellement trabéculaire… »

La minuterie s'éteint, je la cherche à tâtons dans le noir, la rallume. Je retrouve la phrase entière, la relis. Je réalise alors que je ne sais même pas de qui il s'agit. Au cours des quinze jours précédents, j'ai vu trois patientes pour une anomalie à la mammographie à qui j'ai demandé de faire pratiquer une biopsie.

Pendant encore quelques secondes, je cherche le nom de la patiente, le trouve enfin.

Michèle

Michèle avait téléphoné samedi, pour savoir si j'avais reçu un courrier de l'hôpital. J'avais répondu par la négative, mais je ne me souviens plus si j'avais promis de la rappeler, ou si elle devait s'en charger dans le courant de la semaine. Évidemment, si le résultat de son examen s'était révélé négatif, je l'aurais aussitôt rappelée, trop heureux de pouvoir couper court à son angoisse en délivrant une bonne nouvelle. Mais nous n'avons pas tiré ce numéro-là à la loterie de la chance, pas aujourd'hui. Pour la énième fois de la journée, je regarde le téléphone posé sur mon bureau comme un ennemi. Que faire ? Attendre qu'elle appelle ? L'appeler ? Lui voler quelques heures d'insouciance ? Dans quel but ? Pour ne pas porter seul ce fardeau ? Que fait le comité d'éthique ? Qu'en dit la littérature médicale ? J'en ai lu des articles sur l'art et la manière d'annoncer une mauvaise nouvelle à un patient. Il faut prendre le temps nécessaire, le faire asseoir, ne pas hésiter à répéter lors de consultations rapprochées les informations que sous le choc le patient souvent n'a pas intégrées d'emblée… Et, bien évidemment, il ne faut jamais, jamais au grand jamais délivrer un diagnostic lourd de conséquences par téléphone. Les patients, quelle que soit l'attitude du médecin, garderont toujours le souvenir traumatique de cette annonce désincarnée : « Eh bien, moi, je l'ai appris au téléphone, comme ça, en quinze secondes… » (Autre variante : « Le médecin m'a reçu dans le couloir, comme ça, entre deux portes, pour m'annoncer que j'avais un cancer… ».) Je ne vais donc pas appeler Michèle. Je vais attendre qu'elle prenne rendez-vous. Courage, fuyons.

Roger et Joséphine

Depuis sa sortie de l'hôpital, c'est la première fois que je revois Joséphine. Je la connais depuis dix-huit ans maintenant, et bien qu'elle ait quitté Villers pour s'installer en province avec son mari, elle revient me voir régulièrement, plusieurs fois par an, pour son suivi.

Elle semble fatiguée, défaite, et je m'en sens en partie responsable. Il y a une quinzaine de jours, cette femme de soixante-treize ans en bonne santé à part une hypertension bien contrôlée, m'a consulté avec de la fièvre et une toux grasse. À l'auscultation, j'avais diagnostiqué une infection du poumon droit, confirmée par une radiographie. Sous antibiotiques, elle s'est sentie mieux, mais le quatrième jour son mari qui s'inquiétait me l'a ramenée de sa province. Depuis le matin, elle avait mal au niveau du thorax gauche, une douleur qui irradiait dans le bras jusqu'au poignet. L'interrogatoire ne m'avait pas permis d'en identifier la cause. J'avais cherché en premier lieu à éliminer une éventuelle angine de poitrine révélée par sa pneumonie, mais sans réussir à trancher : les douleurs n'augmentaient pas à l'effort (ce qui prêchait plutôt contre une origine cardiaque), mais l'absence de douleur quand j'appuyais sur les côtes, d'anomalie à l'auscultation thoracique du côté gauche, ainsi que cette douleur qui remontait dans le bras laissaient planer un doute, que l'électro-cardiogramme, ni franchement normal ni franchement anormal, n'avait pas réussi à lever. Je l'avais revue le soir même, avec un bilan sanguin dont j'espérais qu'il me permettrait d'éliminer un syndrome de menace d'infarctus mais, là aussi, les chiffres, limites, ne per-mettaient pas de trancher avec certitude. Je savais bien que Joséphine n'avait pas grande envie d'être hospitali-sée, même pour surveillance, alors je m'étais adressé à Roger, pour qu'il m'aide à la convaincre : « Je ne crois pas que Joséphine ait un problème cardiaque. D'ailleurs, depuis ce matin, je tente de réunir assez d'éléments pour prouver le contraire. Mais je n'y arrive pas vraiment. Non que les examens indiquent une atteinte des coronaires… En fait, ils ne disent rien, ni dans un sens ni dans l'autre. Il ne me reste que mon impression de ce matin, mon intuition qu'il ne s'agit pas d'une angine de poitrine, mais d'une irradiation de la douleur de la pneumonie, alors même que le traite-ment commence à faire effet et que la fièvre est tom-bée. J'ai envisagé d'autres hypothèses, une infection du côté droit après le côté gauche, ou une embolie pul-monaire, et bien d'autres diagnostics différentiels, comme on les appelle, que j'ai pu éliminer. Mais je n'ai rien d'autre que mon intime conviction pour écar-ter la possibilité d'un début d'infarctus. Et je trouve ça insuffisant…

– Oh mais nous, docteur, on vous fait confiance à cent pour cent…

– C'est gentil, je vous en remercie, mais moi je suis plus méfiant que vous. Quelque chose me dit que je pourrais me tromper. L'intuition, c'est formidable, ça marche 999 fois sur 1 000, en médecine, mais si cette fois-ci, justement, c'était la mauvaise ? Quelle tête ferons-nous, vous et moi, Roger, si je me suis trompé, et que vous m'appelez demain matin pour m'avertir que Joséphine a été transférée d'urgence en réanimation ou, pire, que le SAMU est arrivé mais n'a rien pu faire ? Désolé, mais je préfère ne pas courir le risque… »

Ils avaient discuté ensemble, un bon moment, comme si je n'étais pas là. Ils avaient réaffirmé la confiance qu'ils avaient en moi. Je ne disais plus rien, je les laissais arriver à leur conclusion, prendre leur décision à deux, en couple. Elle avait fini par accepter l'hospitalisation, et j'avais tapé une lettre d'accompagnement pour mes confrères des urgences, à l'hôpital le plus proche de leur domicile, en expliquant mes doutes, mes hésitations.

Joséphine s'était rendue à l'hôpital de sa région, munie de son dossier, avait été examinée par des urgentistes qui s'étaient retrouvés aussi embêtés que moi pour trancher avec certitude, et avaient fait appel au cardiologue de garde, lequel avait recommandé une surveillance de quelques jours, et la réalisation d'un examen d'effort dès le surlendemain si la situation ne se clarifiait pas entre-temps. Joséphine avait donc été mise en observation, son traitement usuel avait été maintenu, on avait simplement rajouté, quotidiennement, une injection d'anticoagulant. Le compte rendu d'hospitalisation que j'avais reçu par la poste la veille ne me laissait rien ignorer, semblait-il, des conclusions de l'équipe soignante : la douleur thoracique avait rapidement disparu, sans traitement, pour ne pas réapparaître. Examens sanguins et électrocardiogrammes étaient restés normaux. Le spectre d'une menace d'infarctus s'était estompé, au point qu'avec le recul l'hospitalisation, certes justifiable, se révélait aussi parfaitement inutile. D'autant qu'elle avait donné lieu à un incident : les injections d'anticoagulants avaient provoqué un hématome d'un muscle de l'abdomen « avec chute de l'hémoglobine à 7 grammes/dl ayant nécessité une transfusion de trois culots globulaires. L'évolution est satisfaisante avec une échographie de contrôle montrant un hématome parfaitement stable ». Je m'apprêtais donc à entendre de la bouche de Joséphine qu'elle regrettait bien son séjour hospitalier, qu'on ne l'y reprendrait plus… Je me préparais à répéter ce que je dis toujours en pareil cas, qu'il est plus facile de donner les résultats du tiercé le lundi matin que le dimanche, et que si nombre de décisions médicales peuvent être discutées *a posteriori*, le médecin, en l'absence d'un diagnostic précis, se voit souvent, dans l'incertitude, contraint de choisir la moins mauvaise solution. Je pensais qu'il me faudrait aussi expliquer quelque chose que les patients ont toujours du mal à entendre, à savoir qu'aucune prescription n'est neutre, que chacune, même la plus anodine en apparence, comporte un risque, et qu'il n'existe pour ainsi dire aucun médicament efficace qui ne puisse chez tel ou tel patient, de manière souvent imprévisible, avoir des effets indésirables. En l'occurrence, l'hématome abdominal contracté à l'hôpital, aussi amer que puisse être ce constat, était « la faute à pas de chance », non le résultat d'une erreur humaine.

Oui, j'avais tout préparé, mais il manquait le plus important : la version de Joséphine. Car celle-ci, qui ne remettait nullement en question la décision d'hospitalisation, se souvenait parfaitement du déroulement des événements. Elle avait commencé à avoir mal au bas-ventre le matin du deuxième jour, après la seconde injection d'anticoagulant. Elle en avait fait part aux médecins du service, lors de la visite. Et le compte rendu, forcément subjectif, de la conversation qui s'était alors déroulée, me glaça :

« Docteur, je voudrais vous dire… Depuis ce matin, j'ai mal au ventre…

– Mal au ventre ! Mais, madame, vous êtes dans un service de cardiologie ici ! Vous ne voulez pas non plus qu'on vous fasse voir par un dermato pour de l'acné, non ? Si vous avez mal au ventre, vous verrez ça avec votre médecin en ville, ici on s'occupe du cœur, et on a déjà fort à faire ! Mal au ventre, et puis quoi encore ! D'ailleurs, madame, d'où êtes-vous ?

– Je suis née à Constantine…

– Une pied-noir ! Je m'en serais douté ! Ils ont toujours mal quelque part, surtout au ventre, c'est le syndrome méditerranéen… rassurez-vous, madame, on n'en meurt pas… »

La visite s'était achevée sur ce bon mot, le chef de service et sa suite quittant la chambre de Joséphine dans un bruissement de blouses et de dossiers. Dans la nuit, la douleur abdominale s'était aggravée. Joséphine avait voulu se rendre aux toilettes, et s'était effondrée. Sa voisine de chambre l'avait entendue tomber, avait appelé à l'aide. L'équipe de nuit l'avait remise au lit, on lui avait demandé si elle avait mal dans la poitrine, elle avait répondu par la négative, répété que depuis le matin elle avait comme une barre dans le ventre, et on lui avait donné deux comprimés de Spasfon. Le lendemain, vers six heures, juste avant le chariot du petit déjeuner, l'infirmière était passée prendre les tensions…

En moins de temps qu'il n'en faut pour le dire, Joséphine s'était retrouvée en réanimation, perfusée… Elle ne se souvenait plus bien de la suite, mais savait que les réanimateurs avaient œuvré à son chevet toute la matinée, car l'hémorragie abdominale massive (elle avait perdu plus d'un litre de sang) avait entraîné un état de choc dont elle n'avait émergé qu'en milieu d'après-midi. Elle était sortie de l'hôpital une semaine plus tard, épuisée malgré les transfusions, et depuis n'était pas sortie de chez elle.

Que dire ? Que répondre ? Il n'y avait pas de rancœur dans son récit, pas de haine, pas de revendication. Mais elle sait pertinemment que si un médecin avait consenti à l'examiner lors de la visite du matin, à poser tout simplement une main sur son ventre, même sans y croire, juste pour la rassurer, le diagnostic aurait sans doute été fait, et l'hémorragie stoppée. Mais Joséphine, avec son mal de ventre, avec son accent pied-noir et sa petite voix fluette de vieille dame digne, avait eu la malchance d'irriter les spécialistes de l'organe, qui l'avaient renvoyée à son syndrome méditerranéen et à ses gaz, maladie de vieux, maladie de généraliste... sans l'examiner.

Du coup, moi, je ne sais plus que dire, où me mettre. Parce que j'ai toujours eu confiance dans l'hôpital public, que j'y ai appris mon métier, que je lui confie la vie de mon père, de ma mère, sans hésiter un instant. Que je lui ai, d'ailleurs, confié la vie d'une mère, car Joséphine a des enfants. Mais je me suis trompé. Je me suis trompé parce que j'ai présumé de l'humanité de mes confrères, de l'organisation de leur service, de leur charge de travail. Car même s'il s'agit d'une défaillance ponctuelle, d'une erreur de jugement qui ne se reproduira pas, elle demeure inqualifiable. Parce que, loin des examens sophistiqués et des protocoles thérapeutiques complexes, la médecine se résume à ça, souvent : écouter le malade, l'entendre, prendre en compte sa parole. Ne jamais le mépriser, au prétexte qu'il est allongé et que nous sommes debout. C'est peu de chose, ce n'est pas trop demander, me semble-t-il, et cela représente fréquemment la différence entre un diagnostic douteux corrigé *in extremis* et une erreur médicale aux conséquences dévastatrices.

J'examine Joséphine, alors que je suis persuadé que cela ne m'apprendra rien, probablement mû par le désir inconscient de pratiquer ces gestes simples, d'une extraordinaire banalité, qui n'ont pas été effectués au moment crucial : découvrir le corps, regarder, toucher, palper…

Tout est normal, apparemment, si ce n'est la paroi abdominale qui est toujours dure, tendue, du côté droit, là où s'est produit l'hématome.

« Ce n'est pas grave, ça, en fait, Joséphine. L'hématome peut mettre plusieurs mois pour se résorber, il laissera peut-être une petite cicatrice dure sous la peau, mais maintenant vous êtes sortie d'affaire. »

Elle acquiesce, heureuse de se rhabiller, d'en avoir fini. Elle va essayer de mettre tout ça derrière elle, de ne plus y penser. Pour moi, ça va être plus difficile. Parce qu'à partir d'aujourd'hui, à chaque nouvelle demande d'hospitalisation, le souvenir de Joséphine va peser dans la balance.

Roger

Roger s'allonge pendant que Joséphine se rhabille. Je l'examine, lui laisse le temps de se détendre quelques instants avant de prendre sa tension. À plusieurs reprises. Pour confirmer ce que je sais déjà. Sa tension monte, lentement, insidieusement, et cela en dépit d'un traitement antihypertenseur déjà lourd. Je lui demande de rester allongé, retourne à mon bureau pour inscrire quelques premières constatations dans son dossier, quand Joséphine me tend une enveloppe contenant les examens de son mari. Je prends le temps de les étudier, de les comparer aux précédents, de calculer grâce à une formule mathématique absconse la « clairance » de la créatinine de Roger. C'est bien ce que je craignais : son insuffisance rénale, à la fois cause et conséquence de sa maladie vasculaire, continue elle aussi à s'aggraver. Je reviens vers lui, je reprends encore une fois sa tension artérielle. Ce sont toujours les mêmes gestes, le même rituel routinier, pratiqué une vingtaine de fois par jour depuis près d'une vingtaine d'années. Mais cette fois-ci c'est « pour de vrai », cette fois, les chiffres que je vais obtenir modifieront ma démarche, m'amèneront à bousculer radicalement l'ordonnance de Roger : 165/95.

« Seize et demi, neuf et demi », j'annonce la couleur.

« C'est comment ? demande Roger.

— C'est pas terrible. C'est pas terrible du tout, en fait. Je ne peux pas me contenter de ces chiffres, ni du traitement actuel. Il va falloir changer, tâtonner, se revoir plus régulièrement pour tenter de trouver les bons médicaments, et les bonnes doses. Parce qu'à ce tarif-là les médicaments ne vous protègent pas, en tout cas pas suffisamment. Nous nous bercerions d'illusions en imaginant que ça va s'arranger tout seul. Et pendant que nous patientons, votre rein en subit les conséquences. Donc on va se revoir dans seulement trois semaines, et avec un nouvel examen biologique.

— Vous savez que j'ai toute confiance en vous, docteur.

— Je vous en remercie. »

Quelques années plus tôt, j'aurais balayé sa remarque du revers de la main, manière de refuser le compliment. Avec le temps, j'ai appris à remercier, tant il m'apparaît que la confiance en ce bas monde est une denrée rare, et rarement appréciée à sa juste valeur. Ce ne sont pas des mots vides de sens. Cet homme me dit qu'il sait avoir remis sa vie entre mes mains. Ça ne se glisse pas sous le tapis.

Retour devant l'écran. J'évalue l'un après l'autre les cinq médicaments présents sur l'ordonnance de Roger, cherchant qui éliminer, qui remplacer, pesant le pour et le contre. Joséphine, je le vois du coin de l'œil, va prendre la parole. D'un geste, je lui demande d'attendre. Ce n'est pas le moment. Prend-on la parole pendant un match d'échecs ? Surtout quand le joueur qui s'apprête à déplacer son pion n'est pas Spassky, ni Fischer ?

Quelques hésitations encore, quelques remaniements ministériels, et l'ordonnance ne compte plus que quatre médicaments, dont deux rescapés du traitement précédent. Mais au moment d'imprimer l'ordonnance, les choses se compliquent, comme souvent. Mon logiciel émet un petit « bling » d'anthologie et déroule une fenêtre rouge et jaune barrée d'un gros « Interactions ». Pas moins de quatre lignes s'affichent, classées par ordre de risque décroissant. Une vraie contre-indication, une précaution d'emploi, deux associations à surveiller. Rien d'étonnant, en fait, je m'attendais plus ou moins à être rappelé à l'ordre. C'est tout le problème de la prescription médicamenteuse, qui s'adresse à un patient en particulier, en tenant compte de ses antécédents, de son profil biologique, de la hiérarchisation des risques. On peut toujours choisir de ne rien faire. Prescrire est, et reste, un pari. Avec sa dose d'incertitudes. J'étudie chaque ligne de la fenêtre Interactions, choisis de ne rien modifier de ma prescription, mais de rapprocher le prochain rendez-vous de Roger. J'imprime l'ordonnance, malgré la mise en garde du logiciel, et me tourne vers Roger.

« Je vous avais dit trois semaines, mais, à bien y réfléchir, je préfère qu'on se revoie dès samedi prochain. Avec une prise de sang que je vous demande de pratiquer vendredi matin, pour vérifier comment évoluent votre potassium et votre fonction rénale, avec les nouveaux médicaments…

– Pas de problème…

– Ce sera certainement trop tôt pour juger de l'efficacité à long terme du nouveau traitement, vous comprenez… C'est surtout pour m'assurer que votre organisme réagit bien, le supporte correctement.

– D'accord. Bien sûr. »

L'ordonnance sort de l'imprimante. Je la relis rapidement, la paraphe, la tends avec son duplicata à Roger. N'importe quel procureur pourrait me crucifier sur place à l'aide de ce seul document. Je viens, en connaissance de cause, de délivrer à ce patient qui, il me l'a déclaré lui-même il y a dix minutes à peine, me fait toute confiance, une ordonnance comportant des produits potentiellement dangereux, aux interactions délicates, sans l'en avertir clairement, sans lui détailler chaque effet indésirable possible, sans lui faire signer en triple exemplaire une notice de « consentement éclairé » écrite en tout petit.

Il y a un tel fossé entre les textes législatifs et les conditions réelles d'exercice de la médecine au quotidien que cette crainte d'une éventuelle judiciarisation de mes actes ne fait que m'effleurer, pour l'instant. Dans quelques années, si la situation évolue à l'américaine, cela ne se produira plus. Je ne soignerai plus Roger. Je ne soignerai plus personne, d'ailleurs.

Cédric

La maman de Cédric hésite entre l'inquiétude et l'agacement.

« Cédric a très mal au ventre. L'école m'a appelée, j'ai été obligée de quitter mon travail pour aller le chercher… »

Effectivement, il est encore tôt, ce n'est pas « l'heure des mamans ».

« Il se plaint toujours d'avoir mal au ventre, et puis une fois qu'il est à la maison, il n'a plus rien. Voilà pourquoi cette fois-ci je vous l'ai amené directement. Je veux savoir s'il a vraiment quelque chose, parce que sinon, la prochaine fois, je ne me déplace plus. »

Elle vit seule avec son fils, elle n'a que lui, elle est fatiguée, ça se voit.

« Tu te déshabilles, bonhomme ? »

Cédric hésite.

« Complètement. »

Il acquiesce, s'assied par terre et commence à délacer ses chaussures. Sa mère me lance un sourire réflexe, exaspéré. Je me cale dans mon siège, fredonne deux trois notes en pianotant sur le clavier. Un petit coup d'œil sur mon mail. Deux trois réclames. Clarissa, qui fait son retour en deuxième semaine avec une nouvelle proposition affolante. Cette fois-ci, apparemment, elle fait ça avec des animaux de ferme. Vivement ce soir qu'elle se couche.

Cédric est prêt. Il se relève, monte sur la balance, glisse sous la toise.

« Les talons. Contre le mur. Super. »

S'allonge sur la table d'examen. Auscultation normale. Gorge, tympans, rien à signaler. Absence de ganglions. Une main sur le ventre. Petite surprise.

« Ça te fait mal, là ? »

Il hoche la tête. Je continue l'examen.

« On va regarder si tout le monde est en place. Tu peux baisser ton slip de Batman ? »

Il obtempère. Rien à signaler.

« C'est très bien. Tout est normal. »

Surtout lui dire que tout est normal. Je me souviens trop bien du pédiatre chez qui ma mère me traînait deux fois par an et qui, un jour, tout en soupesant mes testicules, avait lâché : « C'est vraiment ce qu'on appelle une maigreur constitutionnelle… »

« Tu peux te rhabiller, Cédric. Ce n'est rien de grave. »

Je me rassieds. La mère de Cédric est pendue à mes lèvres.

« Cédric, dis-moi, tu es en quelle classe ?

– Cinquième Berlioz.

– Cinquième Berlioz… Tu manges à la cantine à midi ?

– Oui. Parce que je travaille, répond sa mère pour lui.

– Est-ce qu'il y a du papier dans les toilettes de ton collège ? »

La mère de Cédric a un blanc. Elle fronce un peu les sourcils. Je répète la question.

« Non, non, il n'y a pas de papier.

– Est-ce que les portes des toilettes ferment ? »

Cédric hausse les épaules en souriant. C'est bien une question d'adulte, ça.

« Ben non… »

Je me tourne vers sa mère : « Vous vous demandez s'il est malade, si c'est grave. Non aux deux questions. Le seul problème de ce pauvre Cédric, c'est qu'il est plein de caca.

– Il est constipé.

– Il n'est pas seulement constipé, il est superconstipé. Tout son gros intestin est plein. S'il y avait des olympiades de la constipation, il serait sur le podium.

– Mais enfin, même si les toilettes du collège sont… Enfin il peut faire à la maison…

– Ben non, justement. Vous vous souvenez quand il était petit, quand vous lui avez enlevé les couches les premières fois ? »

Elle hoche la tête. Quelque chose passe sur son visage, un indéfinissable sourire. Elle avait une vraie famille à l'époque, moins de soucis financiers…

« Cédric a dû avoir un ou deux accidents, comme tous les enfants. Il s'est sali, il a pleuré, vous l'avez nettoyé. Petit à petit, il a appris la propreté. Il a appris à écouter son corps. Même s'il était collé devant un super épisode des Mitrailleurs galactiques, quand son ampoule rectale lui lançait – je mets la main en porte-voix devant ma bouche – ATTENTION ! ATTENTION ! Je suis pleine de caca !… »

Cédric pouffe, sa mère écoute attentivement.

« Quand son ampoule rectale lui envoyait donc ce délicat et subtil message, il trottinait de toute la force de ses petites jambes musclées vers son pot, et s'asseyait dessus pour éviter l'accident. Ensuite, tout fier, il venait vous montrer le résultat encore fumant… »

La maman de Cédric aussi rit maintenant.

« Seulement voilà, ce qui a été fait peut être défait. Et ce que vous avez réussi à inculquer à Cédric, l'école le lui a fait oublier. Contraint de se retenir pendant les cours, il a perdu les réflexes qu'il avait acquis. À force de se retrouver bloqué dans des toilettes dégueulasses, sans papier cul, avec des portes battantes ouvertes à tout vent, il a fait une constipation chronique. Parce qu'à ne plus écouter son ampoule rectale lui crier que la coupe était pleine, elle s'est mise aux abonnés absents, même quand il est à la maison, même si vos toilettes sont parfumées à la lavande et diffusent du Chopin… Ce n'est pas votre fils qui est malade, madame, c'est la société dans laquelle nous vivons… »

Cédric ressort avec un lavement, des conseils diététiques (manger des fruits, des légumes, boire beaucoup d'eau) et sa mère avec la détermination de lancer une pétition au sein du collège. Pour une fois, tiens, j'ai même fait un certificat en ce sens. J'attends que le proviseur appelle pour m'engueuler.

L'homme qui s'endort

L'homme qui s'endort n'avait pas rendez-vous. C'est Henriette qui l'a trouvé dans le hall.

« Il vaut mieux qu'il passe avant moi, docteur. Il n'a pas l'air bien. »

Effectivement, il n'a pas l'air bien. Je l'aide à se déplacer, je l'installe devant moi.

Ses yeux se ferment, il bâille.

« Qu'est-ce qui vous arrive, monsieur ? »

Il ne répond pas.

« J'ai besoin de savoir certaines choses, vite. J'ai besoin de savoir si vous prenez des médicaments. »

Il hoche la tête, amorce un geste vers son sac en bandoulière. Je m'accroupis à côté de lui, fouille à l'intérieur. Y trouve deux boîtes de tranquillisants, une ordonnance de neuroleptiques, une autre contenant deux somnifères…

Bonne pioche, un toxico… C'est ma journée…

Il glisse sur le siège, je le porte vers la table d'examen, réussis à l'y hisser.

« Monsieur ! monsieur ! » Je suis obligé de crier, maintenant, pour le maintenir éveillé. « Monsieur Joseph Gaillard, c'est bien votre nom ? »

Il marmonne un oui.

« Joseph, est-ce que vous prenez d'autres médicaments ? Qu'est-ce que vous avez pris ce matin ?

– J'avais un rendez-vous… j'av… …ez-vous… our… n… lot… »

Rendez-vous pour un boulot ? Il se serait dosé avant un entretien d'embauche ? Ça ne me semble pas cohérent.

« Qu'est-ce que vous avez pris ce matin, Joseph ? C'est important… »

Son cœur bat régulièrement, sa tension, une fois que j'ai réussi à le débarrasser de sa chemise, est normale. Ses bras sont indemnes de marques. Il continue à s'enfoncer. Ses pupilles réagissent à la lumière.

« Pas eu l'temps, balbutie-t-il enfin.

– Pas eu l'temps de quoi ? Pas eu l'temps d'aller à votre rendez-vous ? »

Sa tête roule sur le dossier de la table d'examen. Il lâche un pet.

« Pas eu le temps de quoi, Joseph ? »

Je défais son pantalon, l'abaisse, cherchant une trace d'injection au pli de l'aine. Mais c'est sur sa cuisse que je décèle un stigmate, la fine flétrissure bleue d'un hématome en voie de résorption.

Bien trop loin d'une veine…

« Vous n'avez pas eu le temps de quoi, Joseph ? PAS EU LE TEMPS DE PETIT-DÉJEUNER ? »

Il ouvre les yeux, un peu ébahi de se faire gueuler dessus alors que le coma, tiède, confortable, lui tend les bras. Il fait « Vouououiii… » avec un chuintement dans la bouche. Il est couvert de sueur, froid.

« Mais vous avez fait votre insuline ce matin, non ? Est-ce que vous êtes diabétique ? »

Un gros effort, il a l'air étonné que je lui pose la question.

« J'ai… fait… ente… unités… d'…ine …ente…

– VOUS AVEZ FAIT 30 UNITÉS D'INSULINE LENTE ? C'EST ÇA ? »

Plus la peine. Il est parti pour de bon. J'ouvre le placard, fouille dans un bordel de documents administratifs, d'ampoules diverses dont chaque semestre je me jure de vérifier la date de péremption, trouve enfin le boîtier de mon lecteur de glycémie de secours. L'autre, le vrai, le neuf, est bien au chaud dans ma sacoche de visites à domicile, dans le coffre de la voiture, où il doit faire moins dix degrés. Celui-là, je l'ai récupéré quand Madeleine est morte, il y a deux ans, sa famille me l'a donné en même temps qu'une pile de médicaments inutilisés. Le temps de charger le stylo piqueur, de faire perler une goutte de sang au doigt de Joseph, qui ronfle maintenant... La goutte sur la bandelette, l'appareil fait bip, commence le compte à rebours. Dans trente secondes, je saurai... Je vérifie que Joseph ne va pas se casser la gueule, qu'il respire toujours, qu'il a toujours un pouls... Je me précipite sur le téléphone pour faire le 15. Trois sonneries, on décroche. Je m'identifie, donne mes coordonnées. « J'ai un homme dans mon cabinet, une trentaine d'années. Il est en train de faire un coma, probablement hypoglycémique. Diabétique insulinodé-pendant, il s'est piqué ce matin, mais n'a pas eu le temps de déjeuner apparemment. Et il prend tout un tas de psychotropes, du Tercian, du Valium, de l'Havlane, du Stilnox... respiration normale, cœur normal, pas de déficit neuro. Il est arrivé endormi, et là en trois minutes il a glissé, je ne peux plus le réveiller. Sa gly-cémie est à... »

Biiiiiiiiiiiiipppp.... Fait l'appareil avant d'annoncer une série de chiffres et de s'éteindre.

« MERDE !

– Pardon ?

– J'ai un problème... j'ai un problème de lecteur... enfin un problème avec sa glycémie... »

Génial. Je vais devoir expliquer à mon confrère du SAMU que je n'ai pas vérifié mes instruments depuis des lustres, et que je n'ai bien évidemment pas de pile de rechange au cabinet.

« Vous me redonnez votre adresse ? »

Je redonne l'adresse, je répète mon histoire au régu-lateur : « Un homme d'une trentaine d'années, qui m'est inconnu. Probablement diabétique insulinodé-pendant, aurait fait son injection ce matin mais n'a pas déjeuné. Sous traitement psychotrope apparemment lourd : benzodiazépines, hypnotiques, neuroleptiques… cardio-pneumo R.A.S. Sueurs, tachycardie modérée. Impossible de le réveiller. Je pense que c'est un coma hypoglycémique. »

L'équipe est déjà en route. Tant mieux. Le régulateur vérifie mon numéro de téléphone. Je raccroche. Joseph est stationnaire. Je pourrais lui injecter du sérum glucosé, mais c'est une question de minutes maintenant, et je risque de tout embrouiller. Nous avons besoin d'une glycémie de départ. Descendre à la voiture chercher l'autre lecteur. Et le laisser seul ? Non.

Je me rassieds à mon bureau, fouille encore dans son sac. J'y retrouve l'ordonnance, le nom du confrère, le numéro de téléphone.

« Docteur Simonnet ? Je suis généraliste à Villers, j'ai dans mon cabinet un de vos patients, Joseph Gaillard…

– Ah, le docteur Simonnet est en visite… Vous pourrez le joindre vers dix-sept heures trente…

– Oui mais… c'est urgent… est-ce que vous pourriez me le passer ?

– Il est en visite, monsieur.

– Je sais, mais est-ce que vous pourriez me le passer ? Sur son portable ?

– Non. Pas avant dix-sept heures trente. »

Je ne cherche pas à comprendre. Je donne quelques indications sur le patient, je donne mon numéro de téléphone, je demande à être rappelé dès que Simonnet rentrera. Ça sonne en bas. Je vais ouvrir. Réalise d'un coup d'œil que la salle d'attente s'est remplie. Je n'ai aucune idée de l'heure. La porte de l'ascenseur s'ouvre. De grosses voix, de grosses bottes, des pompiers, des internes, des infirmiers, dont l'un que je connais depuis… putain, plus d'une vingtaine d'années.

101

Je repasse mon bilan, puis je les laisse faire. En dix secondes, ils ont déballé dans la pièce un matériel impressionnant. Glycémie, oxymétrie, ECG… Le téléphone sonne, c'est le régulateur. Je le fais patienter. Entre les appareils, les caisses de matériel injectable, l'attirail des pompiers, le cabinet ressemble maintenant à la cabine des Marx Brothers dans *Une Nuit à l'Opéra*.

« Ouh la la… 0,27 g, le monsieur. Je comprends qu'il soit mal… »

L'interne donne des ordres.

Jacques, mon pote infirmier, pose une perfusion, balance du glucose.

Encore du glucose.

Encore.

Trente minutes plus tard, au milieu des coups de fil de la régulation, des notes prises sur le bureau, des affaires intimes de Joseph déballées devant tout le monde, la glycémie atteint enfin 0,60 g. Mais Joseph est toujours dans le coma. Probablement l'effet retard des autres médicaments. Encore un quart d'heure, Jacques aide les pompiers à le sangler sur un siège, ils l'embarquent. La porte de l'ascenseur se referme. Énorme envie de pisser. Pas vraiment possible.

Henriette

Tandis qu'Henriette se déshabille, je m'excuse de l'avoir fait attendre plus d'une heure, mais elle n'en a cure. Elle est toute à la joie d'avoir contribué à sauver une vie, et elle n'a pas tort. Je la félicite, l'ausculte en deux temps trois mouvements.

« Vous m'excusez, hein ? » Elle présente les mêmes symptômes qu'Amélie ce matin. Entorse vieille de huit jours, apparition secondaire d'un œdème et d'un hématome. Je l'envoie à la radio. Par mesure de sécurité. Pour gagner du temps.

À tête reposée, je ne l'aurais sans doute pas fait. À tête reposée, j'aurais raisonné de manière plus adaptée : nous sommes à huit jours du traumatisme initial, et la probabilité de découvrir un trait de fracture sur la radiographie aujourd'hui est pratiquement nulle. Parce qu'une fracture passée inaperçue jusqu'ici aurait entraîné une réaction locale, mais surtout aurait rendu la marche impossible, ou tout au moins atrocement douloureuse, ce qui ne semble pas être le cas.

À tête reposée, je ne l'aurais sans doute pas fait. Quitte à courir le risque d'être traîné en justice pour être passé à côté d'une fracture.

La judiciarisation de la médecine n'est pas un vain mot. Si nous n'en sommes pas encore arrivés à une situation à l'américaine, où de nombreux chirurgiens préfèrent ne pas effectuer une intervention risquée plutôt que d'en affronter les conséquences en cas de plainte, nous avons glissé collectivement vers un mode de fonctionnement où le risque judiciaire reste constamment présent en arrière-plan tout au long de la démarche décisionnelle du médecin. Combien d'examens complémentaires, de bilans sanguins, de radiographies, d'échographies, de fibroscopies, sont-ils ainsi prescrits pour couvrir le médecin, dans une société persuadée de la toute-puissance médicale, et désinformée des risques réels ? Et combien d'accidents consécutifs à ces investigations ?

Le médecin se retrouve coincé entre une « obligation de moyens » qui permettra de lui reprocher de ne pas avoir demandé tel ou tel examen, et les injonctions répétées des organismes d'assurance maladie qui insistent sur le devoir de ne dépenser que le strict nécessaire. C'est ce que les psychiatres appellent le « double lien ». Et il n'a pas pour effet d'améliorer la santé mentale de ceux qui en sont victimes…

Valérie

« Je ne peux pas rester là… je reviendrai demain. » Valérie m'amenait sa fille pour un vaccin, je la bénis de désengorger un peu la salle d'attente, explique que c'est lié à un incident indépendant de ma volonté, et profite de l'occasion pour me précipiter aux toilettes. Merde, c'est occupé.

Yolande

Yolande n'est pas la plus facile de mes patientes. C'est même une litote. Yolande est attachante, sympathique, mais aussi totalement imperméable à toute notion d'hygiène ou de diététique. Son corps est pour elle un mystère et, lorsqu'elle consulte pour tel ou tel nouveau trouble apparu subitement, chacune de mes tentatives d'explication se heurte au mur de son incompréhension. J'ai réussi, au fil des ans, à la convaincre d'abandonner sa détestable habitude de considérer sa visite chez moi comme un simple passage obligé pour régulariser la pile de petites vignettes colorées qu'elle rangeait soigneusement à cette seule fin dans son porte-monnaie. Tout comme elle a cessé peu à peu de jouer la surprise quand je lui demande de monter sur la balance, ou de s'allonger sur le divan d'examen. Ce qu'elle veut, Yolande, c'est qu'on l'écoute. J'aimerais bien, mais écouter, ça marche mieux quand ce n'est pas à sens unique. Si certains médecins l'ont appris, tous les patients n'en sont pas encore persuadés. Alors, comme à chaque fois que je vois le nom de Yolande sur mon carnet, j'ai un mouvement de recul, que je m'efforce de maîtriser, de façon à ne pas trop laisser dériver notre relation sur le mode sado-maso. À chaque fois, je me dis que je vais essayer d'adopter une attitude strictement professionnelle. À chaque fois, elle m'épuise.

« Une de mes amies, j'en suis toute retournée, une de mes bonnes amies, je viens de l'enterrer… »

On pourrait l'imaginer accablée, mais je la connais bien, ma Yolande, elle savoure chaque mot, elle est au bord de la jubilation. Elle porte tous ses morts comme autant de médailles dans une improbable guerre livrée à la réalité.

« Elle avait tout le temps mal au ventre, tout le temps, et son médecin ne trouvait rien. Et l'autre jour, en plein marché, elle s'effondre dans une mare de sang. On la transporte à l'hôpital : elle avait un cancer dans tout l'intestin, ils n'ont rien pu faire, elle est morte… »

Je sais déjà où elle veut en venir.

« Eh bien, en apprenant ça, je me suis dit, Yolande, il ne faut pas hésiter. Il faut faire le scanner pour en avoir le cœur net…

– Bonjour, Yolande.

– …

– Que puis-je faire pour vous ?

– Je vous l'ai dit. Vous ne m'avez pas écoutée ? Je voudrais faire un scanner pour mon ventre. J'ai le droit, non. Il me fait mal et la Sécu, quand on voit ce que dépensent les gens…

– Votre ventre vous fait mal… Je vous écoute…

– Oui, il me fait mal. Là… et là… Parfois c'est comme un coup de poignard, parfois comme des aiguilles.

– Dans quelles circonstances surviennent ces douleurs ?

– Tout le temps. Partout. Jour et nuit, je n'en dors plus.

– Vous avez mal en ce moment ?

– Non, c'est pas la peine de m'examiner, vous ne trouverez rien. De toute façon, vous me dites toujours qu'il n'y a rien. C'est pour ça qu'il me faut le scanner.

– Je croyais que la douleur était permanente. Là, en ce moment, vous n'avez pas mal ?

– Non. Encore heureux que parfois j'arrive à être tranquille, déjà avec mon glaucome et mon diabète...

– Vous n'avez pas de diabète, Yolande, nous avons encore vérifié le mois dernier, vous avez seulement un problème de poids...

– J'ai pas de problème avec mon poids, j'ai des problèmes avec mon ventre...

– Comment sont vos selles ?

– Comment il faudrait qu'elles soient ?

– Je ne sais pas. Molles, dures ?

– Elles ne sont jamais normales, en tout cas.

– Avez-vous parfois l'impression d'avoir du sang dans vos selles ?

– J'ai jamais regardé. Il faudrait que je regarde, en plus ?...

– En vous essuyant, avec le papier, vous n'avez jamais trouvé de sang ? »

Elle soupire, mes questions la fatiguent, c'est le scanner qu'elle veut, pas un interrogatoire digne de l'Inquisition espagnole.

« Bien. Je vais vous demander de vous déshabiller, d'enlever votre manteau, votre robe... et vos chaussures, pour vous peser...

– Non, pas me peser. Je ne suis pas allée à la selle ce matin.

– On enlèvera un bon kilo de merde, si vous y tenez... »

Je coupe court à la conversation (mais en est-ce une ?) en me tournant vers l'ordinateur pour me rafraîchir la mémoire. Antécédents familiaux, examens déjà pratiqués… Tiens, l'an dernier, j'avais déjà noté qu'elle se plaignait du ventre. Mais apparemment je n'avais rien prescrit, alors même que sa mère est décédée d'un cancer du côlon et qu'une coloscopie à titre systématique, à son âge, se justifierait parfaitement. C'est sûrement un oubli de ma part, je devrais être plus vigilant…

Elle monte sur la balance en s'accrochant à un meuble. Je me glisse à côté d'elle, me contorsionne pour apercevoir son poids. 93,4 kg. Pour 1,48 m. Je ne dis rien, elle a encore pris deux kilos. Je ne connais pas de cancéreux qui grossissent, mais prudence est mère de sûreté, et de dépenses de santé.

Elle s'allonge. Son ventre la surplombe, je lui ai déjà expliqué que si elle maigrissait elle respirerait mieux, surtout la nuit, mais elle refuse de suivre le moindre conseil diététique.

Je l'ausculte, mais à vrai dire il est difficile d'entendre son cœur, noyé dans la graisse. Je me convaincs que j'entends quelque chose, et que ce quelque chose est normal.

Je poursuis l'examen, routine habituelle rendue plus difficile par son poids, et le déni de son corps. Le ventre est souple, je ne palpe aucune masse suspecte, pas de ganglions anormaux… Lorsque c'est fini, je l'aide à se redresser, elle se rhabille en commençant à me parler d'une de ses voisines, encore… mais je coupe :

« J'avais noté dans votre dossier que votre maman a eu un cancer de l'intestin…

– Un cancer généralisé.

– Oui. Vous m'avez dit que ça a commencé au niveau de son côlon…

107

– Côlon, foie, j'en sais rien, c'était dans son ventre, c'est tout ce que je sais… »

Ce pourrait être tout et n'importe quoi : rein, pancréas, ovaires… elle m'avait dit « cancer de l'intestin », j'avais noté « antécédent familial : cancer colique chez la mère ». Et c'est peut-être faux, mais comment le savoir ?

« Si votre maman a eu un cancer de l'intestin, il peut être utile, à votre âge, et à titre de dépistage, de pratiquer un examen…

– C'est pas du dépistage, c'est pour mon mal au ventre…

– Votre mal de ventre ne m'inquiète pas outre mesure, Yolande, vu que vous gardez un solide appétit et que je ne décèle rien d'anormal. Mais vous avez raison, en un sens. L'examen nous permettra à la fois de vous rassurer sur le caractère bénin de votre mal de ventre et me permettra de m'assurer que vous n'avez pas hérité du problème de votre maman…

– Je vous l'avais dit…

– Vous êtes d'accord pour pratiquer une coloscopie ? Je vous confierai à quelqu'un de très bien…

– Quoi, le tuyau ? Je ne veux pas de tuyau, je ne veux pas de fibroscopie par les fesses, je veux le scanner…

– Mais le scanner de quoi, Yolande ?

– Le scanner de mon intestin.

– Ça n'existe pas, Yolande, dis-je tout bas, sur le ton de la confidence. On ne fait pas de scanner de l'intestin.

– Et pourquoi on n'en fait pas ?

– Parce qu'on ne verrait rien. L'intestin, c'est juste un tube, un cylindre creux. Ça ne s'étudie pas bien au scanner. »

Elle ne peut masquer son dépit.

« Bon, ben faites-moi une échographie, alors… »

Elle a prononcé le mot avec lassitude. À l'évidence, elle n'y tient pas tant que ça, à l'échographie. C'est beaucoup moins classieux que le scanner, mais enfin, c'est toujours ça de pris.

« Désolé, mais on ne fait pas non plus d'échographie pour l'intestin. L'échographie ne marche bien que pour visualiser les organes pleins, pas les organes creux… C'est pour ça que je vous propose la coloscopie. Là on peut non seulement étudier toute la paroi colique, mais aussi effectuer des prélèvements si besoin est, ôter des polypes…

– Et une radio, on en faisait, avant, des radios de l'intestin…

– Des lavements barytés, oui. On en fait de moins en moins, la coloscopie est beaucoup plus fiable.

– De toute façon, je ne veux pas qu'on me mette des trucs dans les fesses.

– Alors, je ne sais pas quoi vous dire. On est un peu bloqués. Je vous propose d'essayer un traitement contre vos douleurs abdominales, pendant trois semaines. Je suis persuadé que les douleurs vont disparaître. Et si ce n'était pas le cas, on se reposerait la question… »

Elle maugrée un accord. Je remplis l'ordonnance, cherchant en vain à faire disparaître une ligne, parce qu'à chaque consultation ou presque, la liste des plaintes de Yolande se diversifie, et que si je n'y prends pas garde elle va se transformer en pharmacie ambulante.

« Si ça ne marche pas…

– Je vous proposerai à nouveau une coloscopie. Pas de scanner. Et aucun confrère n'acceptera de vous en prescrire un, ce serait ridicule… »

Elle accepte son ordonnance, prend le temps d'enfiler sa veste, de bien remettre son écharpe en place. Je viens de me souvenir que j'ai plus d'une heure de retard.

Isabelle

« Isabelle ?… mais qu'est-ce qui t'est arrivé ? »

Je n'ai pas pu m'empêcher de poser la question dans la salle d'attente tant son apparence m'a choqué. Elle cache son visage tuméfié derrière une grosse paire de lunettes noires, le col relevé de son imperméable. Pendant les quelques mètres qui nous séparent de l'intimité du cabinet de consultation, j'ai le temps de me traiter de con dans mon for intérieur. Elle est mariée depuis deux semaines à peine. Si ça se trouve, son mari vient de lui refaire le portrait, et moi, au lieu de faire preuve d'un minimum de professionnalisme, j'attire l'attention de toute la salle d'attente sur son beau profil ravagé.

Elle file directement s'asseoir en face de mon bureau, je referme la porte, le temps de me donner une contenance. Je m'assieds à mon tour. Dehors, la nuit vient de tomber.

« Il faut que je vous avoue quelque chose, commence-t-elle. Je vous ai menti la dernière fois. »

La dernière fois… Ça remonte au mois dernier, juste avant son mariage en fait. C'est moi qui avais signé les certificats prénuptiaux, après avoir examiné les deux fiancés et proposé à l'un comme à l'autre quelques examens sérologiques. Le lendemain, Isabelle était revenue, seule, à la consultation. Elle avait eu un malaise au bureau, en fin d'après-midi. Un bref étourdissement, elle avait perdu l'équilibre, s'était cognée contre la porte d'une armoire de rangement. Et moi je n'avais rien vu, rien compris…

« Je vous ai menti… Vous m'avez demandé si j'avais mangé normalement à midi ce jour-là, et je vous ai dit que oui. Mais en fait, ce n'était pas vrai. Je fais un régime. Enfin, je faisais un régime. Mais j'ai arrêté… »

Elle me raconte son histoire. Toute son histoire. Ça a commencé avec la robe. La robe de mariage. Qui la boudinait. En tout cas, c'est ce que sa meilleure amie lui avait laissé entendre. Avant de lui glisser l'adresse d'un spécialiste, à Paris, qui lui ferait perdre quatre, cinq kilos en un rien de temps. Elle avait voulu m'en parler, me demander mon avis, mais elle savait parfaitement à quoi s'attendre. Une demi-douzaine de fois ces dernières années, et sans grande conviction, elle m'avait demandé de lui prescrire des médicaments amaigrissants. Le retrait du marché de la plupart des amphétamines m'avait simplifié la tâche. Il n'existe aucun produit fiable *et* efficace. Perdre du poids, dans l'immense majorité des cas, dépend d'un simple rééquilibrage de la balance dépenses/recettes. Soit il faut augmenter l'activité physique, soit il faut diminuer les quantités ingérées. C'est à la fois aussi simple et aussi difficile que ça.

Alors, comme Isabelle avait déjà entendu ce refrain, comme surtout elle m'avait vu calculer sur l'ordinateur, prenant prétexte de ma nullité mathématique, son indice de masse corporelle, à partir de son poids et de sa taille, et l'assurer que, tout étant strictement normal, je n'avais aucune intention de donner une réponse médicamenteuse à une interrogation personnelle d'ordre purement esthétique… elle avait suivi le conseil de son amie bien intentionnée et s'était rendue chez le spécialiste parisien. Lequel l'avait reçue dans un appartement cossu du XVIIᵉ arrondissement. Reproductions de Vasarely aux murs, affichettes et livrets de nutrition à disposition des patients en salle d'attente, produits et sachets en démonstration sur les étagères du cabinet. Le spécialiste l'avait fait déshabiller, pas entièrement, juste dénuder les chevilles et les poignets afin d'y scotcher des capteurs, de transmettre les données à l'ordinateur pour affirmer gravement qu'Isabelle avait 7 kilos de masse grasse en trop, et que seule une diète hyperprotéinée pourrait les lui faire perdre rapidement. L'ordonnance, qu'Isabelle me tend, détaille le nombre de sachets, les horaires de prise, et, ultime sollicitude, la marque des sachets et l'adresse de la boutique spécialisée où les dénicher. Aurais-je le courage de demander à Isabelle combien lui a coûté cette « consultation » ? Pas la peine, elle me le dit dans un souffle : « 110 euros. » Avant d'ajouter : « Qu'est-ce que vous en pensez ? »

Je ne réponds pas tout de suite. Je lui demande de me raconter la suite des événements. Qui se révèle particulièrement édifiante. Trois jours après avoir débuté le régime hyperprotéiné, elle a fait un premier malaise, au bureau. Celui-là même qui l'a amenée à consulter une première fois, à mentir lorsque je lui ai demandé si elle avait mangé normalement le midi. Puis, quatre jours plus tard, deuxième malaise. Mais cette fois-ci, elle n'a pas pu se retenir, et s'est explosé le visage sur l'arête d'une desserte informatique. Appel du Samu, transfert à la Salpêtrière, scanner cérébral en urgence et points de suture sur le visage. Le tout suivi d'un arrêt de travail d'une semaine. Elle a rappelé le spécialiste, qui a refusé de la prendre au téléphone et lui a conseillé de reprendre rendez-vous. À 110 euros la consultation, cette preuve de professionnalisme impose le respect.

« Et qu'est-ce que tu as fait de ton régime ?
– Vous rigolez ? J'ai arrêté, bien sûr…
– Déshabille-toi, s'il te plaît. »

Je l'examine, la pèse, la mesure. Elle a effectivement perdu trois kilos en une semaine et demie. Son indice de masse corporelle, qui était normal à 23,5, est toujours normal à 22,7. Au prix de deux malaises, d'une perte de connaissance, d'un transfert en Samu, d'un scanner en urgence, sans compter la cicatrice qui barre aujourd'hui son sourcil droit, et les quelques centaines d'euros engloutis en protéines lyophilisées.

« Qu'est-ce que vous en pensez ? » répète-t-elle en se rhabillant. Je songe à cette maxime apprise d'une de mes anciennes amoureuses : « Si tu poses une question, assure-toi d'abord que tu es capable de supporter la réponse. »

Je fouille dans une pile de documents périlleusement entassée sur le côté de l'écran de l'ordinateur, en extirpe un vieux numéro d'*Impact Médecin*, que j'ai gardé pour ces occasions. D'abord, histoire de détendre l'atmosphère, je lui montre un dessin humoristique que j'apprécie particulièrement. Debout sur la balance, l'air affolée, une jeune femme s'écrie : « Docteur, faites quelque chose, je suis trop grosse… – Débarrassez-vous de vos revues féminines, répond le médecin plongé dans son dossier, et ça ira déjà beaucoup mieux. » Je tourne la page, lui montre les diagrammes, l'aide à se situer sur l'échelle de l'indice de masse corporelle, pointe les indications de la diète protéique : un indice de masse corporelle élevé, supérieur à 30, définition classique de l'obésité ; des facteurs de risque vasculaire important associés, qu'évidemment elle ne présente pas, enfin un surpoids que de nombreux régimes restrictifs équilibrés n'auraient pas réussi à faire disparaître. Rien donc qui justifie l'utilisation d'une telle méthode chez une jeune femme dont la demande est essentiellement d'ordre esthétique, et dont l'indice de masse corporelle est désespérément normal.

« Mais pourquoi il me l'a prescrit alors ?… »

J'ai un sourire mauvais, je me penche pour attraper ma poubelle, que je vide sur le bureau afin d'en extraire une lettre reçue la veille.

« Cher Docteur,

« En raison de ses conséquences sur la santé, l'obésité est devenue l'un des premiers problèmes de santé publique dans les pays industrialisés… »

C'est un courrier officiel de la direction médicale d'un laboratoire qui s'enorgueillit de mettre à ma disposition une gamme complète de produits hyper-protéinés de haute valeur biologique conformes aux nouvelles normes en vigueur, et autres compléments alimentaires. Pour plus d'informations, j'aurais pu renvoyer le coupon-réponse, recevoir le délégué commercial, des échantillons, et mettre en place pro-bablement une fructueuse collaboration.

« Vous croyez qu'il touche de l'argent sur les sachets qu'on achète dans cette boutique ? » demande Isa-belle.

Je ne réponds pas. Est-ce nécessaire ?

« Quand a lieu le mariage ?

– Samedi prochain », lâche Isabelle d'une voix trem-blante. Elle voulait être belle, elle va monter à l'autel couverte de fond de teint, avec trois points de suture lui barrant le visage. Je lui prescris une pommade pour accélérer la disparition de l'hématome, des antalgiques. Elle me remercie, se lève pour partir en laissant l'ordon-nance de son spécialiste sur mon bureau.

« Isabelle, tu as oublié ça… »

Elle a un geste de dénégation, mais j'insiste.

« Ne laisse pas ça sur mon bureau, s'il te plaît. Je serais tenté d'aller rendre visite à ce confrère et de lui faire perdre quelques kilos.

– Comment ça ?

– S'il me tombe entre les mains, il mange mixé pen-dant quinze jours, et avec une paille. »

Isabelle sourit, pas trop parce que ça lui fait mal. Mais elle sourit.

Alex

Béni soit Alex, qui a quitté son service à la blan-chisserie un peu plus tôt cet après-midi parce qu'il ne se sentait pas très bien. Alex est un homme de trente-

114

cinq ans en bonne santé. Il a une simple grippe, sans complications, évidente à l'interrogatoire. La fièvre, d'apparition brutale, les frissons, l'écoulement nasal, les douleurs fugaces dans tous les membres « comme si j'avais fait la java toute la nuit ». Un petit coup de stétho, ouvre la bouche, tire la langue… L'ordonnance, simplissime, associe du paracétamol et des inhalations. Deux jours d'arrêt de travail. « Si ça empire, si de nouveaux symptômes apparaissent, tu me rappelles… »

Il me serre la main sur le palier.

« C'est un peu l'usine, chez toi…

– Il y a des jours comme ça… »

Il disparaît dans l'ascenseur, me laissant avec un soupçon de mauvaise conscience. J'ai horreur de faire de l'abattage, mais comment rattraper mon retard autrement ?

Pause-pipi, enfin. Tandis que je me lave les mains, le téléphone sonne. Je jette un œil à ma montre, il est dix-huit heures. Ça y est, c'est l'heure des mamans. Je froisse la serviette, la jette en boule dans la baignoire, mets un pied dans la salle d'attente.

« Je crois que c'est le tour de Cyril… »

Sylvie, la maman de Cyril, m'emboîte le pas, je file décrocher le téléphone, c'est la maman de Melvin. Elle vient de le récupérer chez la nourrice et il a l'air très chaud. « Amenez-le- moi vers dix-neuf heures. »

Cyril

Cyril a probablement la « grippe », comme Alex. Mais Cyril n'a que quatre ans. C'est donc une consultation longue, complète, parce que j'ai toujours peur de négliger un élément, de ne pas détecter à temps les quelques rares taches piquetées, signes d'une méningite

115

à méningocoques. Parce que je commence à fatiguer et que je sais d'expérience que si une erreur doit se produire, c'est maintenant, au cours des deux dernières heures, quand ma vigilance commence à baisser et que le stress de la salle d'attente augmente. Non, Cyril n'a rien de plus qu'une infection virale banale, qui va lui valoir une ordonnance guère plus complexe que celle d'Alex, et la surveillance de sa maman le lendemain, nécessité dûment attestée par un certificat.

« Tu as été super sage pendant l'examen. Super sage, je te félicite. »

Sylvie sourit. Elle se souvient du cirque que mettait Cyril dans mon cabinet lorsqu'il avait deux ans. « Ce n'est pas un médecin généraliste dont ton fils a besoin », lui avais-je dit un jour tandis que nous essayions vainement de le maintenir sur la table d'examen, que seuls touchaient ses épaules et ses talons, « c'est d'un exorciste… »

Pour un peu, j'embrasserais Cyril. Je vais me gêner, tiens.

Marcello

« J'ai eu mal au ventre toute la journée… Vraiment mal, pas comme une gastro… et tout à l'heure, en allant aux toilettes, j'ai fait du sang…

– Du sang ? de quelle couleur ?

– Rouge. Du sang rouge… Pourquoi, c'est de quelle couleur, le sang ?

– Rouge. Mais ça dépend d'où tu saignes. Si le saignement provient de la partie haute du tube digestif, il a le temps d'être en partie digéré par l'organisme, et il se présente sous forme d'une mélasse noirâtre, on appelle cela un méléna…

– Et c'est mauvais ?…

– De toute façon, ce n'est jamais anodin. Il faut absolument déterminer d'où provient le saignement. La plupart du temps, il s'agit d'une simple hémorroïde qui s'enflamme, mais ça doit être un diagnostic d'exclusion, le seul qui reste après qu'on a éliminé tous les autres.

– Mon père a fait un cancer du côlon, lâche Marcello.

– Je ne savais pas, où si tu m'en as parlé je ne l'avais pas noté. C'est un élément à prendre en compte, mais ça ne préjuge pas de ce qui t'arrive aujourd'hui. C'est peut-être tout à fait bénin. C'est même le plus probable… »

C'est à ce moment précis, avec Marcello nu comme un ver devant moi, que le téléphone sonne.

Michèle

J'ai reconnu sa voix avant même qu'elle se présente. Une part de moi savait qu'elle appellerait.

« Je suis désolée d'appeler à cette heure-ci, je pense que vous avez du monde…

– J'ai du monde, oui, mais ce n'est pas grave, on était convenu de se parler.

– Vous avez reçu mes résultats ?

– Une partie, oui. » Premier mensonge de la journée. Rectification : premier mensonge conscient de la journée. Il est près de dix-neuf heures, ça n'est pas mal pour un lundi.

« Et alors, ça dit quoi ?

– Ça dit que je crois qu'on devrait prendre le temps d'en parler en consultation, demain ou après-demain, quand ça t'arrange.

– Je m'en doutais, de toute façon. »

Nulle forfanterie dans sa voix, nulle esbroufe. L'annonce d'un fait, tout simplement. Elle s'en doutait. Elles s'en doutent souvent, ça m'a toujours intrigué.

Souvent, quelque chose en elles le sait, avant même que nos examens complémentaires, chaque jour plus performants, chaque jour plus sophistiqués, ne décèlent l'anomalie.

« Je n'ai pas encore tous les résultats, et il faudra que je rappelle mes collègues hospitaliers. Mais je pense qu'il va falloir pousser les investigations.

– Ça a l'air très moche ?

– Je ne peux pas dire ça comme ça, sans avoir l'ensemble des informations. » Je ne *veux* surtout pas dire ça comme ça, au téléphone, alors que je ne sais pas si elle est seule, ou accompagnée, si elle va tenir le coup jusqu'à demain ou passer une nuit d'angoisse en imaginant le pire.

« Je vais devoir te laisser, Michèle, parce que j'ai un patient en voie de congélation devant moi…

– Je rappelle le secrétariat, alors…

– Je te remercie. À demain. »

Retour à Marcello

Marcello est un peu gris, et ce n'est pas le froid. La conversation avec Michèle, même s'il n'en a saisi que des bribes, l'a plongé dans un abîme d'introspection.

Son ventre est souple, son examen cardio-vasculaire normal. Pas de signe d'hémorragie importante, pas de douleur ou d'hémorroïdes au toucher rectal, juste un peu de sang sur le doigtier. « Le gant revient chargé de matières fécales et de sang… » La citation me remonte à la mémoire, tirée d'une question d'internat, probablement. Je me souviens de mon pote Marc, un véritable poète, qui l'avait légèrement modifiée : « Le gland revient chargé de matières fécales et de sang… » Je chasse cette pénible obscénité de mon esprit, ainsi que le souvenir de Marc, retrouvé mort au volant de sa voiture il y a vingt ans maintenant, sur le parking de l'hôpital.

« Je ne vois rien d'anormal, mais il est impératif de déterminer l'origine du saignement. Je vais t'envoyer chez un de mes amis, faire une coloscopie.

– Je préfère », murmure Marcello. Puis d'une voix plus ferme : « Je veux en avoir le cœur net. »

J'écris à mon confrère, j'explique à Marcello en quoi consiste la coloscopie, la préparation nécessaire pour vider l'intestin et rendre plus aisée la pénétration du fibroscope le long du tube digestif, enfin la technique d'anesthésie « vigile », qui ne nécessite pas d'intubation, et la nécessité d'une surveillance par une tierce personne pendant toute la journée qui suivra l'examen.

« Je ne serai pas hospitalisé ?

– Non. L'examen dure moins d'une heure, et ensuite, si tout se passe bien, tu rentres chez toi. Je suis censé, légalement, te parler des complications toujours possibles. C'est un acte couramment pratiqué, et j'ai toute confiance en l'équipe qui va s'occuper de toi. Mais des complications peuvent survenir, même si c'est heureusement rare : des infections, voire des perforations…

– De toute façon, on n'a pas le choix…

– Disons que c'est le seul moyen d'être certain de ne pas laisser passer une lésion qui pourrait devenir cancéreuse. L'enjeu me semble en valoir largement la chandelle.

– Et ils sont vraiment bien ?

– Tu peux me croire. C'est à eux que j'ai confié mon père. »

Marcello sourit. Parfois, il suffit de trouver le mot juste.

Melvin

Melvin a la varicelle. De la fièvre, quelques boutons que sa mère n'avait pas remarqués le matin même, et une magnifique vésicule dans la région lombaire, qui permet de poser le diagnostic avec certitude. Le reste de l'examen est normal. J'imprime la prescription standard (savon antiseptique, talc, paracétamol) et je rajoute un antiviral, habituellement utilisé dans l'herpès, et dont j'ai lu il y a de nombreuses années dans une revue américaine qu'il limite le nombre et l'intensité des poussées éruptives, diminuant ainsi le risque de cicatrices cutanées. Cette indication n'est pas reconnue dans le Vidal et, théoriquement, n'est donc pas remboursable par la Sécurité sociale. Ce qui n'empêche pas celle-ci de débourser sans sourciller plusieurs milliers de francs à la suite de la prescription d'un régime hyperprotéiné à Isabelle, sans jamais demander le moindre compte ni au spécialiste ni au laboratoire concernés. Je devrais donc marquer bien lisiblement à côté du nom du produit qu'il est prescrit hors remboursement. Si je ne le fais pas, la Sécu serait en droit de se retourner vers moi pour m'en exiger le remboursement [1].

1. Le profane trouvera peut-être cette mesure justifiée, et s'imaginera naïvement que le médecin et le patient « paient » là mon amateurisme coupable, ou des expérimentations faisant fi des connaissances scientifiques. Dans un système idéal doté d'une politique de santé publique cohérente, sans décalage entre l'autorisation de mise sur le marché d'un médicament, alias AMM, et la réalité scientifique, ce serait le cas. Mais en France, la situation est tout autre. L'absence de forme pédiatrique de certains médicaments amène les médecins à prescrire des formes pour adultes, théoriquement « hors AMM ». Et dans le cadre de la prise en charge de la douleur, toujours payante en termes de popularité instantanée pour les plus médiatiques de

Nelly

« Je n'ai pas pu y aller.
– Je m'en suis douté quand j'ai vu ton nom sur la liste.

---

nos ministres de la Santé, les incohérences sont légion. C'est ainsi qu'à l'automne 1996, alors que paraissait le décret de loi imposant aux médecins de signaler tout médicament prescrit hors de ses indications officielles pour en éviter le remboursement, était envoyé aux mêmes médecins un guide fort bien conçu par l'ANDEM : *Prise en charge de la douleur du cancer chez l'adulte en ambulatoire*. Louable attention dans un domaine où longtemps la France a été considérée comme une mauvaise élève, et où la morphine, encore aujourd'hui, entraîne chez quelques médecins et de trop nombreux patients un réflexe de peur irraisonnée née de son association inconsciente et injustifiée avec la notion d'échéance fatale (mort fine, aurait analysé Lacan…). Parmi les stratégies thérapeutiques développées dans cet ouvrage, une large place était faite à de nombreuses molécules utiles dans les douleurs dites « neurogènes ». Qu'est-ce qu'une douleur neurogène ? Une douleur née de l'atteinte, de l'inflammation ou de l'irritation directe du système nerveux, douleur d'autant plus atroce qu'elle n'est pas calmée, ou très mal, par les antalgiques habituels, et parfois incomplètement par la morphine elle-même. Or de nombreuses études, en majorité anglo-saxonnes, ont mis en avant l'efficacité remarquable de molécules psychotropes dans ces indications. C'est le cas par exemple du clonazépam (Rivotril), un anxiolytique, de la clomipramine (Anafranil), un antidépresseur, du valproate (Dépakine), un antiépileptique, parmi d'autres… Aucune de ces molécules ne bénéficiait en 1996 d'une indication dans le traitement des douleurs neurogènes, et tout médecin les prescrivant à un patient cancéreux dans le but de le soulager aurait risqué une condamnation pénale s'il n'en avait pas fait supporter le coût au patient. On voit ici que se conjuguent toutes les perversités du système, qui ne manquait pas dans ce domaine : indications officielles en décalage avec les connaissances scientifiques, contrainte législative conçue dans la seule optique d'une maîtrise des coûts, prise en otage des médecins et des patients, le tout recouvert du vernis des grands projets humanitaires qui font les têtes d'affiche et les soirées caritatives.

– Pourtant je m'étais bien préparée, j'avais révisé le programme de la journée, tout était prêt… mais l'angoisse m'a prise ce matin, sur le trajet. J'ai dû m'arrêter sur un parking, et puis je n'ai plus pu continuer. Je suis rentrée à la maison et j'ai passé ma journée au lit.

– Qu'en dit la psy ?

– Elle était très confiante, elle aussi. Elle m'avait soutenue dans mon envie de réessayer. Ça fait quand même six semaines que je suis arrêtée…

– Quand dois-tu la revoir ?

– Vendredi.

– Est-ce que je te prolonge seulement jusque-là ?…

– Je ne sais pas. Peut-être que d'ici là ça ira mieux.

– Peut-être. Qu'en penses-tu ?

– C'est pour les enfants que ça m'embête. Je m'étais préparée à les affronter, j'avais vraiment envie d'y retourner… »

Nelly est enseignante en primaire. Elle a été mutée en septembre dernier dans un établissement pudiquement classé « à problèmes ». Elle s'est épuisée pendant trois mois à tenter de maintenir la paix civile dans la classe, et accessoirement à tenter d'enseigner des bribes du programme à ceux de ses élèves qui ne sont pas totalement démotivés. Juste avant de craquer, début décembre, elle m'avait dit que chaque matin, en arrivant à l'école, elle tentait de se fixer un objectif pédagogique, et un seul, quelque chose d'extrêmement simple.

« Je garde ça en tête comme un mantra, et j'attaque bille en tête dès que j'arrive en cours. Parce que je sais que j'ai un créneau d'une dizaine de minutes avant que ça ne dégénère complètement. Et que si je veux faire passer quelque chose dans la journée, je dois le faire durant ces dix minutes-là. »

Nelly est comme un pompier qui tenterait d'éteindre un incendie avec un verre à dents, et moi, moi je soigne les brûlures au second degré du pompier avec un tri-costéril et du mercurochrome.

Henriette avec sa radio

J'avais oublié Henriette, de retour avec sa radiographie de la cheville : il n'y a ni fracture ni arrachement osseux.

J'ai oublié de lui demander de ramener le nécessaire pour bander son entorse. Je fouille dans mon armoire, réussis à y dénicher une bande, des compresses, de quoi réaliser un premier pansement pour quarante-huit heures. Tandis que je l'aide à s'allonger et que je m'affaire sur sa cheville, elle s'inquiète :

« Vous avez des nouvelles du monsieur que je vous ai amené ? »

Je réalise que non. Je n'ai pas songé à contacter le Samu, ou l'hôpital, et le médecin traitant de l'homme qui dort ne m'a pas rappelé. Je comprends qu'Henriette ait envie de savoir ce qui est arrivé à son protégé, et moi aussi d'ailleurs, mais je n'ai pas le temps. J'appellerai demain.

Le téléphone sonne comme je me lève pour la raccompagner.

« Ce n'est pas grave, je connais le chemin… »

Alphonse et son fauteuil

« Bonjour, c'est Marianne, au Clos-du-Roy, c'est pour Alphonse Landrieux… »

Le Clos-du-Roy est une maison de retraite médicalisée. Marianne doit être cette infirmière brune que j'ai aperçue l'autre fois. Le personnel change si souvent, probablement éreinté par la tâche, que j'ai du mal à mettre un nom sur les visages que j'y croise.

« C'est pour son fauteuil roulant. Il faudrait faire une ordonnance, pour en racheter un autre. Si vous pouvez nous la faxer… »

Je suis pris de court. Un moment d'hésitation… Je pianote sur le clavier, fouine dans le dossier d'Alphonse, incomplet comme ceux de la plupart des patients que je ne vois jamais au cabinet.

« Mais je croyais… enfin ça m'étonne… Je me souviens avoir fait une demande pour un nouveau fauteuil, il n'y a pas si longtemps…

– C'est possible, mais là son fauteuil est cassé. Le fabricant nous a demandé une nouvelle prescription. »

Quelques clics exaspérés… puis enfin… « Attendez, non, c'est pas possible. J'ai son ordonnance, là, sous les yeux, elle date d'il y a à peine trois ans : achat d'un fauteuil roulant avec accoudoirs, repose-pieds…

– Oui mais là une des petites roues avant est déglinguée, la vis qui la maintient est cassée, et en attendant on a été obligé de lui prêter le seul fauteuil libre de l'étage…

– Je vais faire une ordonnance pour une réparation…

– Non, non, le fabricant a dit que ça irait beaucoup plus vite d'en racheter un autre. Et qu'au-delà de deux ans la Sécu ne dira rien…

– Attendez ! Vous imaginez combien ça coûte ? Son fauteuil est quasiment neuf, on ne va pas en faire racheter un autre pour une foutue vis. Le fabricant se fout de notre gueule, Sécurité sociale ou pas !

– Oui, mais il a dit qu'en cas de réparation, une partie des frais sera à la charge d'Alphonse…

– Génial, je vois qu'il a bien peaufiné son argumentaire. Mais ça ne change rien. Je vous déposerai l'ordonnance pour la réparation dans la semaine. Saluez Alphonse pour moi. »

Je n'ai pas posé le téléphone qu'il se remet à sonner.

Pharmacie Desjoyeux

« Bonjour, excusez-moi de vous déranger, c'est la pharmacie Desjoyeux, rue Verlaine…

– Vous ne me dérangez pas…

– C'est au sujet de la prescription de pravastatine 20 mg pour Mme Bossard. Nous n'avons pas ce médicament en stock…

– C'est une prescription en DCI, madame. En dénomination commune internationale…

– Oui, mais nous n'avons pas ce générique en stock. D'ailleurs il n'est pas dans le Vidal. Nous n'avons que de l'Elisor.

– Je n'ai pas prescrit de générique, madame. L'Elisor, c'est le nom de marque de la pravastatine. C'est d'ailleurs la seule pravastatine en France, pour l'instant, puisque le médicament n'est pas encore génériquable.

– Alors pourquoi vous marquez Pravastatine DCI, si vous voulez de l'Elisor…

– Je l'ai expliqué à Mme Bossard.

– Oui, mais elle n'est pas là, elle nous a juste laissé l'ordonnance.

– Les médecins sont censés prescrire les médicaments en dénomination commune internationale. Cela permet de remettre les choses à leur place. En prescrivant en nom de marque, on finit par oublier ce qu'on prescrit… D'autant que l'ensemble des données pharmacologiques, des études internationales, est rédigé en DCI… Ensuite, selon votre stock de médicaments et leur prix, vous êtes le mieux à même de dispenser le traitement au patient, quitte à marquer le nom de fantaisie à côté de la DCI. Je sais bien que ça représente un travail intellectuel supplémentaire pour vous comme pour moi, mais c'est le seul moyen de s'affranchir un

125

peu d'un système de promotion commerciale et de revenir à une prescription plus saine…

– Et les patients, vous en faites quoi ?

– J'y fais attention… Je ne prescris pas en DCI à des patients trop âgés pour en comprendre le mécanisme, mais Mme Bossard a quarante-huit ans, elle a parfaitement compris son intérêt, financier entre autres… Et elle sait que je n'ai aucun lien avec les laboratoires, que si je prescris un médicament, ce n'est pas sous la pression publicitaire… Maintenant on peut rêver que les pouvoirs publics aillent plus loin et que demain la DCI soit inscrite sur la boîte en termes au moins aussi gros que le nom de fantaisie…

– Oui, je sais, je sais, mais déjà avec les génériques on a du mal, je ne suis pas certaine que le jeu en vaille la chandelle…

– Je crois au contraire que c'est très utile. Je pense qu'il faut rappeler aux patients qu'ils prennent des molécules chimiques. Les noms de fantaisie sont choisis dans le but de créer une espèce de familiarité et de banaliser l'usage du médicament. Prescrire en DCI, c'est probablement aussi prescrire moins… »

Il y a comme un blanc au bout du fil.

Baptiste

« Ça ne passe pas du tout, je crois qu'il lui faudrait peut-être des antibiotiques, ça va faire dix jours maintenant qu'il tousse…

– Tu peux te déshabiller, Baptiste, s'il te plaît…

– Vous m'aviez dit que c'était viral, mais là, ça commence à faire long, non ?…

– Je vais voir. Je vais le réexaminer… Est-ce qu'il semble gêné pour respirer ? Est-ce qu'il tousse la nuit ?

– Non, non, mais il n'a pas faim, il mange mal. Et il a mauvaise mine. C'est pas une bronchiolite ?

– Pas à huit ans... mais j'en saurai plus après l'avoir ausculté.

Baptiste se hisse sur le divan d'examen, s'allonge, bien droit. Dès que je pose le stéthoscope sur sa poitrine, il se met à respirer, très fort, très consciencieusement.

« Non, mon grand, ne fais pas de bruit, c'est ton cœur que j'écoute, là... »

Auscultation cardiaque normale, pas de fièvre, sa respiration n'est pas rapide, sa coloration est normale. Pas d'éruption cutanée. Je l'assieds.

« Maintenant tu peux respirer fort, mais sans faire de bruit. »

Il me jette un regard étonné, je mime. Il faut gonfler les poumons au maximum, sans faire de bruit avec la bouche.

Il m'imite, je lui souris. Sa respiration est normale. J'examine ensuite sa gorge, légèrement irritée, ses tympans, normaux.

« Tu peux te rhabiller, c'est terminé. »

Je range mes instruments, jette le spéculum auriculaire, reste un moment assis à tenter de trouver une explication convaincante. L'examen de Baptiste est normal. Il tousse. Sa mère me l'amène pour la deuxième fois en une semaine. Sur le plan médical, la prescription d'un antibiotique serait totalement incohérente. Mais comment la convaincre de laisser faire la nature, d'attendre que les choses s'améliorent spontanément, dans un monde qui n'aime que les réponses immédiates ?

Je me lève, parcours les quelques pas qui me séparent du bureau, fais un petit geste de la main pour temporiser. Je parcours le dossier de Baptiste, ses antécédents. Rien qui puisse indiquer un asthme. Mais c'est vrai que, comme beaucoup d'enfants, il passe des hivers médiocres, souvent la goutte au nez, avec des épisodes de toux plus ou moins longs. L'an dernier, j'avais pratiqué quelques examens, afin d'éliminer une carence en fer, une allergie respiratoire. Tout était normal. Il n'a pas de végétations... Rien d'anormal. Je sais, sa mère me l'a dit, qu'il a déjà vu un homéopathe, un allergologue, avec des prescriptions plus ou moins bien suivies qui n'ont rien donné. Comment la convaincre de temporiser, comment diminuer son anxiété devant ce qui est la banalité même : un enfant qui tousse en hiver quand il est enrhumé.

« Est-ce que Baptiste sait bien se moucher ?

– Il a un mouchoir. Il sait se moucher. » Le ton de la réponse est à la limite de l'agacement. La mère de Baptiste sait ce que je vais dire, et me signale qu'elle n'est pas convaincue.

« Son examen est strictement normal. Je pense qu'il s'agit simplement de la fin de sa rhinopharyngite...

– Mais ça fait près de dix jours déjà...

– C'est malheureusement souvent assez long...

La mère de Baptiste se redresse, saisit son sac qu'elle pose sur ses genoux. Nul besoin d'être un spécialiste en gestuelle corporelle pour comprendre qu'elle signifie ainsi son désir de mettre fin à l'entretien.

« Je ne crois pas utile de prescrire un autre médicament. Continuer la désinfection rhinopharyngée, tout simplement... Il vous reste du soluté physiologique ?

– Ce n'est pas la peine de m'en prescrire, de toute façon. Ce n'est même pas remboursé. »

Elle masque difficilement son dépit. Une consultation sans prescription, une consultation sans antibiotiques, elle a l'impression de ne pas avoir été écoutée. À l'inefficacité, j'ajoute l'obstination à mécontenter le client...

J'annonce le tarif de la consultation, qu'elle connaît par cœur. Elle ouvre son sac, en sort un peu brutalement son chéquier. Un paquet de cigarettes glisse sur ses genoux, qu'elle ramasse immédiatement.

J'ai un blanc. Je reste un instant sans bouger tandis qu'elle remplit le chèque. Je regarde la mère, je regarde Baptiste, Baptiste qui n'a pas toussé depuis le début de la consultation.

« Excusez-moi… je viens de penser à quelque chose… »

Elle relève la tête, masquant difficilement son agacement.

« Vous fumez ?

– Oui, je fume. Mais jamais en sa présence.

– Vous ne fumez pas à la maison ?

– Si, bien sûr. Mais jamais en sa présence.

– Jamais quand il est dans la pièce ? C'est ça que vous voulez me dire…

– Voilà, exactement. »

Elle signe le chèque, le déchire, me le tend. Je ne m'en saisis pas.

« Vous avez travaillé aujourd'hui ?

– Non, il toussait tellement ce week-end, je l'ai gardé à la maison. D'ailleurs, vous me ferez un certificat d'enfant malade…

– Je voudrais juste vérifier quelque chose… »

Je pivote sur mon siège, agrippe la mallette du testeur de monoxyde de carbone, l'ouvre. Je fixe sur le testeur un petit embout en carton, contourne le bureau pour m'accroupir à côté de Baptiste. Je n'ai jamais utilisé l'appareil avec un enfant de son âge.

« Je vais te demander de retenir ta respiration, très fort. Et quand je te le dirai, tu souffleras tout l'air que tu as dans les poumons. D'accord ? »

Baptiste opine du chef. J'allume l'appareil, qui se met à clignoter comme un néon.

« Gonfle fort tes poumons. »

Une vingtaine de secondes passent avant que l'appareil ne s'initialise.

« Ça y est, tu peux y aller. »

Il souffle de toutes ses forces, et je vois les lumières clignoter, vertes d'abord, puis orange, rouges enfin, tandis que l'écran de l'appareil annonce un taux de concentration de monoxyde de carbone de 12. J'ai ma réponse, mais le plus dur reste à faire. Je me rassieds, la mère de Baptiste me regarde.

« Avez-vous un chauffe-eau au gaz dans votre appartement ?

– Non.

– Je vous pose la question parce que cet appareil détecte le taux de monoxyde de carbone dans l'air expiré, et reflète le taux de monoxyde de carbone dans le sang. Le taux normal est proche de zéro. Or Baptiste a douze. Si on élimine l'hypothèse d'un chauffe-eau défectueux, il ne reste qu'une cause possible à cette intoxication. Qui pourrait aussi expliquer l'origine de sa toux. L'exposition au tabac, à la fumée de cigarettes. »

La mère de Baptiste ne dit rien. Puis, quand même :

« Je n'ai jamais entendu parler de ces appareils. C'est fiable ?

– Je peux souffler dedans si vous voulez. J'ai passé la journée ici, la fenêtre est ouverte, il flotte probablement dans l'air un peu de pollution atmosphérique. Ce serait bien le diable si j'atteignais quatre ou cinq. »

Elle acquiesce, visiblement ébranlée.

« Je crois qu'il faut qu'on prenne un peu de recul, qu'on en reparle ensemble. Votre mari fume aussi ? »

Elle fait oui avec la tête.

« C'est peut-être le moment d'y réfléchir ensemble.

– J'ai déjà essayé d'arrêter, mais c'est très difficile. C'est une question de volonté… »

Je la coupe : « Non, ce n'est pas une question de volonté, c'est une question de motivation. Si vous avez la motivation, ce sera à moi de vous proposer une méthode pour briser l'accoutumance, mais vous seule pourrez décider du moment... »

Elle se lève, Baptiste prend sa main.

« Dis au revoir au docteur », dit-elle comme il passe la porte du cabinet, droit comme un I. Je me baisse, il m'embrasse, c'est sa façon à elle de faire la paix par procuration.

Honoré

« J'étais de garde cette nuit. Je suis sûr que j'ai de la tension », dit Honoré en enlevant son manteau.

Je ne réponds pas tout de suite, occupé à jeter un œil sur ses résultats sanguins. Tout baigne.

« Enlève tes chaussures, j'aimerais vérifier ton poids... »

Il obtempère, monte sur la balance.

« 86 virgule 8... Non, virgule 6... virgule 8...

– Si tu arrêtes de te balancer, on va peut-être y arriver...

– C'est ça... T'as un matos pourri qui date d'il y a quinze ans, et c'est ma faute s'il ne marche pas...

– 86,6. Et rien que du muscle et de l'intelligence, ça te va ? »

Honoré maugrée en créole, s'allonge sur le divan. Je le connais depuis plus de vingt ans. Brancardier, puis chauffeur au Samu, j'ai beaucoup appris de lui quand j'ai débarqué à l'hôpital.

« Je t'annonce que tu as perdu deux kilos en trois mois, ce qui est vraiment très bien. Et tes analyses sont rentrées dans l'ordre.

– Tu es content de moi, pour une fois ? »

– On peut dire ça. »

Je m'assieds à son chevet, l'examine rapidement. Prends sa tension. Une fois. Deux fois. Trois fois…

« Elle est élevée. Tu n'as pas besoin de me le dire, je sais qu'elle est élevée… Combien ? »

« 174/96… je ne me souviens pas de tes derniers chiffres mais je crois que c'était normal… »

Je me lève, ouvre sa consultation précédente à l'écran.

« Tu peux te rhabiller, va… Je ne comprends pas trop. Tu avais 146/88. Alors que tu pesais deux kilos de plus… Tu n'as pas manqué de médicaments, ou oublié certaines prises ?

– Non, mais j'étais de garde la nuit dernière. Ça ne m'étonne pas. »

Il me raconte. Comme toujours, il en rajoute probablement un peu, mais c'est un bon conteur.

C'est le type de SOS Médecins qui a donné l'alarme. Il était sur la route départementale qui ceinture Villers au nord, arrêté à un feu rouge, lorsqu'il a vu une BMW en face accélérer et se jeter contre une Clio qui se trouvait juste devant lui. Les phares de la BMW se sont allumés, le conducteur a braqué, a traversé le carrefour et a embouti la Clio, qui a été propulsée dans le fossé. La BMW a fait marche arrière, puis a disparu dans la nuit, laissant le type de SOS seul avec la voie libre devant lui, et la Clio sur le bas-côté. Il a appelé le Samu, puis a porté les premiers soins aux types de la Clio. Ils étaient quatre, en piteux état, totalisant deux traumas crâniens et trois fractures ouvertes, une plaie thoracique, sans compter de multiples contusions et points de suture. Il a fallu plusieurs heures à la police pour rassembler les pièces du puzzle, déterminer qu'il ne s'agissait pas d'une expédition punitive mais d'une simple attaque d'opportunité. Une voiture d'une bande locale, qui passait là par hasard, est tombée sur une voiture de la bande des Hauts-de-Villers, avec laquelle elle avait un contentieux à régler.

Pompiers, flics, Samu… plusieurs équipes ont été dépêchées sur place pour désincarcérer les blessés, leur porter secours.

« Tu ne vas pas me croire. Tout le temps où on travaillait sur ce môme dans le fossé, on était obligé de se protéger parce que leurs copains qui avaient entendu le bruit de l'accident étaient descendus de leurs immeubles pour nous assaisonner. Ils nous balançaient des cailloux, nous crachaient dans le dos en nous insultant : "Bande de bouffons, vous avez pas intérêt à ce qu'il meure, mon frère, ou je vous nique tous…" On était là, dans le noir et l'huile de moteur, à tenter de faire repartir ce gamin qui nous a quand même fait deux arrêts… et ces demeurés nous menaçaient en nous mollardant dessus au lieu de nous laisser bosser, tu le crois, ça ? Tu crois que c'est possible d'être aussi con ? »

Je ne réponds pas. Je doute que quelqu'un puisse répondre. Je renouvelle l'ordonnance d'Honoré, sans rien changer. En espérant que ce genre de gag ne se renouvellera pas trop souvent, et que ses artères tiendront le coup.

« Ne me remets pas de Lopril, j'en ai six boîtes d'avance…

– Comment ça se fait ?

– Quand tu m'as changé avec le nouveau médicament, là, tu m'as diminué le Lopril de moitié le soir, mais la pharmacie continue à m'en délivrer comme avant alors j'ai des boîtes en trop…

– D'accord… mais tu sais bien, toi, que l'ordonnance n'est pas une liste de courses, c'est une prescription. Tu n'es pas obligé d'acheter tout ce qui est noté, s'il te reste un excédent à la maison. Et je refuse de délivrer des ordonnances tronquées, parce que c'est la porte ouverte à n'importe quelle connerie. Si tu es amené à voir un confrère, je veux qu'il puisse savoir d'un coup d'œil tout ce que tu prends. Et si, ce que je ne te souhaite pas, tu avais un accident, un malaise, je veux que ceux qui te prennent en charge sachent exactement ce que tu prends…

– Oui, oh bon, de toute façon, c'est pas grave. Je vais prendre tout, et je ramènerai les anciennes boîtes à la pharmacie…

– QUOI ? ? ?

– Je ramènerai les anciennes boîtes à la pharmacie, ils les récupèrent… »

Je fais mine de m'effondrer sur mon siège, secoué de convulsions : « Mais enfin, mon vieux, tu te rends compte de ce que tu me dis ? »

Honoré hausse les épaules. Visiblement, il n'a pas saisi l'énormité de son propos.

« Tu as une idée du prix des médicaments que je te prescris ? Tu ne peux pas les laisser se périmer dans un coin puis les rapporter à la pharmacie quand ils t'encombrent…

– Mais ils ne sont pas périmés… et ça peut servir dans d'autres pays…

– Il faut arrêter le punch coco, mon vieux… S'ils ne sont pas périmés, tu les u-ti-lises… S'ils sont périmés, tu les ramènes au pharmacien pour qu'ils soient récupérés et incinérés… Mais tu ne vas pas acheter des centaines d'euros de médicaments pour le plaisir hypothétique d'en envoyer une petite partie dans un pays pauvre, où ils ne seront probablement d'aucune utilité à personne… Si tu veux faire dans l'humanitaire, cotise directement à une organisation.

– Je croyais que c'était la même chose.

– Non, ce n'est pas la même chose, sauf pour l'industrie pharmaceutique. Évidemment, tu as probablement un peu moins honte de gaspiller de l'argent public et des médicaments si tu peux te rassurer en imaginant en donner un peu à un « petit nenfant » qui crève de faim. Ça calme tes remords d'Occidental bien nourri. Mais ça ne sert absolument pas l'intérêt des plus défavorisés, à moins que tu comptes les actionnaires de firmes pharmaceutiques parmi les damnés de la Terre…

– J'avais pas vu ça comme ça…

– Je sais bien. Tout le système est fait pour que ce genre de choses passe inaperçu… »

Nora

« Voilà, j'ai eu une infection urinaire juste avant Noël. Le traitement que m'avait donné la généraliste avait bien marché, mais là, ça recommence depuis hier matin. »

Je ne connais pas Nora, qui habite une ville voisine. Je ne l'ai jamais vue, et la mention de l'existence d'une consœur, à cette heure tardive, me met immédiatement sur mes gardes. J'ai horreur du nomadisme médical, et je suis fatigué de recueillir les plaintes et les récriminations que certains patients volages croient utiles de colporter sur leur précédent médecin pour tenter de se placer dans les bonnes grâces du suivant. À les en croire parfois, le confrère ou la consœur qui les a pris en charge pendant plusieurs années était incompétent, sale, malhonnête. Dépassé par les nouvelles avancées médicales, prescripteur de médicaments dangereux, avare en paroles et en conseils, en tout point lamentable. Ne réalisent-ils pas que tout généraliste, au lieu de se repaître de ces calomnies, imagine d'emblée le moment où, sur une contrariété ou un désaccord mineur, le même patient qui lui déclare aujourd'hui confiance et fidélité rejouera cette même partition chez un nouveau médecin ? Il est plus humiliant d'être suivi que suivant, chantait Brel avec raison.

« Excusez-moi, j'ai peur de ne pas comprendre... Vous êtes déjà suivie par une généraliste... Je veux bien vous dépanner ce soir mais il serait préférable de confier votre suivi à une seule personne. Prendre plusieurs avis pour vérifier les capacités de son médecin ou changer de médicaments, ce n'est pas une bonne idée. Depuis combien de temps êtes-vous suivie par ma consœur ?

– Le Dr Sellin ? Oh je ne sais plus... Au moins sept ans...

– Ce n'est pas rien, sept ans... Votre médecin n'est nullement responsable de la récidive de votre cystite, si cystite il y a... Vous vous souvenez de ce qu'elle vous avait prescrit ? »

Nora fait la moue, sur la défensive : « Vous savez, moi, les noms de médicaments... C'était une boîte blanche, avec un liséré noir, ou vert...

– Ça tombe bien », dis-je en soulevant le Vidal. « Des boîtes comme ça, il ne doit pas y en avoir plus de quatre cent cinquante en pharmacie... »

Nora répond à quelques questions sur ses symptômes actuels, leur intensité, me raconte le déroulement de l'épisode précédent.

« Est-ce que les deux épisodes sont survenus après un rapport sexuel ? Pas forcément immédiatement après, mais disons dans les vingt-quatre à quarante-huit heures... »

Nora se pince la lèvre inférieure, réfléchit : « Oui, je crois, enfin probablement... » Elle fouille dans son sac, en sort un petit calepin, vérifie quelques annotations sibyllines. « Oui, le lendemain, à chaque fois... » Elle a l'air inquiète. Je la rassure : il ne s'agit pas d'une maladie transmissible, mais de la simple conséquence du frottement du pénis, pendant l'amour, à l'entrée de l'urètre féminin. Les caractéristiques de la paroi muqueuse à cet endroit, l'architecture du revêtement cellulaire favorisent une abrasion de l'entrée de l'urètre, et cela fait souvent le lit d'une infection. Je gribouille des petits dessins obscènes sur une ordonnance, pour bien lui expliquer le mécanisme. « Si vous voulez être certaine que ça n'arrive plus, il n'y a pas trente-six choses à faire, il n'y a qu'un moyen vraiment efficace : lorsque vous venez de faire l'amour, même si vous n'avez pas envie, même si vous avez les jambes coupées… (elle rit), il faut vous traîner hors du lit et aller uriner dans les cinq minutes qui suivent. C'est à peu près le temps qu'il faut à la muqueuse fragilisée pour se réparer, le laps de temps pendant lequel les germes présents dans la cavité vaginale peuvent s'infiltrer par les petites brèches de la paroi. Lorsque vous urinez, votre urine étant stérile, c'est comme si vous passiez un grand coup de Kärcher, les bactéries n'arrivent pas à s'accrocher avec leurs petites pattes griffues, elles sont emportées dans le flot.

– Vous vous moquez de moi…, dit-elle en rigolant.

– Non non, c'est vrai. Mais vous ne trouverez ça dans aucun bouquin de médecine, c'est une technique mise au point dans les années 70 par une association de femmes américaines souffrant d'infections urinaires récidivantes, et qui ne se satisfaisaient pas du discours que leur tenaient les médecins, discours qui se résumait en gros à affirmer que l'appareil génital masculin était un modèle de perfection aérodynamique et la cavité génitale féminine un nid à microbes fétide immanquablement voué à des surinfections chroniques. Elles ont mis au point un questionnaire, et l'ont fait circuler un peu partout, leurs amies, leurs collègues de travail… L'analyse des résultats a permis de mettre en lumière certains mécanismes facilitateurs de nouvelles infections, dont l'acte sexuel, et petit à petit certains chercheurs se sont suffisamment intéressés à la question pour chercher à expliquer pourquoi leur technique était efficace. En un mot, les patientes ont trouvé la solution thérapeutique qu'on leur refusait, et il n'a plus resté aux médecins qu'à expliquer pourquoi ça marchait… »

Je ne dis pas à Nora, histoire de ne pas trop en faire, que je vois, comme la majorité de mes confrères, des dizaines d'infections urinaires de la femme jeune chaque année, et que, pourtant, au cours de mes huit années d'études, je n'ai entendu parler de ce sujet, sans doute indigne de notre attention, que durant sept malheureuses minutes, les spécialistes hospitaliers qui nous formaient alors préférant évoquer longuement des pathologies dont la complexité le disputait à la rareté, au point qu'en près de vingt ans de pratique je ne les ai jamais rencontrées.

L'examen clinique est rapide, suivi de la prescription d'un antibiotique urinaire (il est trop tard pour pratiquer un examen d'urines au laboratoire, et il n'est pas question de laisser Nora traîner sa cystite jusqu'au lendemain). Au moment de partir, nous nous serrons la main sur le palier.

« Je n'ai pas pris le temps le faire un mot au Dr Sellin, mais vous saurez lui expliquer… Amenez-lui la boîte d'antibiotiques au besoin, c'est aussi simple… »

C'est ma façon de redire à Nora que je ne désire pas profiter de l'échec relatif du médicament prescrit par ma consœur pour récupérer une patiente supplémentaire, mais, à ma grande surprise, Nora encaisse ma recommandation avec un émoi visible : « Je crois qu'on ne s'est pas compris, docteur… je me suis mal exprimée. Ce n'est pas que je ne veuille plus revoir le Dr Sellin… C'est que je ne *pourrai* plus la revoir. Je me suis rendue à son cabinet ce matin et il n'y avait plus sa plaque, plus rien. J'ai appelé le secrétariat, et on m'a juste dit qu'elle avait cessé toute activité le

31 décembre, dix jours à peine après m'avoir vue la dernière fois. Je ne comprends pas pourquoi elle ne m'a rien dit. Ça faisait sept ans que je la connaissais…

– C'est peut-être une question d'âge, de fatigue… Elle a probablement pris sa retraite…

– Oh non, docteur, elle n'avait pas quarante ans… »

Nora sourit, disparaît dans l'ascenseur en lançant un « au revoir » auquel je réponds machinalement. Quitter la médecine générale à quarante ans, à la sauvette, un 31 décembre au soir, en fin d'exercice comptable, sans même prévenir ses patients ou leur dire au revoir, sans les préparer, pour les plus âgés ou les plus souffrants, à la séparation. C'est probablement l'heure qui veut ça, et la fatigue qui commence à se faire sérieusement sentir, mais je ne peux pas trouver cela anodin. À quoi pensait ma consœur pendant ces dernières journées d'exercice médical, en accueillant les confidences de ses patients, en les raccompagnant une ultime fois à la porte de son cabinet sans rien laisser paraître de sa décision ? Combien sont-ils, chaque semaine, selon la terminologie en vigueur, à « dévisser leur plaque », à abandonner, par lassitude ou par désespoir, un métier auquel ils se sont consacrés des années durant ? Les chiffres récemment parus dans la presse médicale sont effrayants. Dire qu'il y a dix ou quinze ans à peine, les experts… en santé publique resserraient chaque année le numerus clausus de lauréats admis en seconde année de premier cycle des études médicales, et nous répétaient quotidiennement que la médecine générale était pléthorique, qu'il était urgent de nous reconvertir vers d'autres branches. D'un point de vue strictement économique, le médecin généraliste était alors considéré comme une bactérie ou un virus, dont l'apparition dans un bassin de population antérieurement sain suffisait à générer des dépenses de santé supplémentaires, comme si par sa seule présence il influait sur la santé des patients, sorte de docteur Knock contaminant les bien-portants pour les transformer en malades en puissance. Tout a été fait pour rendre l'exercice plus pénible, plus ingrat, pour dissuader les vocations. Résultat : d'ici à dix ans, 75 000 médecins vont arrêter leur activité alors que seulement 35 000 nouveaux installés les remplaceront. Aujourd'hui, trop tardivement, l'ampleur de la pénurie apparaît, aggravée par la demande de soins grandissante d'une population dont l'âge moyen augmente sensiblement. D'autant que les conditions d'exercice poussent un nombre croissant de confrères à quitter la médecine libérale pour se reconvertir dans la médecine du travail ou à la Sécurité sociale, et bénéficier ainsi d'une couverture sociale et d'horaires normaux. Il y a quelques années à peine fleurissaient dans les magazines féminins de petits questionnaires comparatifs permettant de choisir un médecin généraliste en fonction de sa disponibilité horaire, de l'agencement de sa salle d'attente, du nombre de sonneries avant qu'il décroche le téléphone en cas d'appel direct. Aujourd'hui, particulièrement en milieu rural, ce genre de plaisanterie résonne de manière sinistre…

Guy

Il fait nuit noire maintenant, il doit être près de vingt heures. Heureusement, il ne reste plus qu'une personne en salle d'attente : Guy, un homme d'une cinquantaine d'années, père de trois petits enfants qu'il accompagne souvent à l'occasion d'une vaccination ou d'un bobo quelconque. Un type en bonne santé, très peu consommateur de médecine. Si je devais placer un pari, je dirais que c'est une grippe. Guy n'est pas le genre d'homme à consulter pour moins de 39°5. Il n'a aucun antécédent médical, aucun facteur de risque. Va pour la grippe. En cinq minutes, ce sera plié, et retour à la maison avant vingt heures trente.

Je m'offre quelques secondes de répit dans la salle de bains, le temps de me laver les mains. Le téléphone sonne. Je jette un œil à ma montre. Huit heures moins cinq. Fait chier, merde ! Je continue à me savonner les mains, je récure bien sous les ongles. Si ça se trouve, c'est un faux numéro. Je ferme le robinet, la sonnerie continue. Et si c'était, pour une fois, une vraie urgence ? À cette heure-ci, c'est peu probable. C'est l'heure où les anxieux se ravisent soudain et paniquent à l'idée de ne pas trouver un médecin de garde la nuit, appellent au cas où, par sécurité. Je ne sais d'ailleurs pas quelle sécurité on peut attendre du jugement diagnostique et thérapeutique d'un type qui travaille depuis douze heures d'affilée, mais ainsi vont les choses. Je sors de la salle de bains, fais signe à Guy qui se lève et me suit. Il n'a pas l'air bien. Pas bien du tout. Pour une fois, il va peut-être même accepter deux jours d'arrêt de travail… Je passe devant lui, je décroche.

Le père Augustin au téléphone

« Christian. C'est Augustin… »

Merde ! Merde, merde, merde ! J'espérais que c'était un simple casse-pied, un emmerdeur que je pourrais faire poireauter jusqu'au lendemain avec une aspirine et un grog, et c'est Augustin. Qu'est-ce que j'ai fait au bon Dieu, putain ?

« Je m'excuse de te déranger, mais j'aurais besoin que tu passes à la péniche, si c'est possible. J'ai vraiment besoin de ton aide.

– À huit heures moins quatre pile ? »

Augustin ne réagit pas à mon ton sarcastique. Il poursuit d'une voix douce :

« Ramon vient d'arriver. J'aurais aimé que tu le voies…

– Qu'est-ce qu'il a ?

– Rien de particulier, mais j'aurais préféré que vous fassiez connaissance…

– Rien de particulier ? Rien de particulier ? Mais s'il n'a rien de particulier, ça doit pouvoir attendre au moins jusqu'à demain matin huit heures, non ? »

J'ai haussé la voix, pris à témoin Guy qui me répond par un sourire réflexe.

« C'est une association de lutte contre le sida qui nous l'a envoyé à sa sortie de l'hôpital. Il n'a nulle part où aller. Ramon est brésilien, il est en France depuis six ans maintenant, en situation irrégulière. Ramon est transsexuel, il est sidéen, et d'après ce que m'ont dit les gars de l'association, il est vraiment à un stade très avancé de la maladie. C'est pourquoi j'aurais préféré que tu le voies aujourd'hui, pour prendre contact… »

Tu veux quoi, un miracle ?

Je ne l'ai pas dit. Juste pensé très fort.

« Je vais voir ce que je peux faire.

– Je te remercie beaucoup. »

Pas moi.

Retour à Guy

« Bonjour, Guy. Excusez-moi. Qu'est-ce que je peux faire pour vous ? »

Il se redresse sur son siège, lisse machinalement sa cravate. Ouvre la bouche, la referme. Ses yeux semblent chercher un objet auquel s'accrocher sur le bureau pour éviter de croiser les miens. Par réflexe, mon regard s'abaisse, se fixe sur une agrafeuse posée sur une pile de formulaires de la Sécu.

« Je suis désolé de vous embêter, surtout aussi tard, alors que je ne suis pas vraiment malade. »

J'éprouve, en entendant ces mots, des sentiments mêlés. Brusquement ma fatigue se dissipe, l'agacement que je ressentais quelques instants auparavant disparaît. Je suis passé sur la batterie de secours, parce que quelque chose en moi sait confusément que c'est important, très important, de ne pas rater cette consultation. Les patients qui s'excusent de déranger le médecin parce qu'ils ne seraient pas vraiment malades font partie d'un groupe bien spécifique, dans lequel coexistent ceux qui ne sont effectivement pas malades et viennent chercher un document administratif quelconque, et ceux dont la souffrance a été niée si longtemps qu'elle fait aujourd'hui partie de leur vie quotidienne au point de ne plus représenter à leurs yeux un motif de consultation valable.

« J'ai hésité à venir vous embêter, c'est probablement juste une question de fatigue. En ce moment, je pète un peu les plombs au boulot, et ça me travaille. Je n'arrive plus du tout à dormir. Je sais que vous n'aimez pas prescrire des somnifères, et de toute façon moi j'ai ces trucs-là en horreur… mais il faut absolument que je dorme. Alors voilà. J'utilise les somnifères de ma femme, ceux que lui prescrit sa gynéco. C'est mieux, j'arrive à dormir au moins trois-quatre heures d'affilée… Mais, après, ma femme se retrouve à court, et rien à faire à la pharmacie pour négocier une boîte de rab. C'est pour ça que je suis venu vous déranger. Parce que je voudrais dormir. »

Guy a débité tout ça d'une traite, d'une voix terne, comme s'il récitait une leçon apprise par cœur. C'est bien la première fois qu'il m'en dit autant lors d'une consultation. En général, il se borne à faire vérifier sa tension ou ses urines lorsqu'un check-up de médecine du travail détecte une anomalie et nous lance dans des bilans qui n'aboutissent jamais à rien.

« Avec le somnifère de votre femme, vous me dites dormir trois-quatre heures seulement… Et quand vous ne prenez rien ? »

– Alors ça, c'est pas difficile. Je ne ferme pas l'œil de la nuit. Enfin peut-être que je réussis à m'assoupir, dix minutes par-ci par-là, mais l'autre nuit, par exemple, j'ai vu passer toutes les heures…

– Et en dehors de ces insomnies, vous n'avez rien remarqué ?

– La fatigue. Je suis vraiment épuisé. Mais c'est normal puisque je ne dors pas.

– Rien d'autre ?

– Je m'énerve facilement. En fait, il paraît que je suis invivable…

– Qui vous a décidé à consulter ? Votre femme ? »

Guy relève la tête, un mince sourire ironique détend un instant son visage mais n'arrive pas à s'y accrocher.

« Oui, c'est ma femme. Elle m'a dit qu'on ne pouvait pas continuer comme ça, qu'il fallait que je voie quelqu'un.

– Bien. C'est bien. Comment cela se passe-t-il à la maison ? Vous arrivez à vous détendre ? Vous m'avez dit, je crois, que vous pétiez un peu les plombs au boulot ? Vous travaillez dans une boîte d'informatique, c'est ça ? À la Défense ?

– Oui, enfin non. On a été racheté en début d'année par une boîte anglaise, et le siège a été déménagé à Issy-les-Moulineaux…

– Ça doit rallonger votre temps de transport…

– Oui, avant je prenais le RER, c'était direct. Là, je prends la voiture, j'en ai pour trois heures par jour en moyenne, ça dépend de l'heure à laquelle je pars… Et c'est une des raisons pour lesquelles je suis venu vous voir. Parfois, au volant, je me fais peur.

144

– Parce que vous craignez de vous endormir ? »

Je n'aurais pas dû dire ça, ce n'est pas la bonne réponse et je viens d'empêcher Guy de se confier plus avant. C'est la faute à l'heure tardive, et à la batterie de secours, qui n'est jamais très fiable. *Il se fait peur au volant.* Je range l'information dans un coin de ma tête, il faudra y revenir.

« Qu'est-ce que vous faites dans cette boîte informatique ?

– Direction des ressources humaines.

– Et c'est un boulot stressant ?

– Ce n'est jamais très facile. Surtout en période de restructuration. »

Les pièces du puzzle se mettent en place. J'hésite à traduire en français courant ce que Guy vient de me révéler, et qu'il ne s'est peut-être pas encore avoué à lui-même.

« Quand vous êtes à la maison, le week-end par exemple, est-ce que vous arrivez à oublier votre boulot ?

– Le week-end ? Le week-end, je dors comme une masse…

– Vous faites de bonnes nuits, alors…

– Non, non, je dors comme une masse. Il m'arrive de ne pas me lever de toute la journée de samedi. Le dimanche, parce qu'il faut bien faire semblant, je fais un truc avec les enfants, une sortie, une promenade, un film. Mais si ça ne tenait qu'à moi, je resterais au lit…

– Vous avez la sensation de récupérer en dormant le week-end ?

– Même pas. Enfin, pas vraiment…

– Et votre femme, comment elle vit ça ?

– Mal, évidemment. Elle dit que je ne m'intéresse plus à rien…

– Et c'est vrai ? »

Guy a un haussement d'épaules, il n'est pas habitué à s'étendre sur son sort. La mention de ses enfants, de sa femme, dans ce contexte, le met mal à l'aise.

« J'ai moins la pêche, c'est sûr, mais c'est normal quand on n'arrive pas à fermer l'œil…

– La semaine, vous n'arrivez pas à fermer l'œil. Mais vous passez votre week-end dans le coma, c'est bien ça ?

– Si on veut…

– Les choses que vous aimez faire, je ne sais pas moi, écouter de la musique, lire, faire du sport, sortir… vous les faites encore ?

– Je n'ai pas vraiment le temps…

– C'est une question de temps, Guy, ou d'intérêt ?

– Les deux, je suppose. C'est vrai que j'aime beaucoup lire, et là, je suis sur un bouquin depuis quatre mois, je n'avance pas, ça ne me dit rien. J'ai l'impression de lire toujours le même passage…

– Sur le plan affectif, sur le plan sexuel, ça se passe comment ?

– Rien. Vraiment rien. J'ai l'impression d'être en ménopause. Ça existe, la ménopause, chez l'homme ?

– Non, et je ne crois pas que ce soit votre problème actuellement. Est-ce qu'il vous arrive de vous sentir triste ? »

Guy acquiesce, sans mot dire.

« Il vous arrive de pleurer sans savoir pourquoi ? »

Il ne répond pas, ce n'est pas la peine. Les larmes coulent sur ses joues, il s'est tassé sur lui-même. Un moment, il tente de masquer ce qui lui arrive, mais un sanglot le secoue, et il fouille dans sa poche pour trouver un mouchoir, sans succès.

« Tenez, c'est offert par la maison Kleenex. »

Il lève le regard, attrape un mouchoir en papier, se mouche.

« Je suis désolé, je suis désolé de vous faire subir ça.

– Il n'y a pas de mal. » *Ne pas dire que j'y suis habitué*. Pourtant, c'est vrai, j'y suis habitué. Sinon les Kleenex ne trôneraient pas sur le bureau.

« Est-ce que vous avez parlé à quelqu'un de vos problèmes actuels ?

– Quels problèmes ?

– Vos problèmes de boulot… parce qu'il me semble que ça vient de là, non ?…

– DRH, ce n'est jamais un job très facile… Mais là, en ce moment… pendant des mois la direction m'a chargé d'écrémer les effectifs de mon ancienne boîte. J'ai poussé vers la sortie les trois quarts de mes ex-collègues…

– Et aujourd'hui c'est votre tour ?

– Il y a de ça, oui… Et personne ne viendra me soutenir. Pas ceux que j'ai virés, ni ceux que j'ai gardés… Alors on fait tout pour me pousser à la faute, et ça fait des semaines que je me bats, et je sens que je commence à perdre pied, parce que s'ils veulent m'avoir, à mon poste, ils trouveront toujours quelque chose… Alors, si au moins je pouvais dormir…

– Vous savez bien que ce n'est pas un simple problème d'insomnie, Guy… »

Il cherche un endroit pour jeter le Kleenex, je soulève la poubelle et il fait un superbe panier, compte tenu de la situation et de son état.

« Vous êtes venu me parler de vos problèmes de sommeil parce c'est plus facile de dire à un médecin qu'on n'arrive pas à dormir que d'avouer qu'on ne fait plus l'amour, qu'on n'a plus goût à rien, qu'on se sent la dernière des merdes, qu'on a peur de son ombre et qu'on tressaille à chaque fois que le téléphone sonne… »

Il hoche la tête.

« Ça a un nom, ce qui vous arrive. Si on veut vraiment cocher toutes les petites cases des petites grilles d'évaluation psychiatrique, on dira que c'est vraisemblablement un syndrome dépressif, une dépression… »

C'est le mot qu'il redoutait, et, en même temps, l'entendre est une délivrance.

« J'ai bien dit… vraisemblablement. Je ne veux pas aller trop vite. Il faudrait vraiment qu'on se revoie dans quelques jours, que vous preniez le temps d'y réfléchir. De me dire ce que vous pensez de cette hypothèse…

– Je ne suis pas médecin…

– Non, Guy, mais vous savez mieux que moi ce que vous ressentez. La dépression, ce ne sont pas seulement les troubles de l'humeur, la tristesse… C'est un ensemble de signes qu'on peut schématiquement regrouper sous quatre chapitres : les troubles de l'humeur, qui s'accompagnent aussi de troubles de l'appétit, de la perte du goût de vivre… plus rien ne semble pouvoir donner du plaisir… ; la culpabilité, l'autodépréciation, les idées noires… ; le ralentissement intellectuel et la fatigue morale et physique ; enfin l'anxiété et les troubles du sommeil. D'un patient à l'autre, d'un épisode à l'autre, certains éléments peuvent manquer, d'autres se révéler prépondérants, mais vous, vous présentez un tableau à peu près complet. Je crois qu'il est important que vous y réfléchissiez au repos pendant deux ou trois jours…

– Vous voulez m'arrêter ?

– Je crois que c'est important, d'autant que je vais vous donner quelques médicaments pour tenter de diminuer votre angoisse, pour tenter d'améliorer votre sommeil, et que je pense qu'en ce moment, la situation au travail ne peut que vous nuire.

– Je ne me suis jamais arrêté.

– Il y a un début à tout. Je ne vous arrête pas par plaisir, ou par caprice, je vous arrête parce que c'est nécessaire. D'autant que chacun réagit différemment aux médicaments. Et que vous avez trois heures de conduite automobile par jour… Vous m'avez dit vous-même que parfois vous vous faisiez peur. Vous avez peur de vous endormir ?

– Non… Non, c'est… Parfois je me dis qu'il suffirait de fermer les yeux, de me laisser déporter un peu vers la glissière et…

– Vous avez pensé au suicide.

– Non, c'est pas ça. Je ne le ferais pas, à cause des enfants, de Sophie. Mais c'est comme une tentation, on se dit que ce serait si simple…

– Je vous arrête et on se revoit d'ici vendredi. En attendant, vous m'appelez si ça ne va pas.

– Qu'est-ce que je vais dire à Sophie ?

– Vous ne lui avez pas parlé de vos problèmes ?

– Non… et je préférerais éviter, elle va se faire trop de souci.

– Sophie est devenue débile ?

– Pardon ?

– Vous croyez qu'elle n'a rien vu ? Vous ne fermez plus l'œil de la nuit, vous restez cloîtré le week-end, vous avez du mal à la supporter, à supporter les enfants, probablement… Vous n'avez plus de vie de couple, vous n'avez plus goût à rien… Vous croyez qu'elle n'a rien remarqué ? Soit elle a compris avant vous que ça n'allait pas, et c'est pour ça qu'elle vous a demandé de venir me voir, soit elle pense que c'est un problème de couple, que vous ne l'aimez plus, que vous avez peut-être une aventure… et si ce n'est pas le cas, il vaut mieux le lui dire, la mettre en confidence. C'est difficile de faire face à une dépression, mais c'est pire si on essaie de s'en cacher vis-à-vis de son entourage. Ma prescription tient en trois lignes : vous allez prendre un tranquillisant à petite dose au coucher, quitte à reprendre un demi-comprimé vers trois heures en cas de réveil nocturne. Vous allez vous arrêter quatre jours. Et vous allez en parler à votre femme dès ce soir. OK ? »

149

Guy acquiesce.

Je remplis l'ordonnance, l'arrêt de travail, en omettant soigneusement de noter le motif de l'arrêt, car que mettre ? « État dépressif lié à la vie dans un système de merde » ? Ce n'est pas une catégorie admise dans la classification des troubles psychologiques.

Cette omission fait de moi un hors-la-loi, ce dont je ne me soucie guère. La Sécurité sociale et le Medef apprécient peu les arrêts de travail, et soupçonnent nombre d'entre eux d'être injustifiés. Certains corps de métier, les enseignants en particulier, ainsi que les… employés de la Sécurité sociale, sont censés en abuser, avec la complicité de médecins laxistes, inconscients de la charge financière que leur coupable magnanimité imposerait à la croissance nationale. Dans *Le Figaro*, au mois d'août 2002, un P-DG assenait : « L'arrêt-maladie : un sujet tabou… La moindre réserve sur sa longueur ou sa fréquence est inenvisageable. Si beaucoup de "maux" petits ou grands justifient de rester chez soi, le principe implicite de l'arrêt minimal est d'une semaine alors que très peu de nos maladies courantes justifient qu'on s'arrête huit jours… Ne pourrait-on faire appel au sens civique des médecins et à leur courage pour refuser ou raccourcir les arrêts de travail en faisant preuve de moins de complaisance ?… » D'autres considérations suivaient, concernant le rallongement « quasi systématique » du congé maternité, et dressaient un portrait accusateur d'une « utilisation abusive des lois protectrices des salariés » dont les médecins, forcément, se rendraient complices. Vues du cabinet médical, évidemment, les choses se présentent de manière assez différente. La grande majorité des arrêts de travail ne dépasse pas en réalité deux ou trois jours. Mais, surtout, s'il est vrai que de rares patients viennent en toute quiétude demander à un médecin un arrêt de travail au simple prétexte qu'ils n'en ont pas eu dans l'année précédente et qu'ils y auraient donc « droit », je me trouve souvent confronté, comme nombre de mes confrères, à la difficulté opposée : faire admettre la nécessité médicale d'un arrêt motivé à un patient légitimement inquiet des conséquences de cette interruption de travail en période de crise. De nombreux artisans, commerçants, professionnels libéraux, refusent systématiquement de s'arrêter, mettant en avant la survie de leur activité. Dans le domaine salarié, beaucoup de travailleurs récusent nos prescriptions de repos par crainte d'une mise à pied.

Reste que le dogme subsiste, indéboulonnable : les médecins dans leur ensemble prescrivent trop d'arrêts de travail, de manière injustifiée.

Qu'importe le nombre, qu'importe le pourcentage ; ce qui importait, c'était de marquer un coup d'arrêt à cette prétendue gabegie. Ce fut fait en août 2000[1], avec l'obligation faite aux médecins d'inscrire sur de nouveaux formulaires d'arrêt de travail expressément imprimés dans ce but « les éléments d'ordre médical justifiant l'arrêt de travail ». Personne ne sait d'ailleurs ce que recouvre ce vocable « éléments d'ordre médical ». La CNAMTS jure ses grands dieux qu'il ne s'agit en aucune façon d'exiger un diagnostic, mais certains médecins ont été inquiétés pour avoir utilisé des termes jugés trop imprécis, comme : convalescence postopératoire. D'autres, finauds, utilisent des termes d'allure médicale sans grande signification, comme : impotence fonctionnelle. Selon les caisses, le zèle de leurs administrateurs ou la compréhension des médecins-conseils, la mesure est appliquée inégalement. D'autant

1. Comme les augmentations des tarifs des services publics, c'est souvent pendant ce mois estival que paraissent en douce au *Journal officiel* les mesures auxquelles les pouvoirs publics répugnent à donner une trop grande couverte médiatique.

que cette loi, créée sous l'égide de Martine Aubry, appliquée sous le ministère de Lionel Jospin et d'Élisabeth Guigou, avec l'accord et le vote du Parlement et sans grande protestation des syndicats de salariés, contient quelques perles juridiques consternantes. En effet, les « éléments d'ordre médical » doivent obligatoirement être portés par le généraliste sur le premier volet du formulaire, qui en comporte trois, ce premier volet étant destiné uniquement au médecin-conseil, les autres volets étant destinés à l'employeur. En refusant d'appliquer la loi, je m'expose, comme un con, à de lourdes sanctions. Et les patients pourraient se voir refuser catégoriquement par l'assurance maladie le paiement de leurs indemnités journalières. Ce chantage à l'indemnisation a d'ailleurs été employé pendant un temps avec un réel succès, les patients dont les médecins avaient « omis » de notifier les « éléments d'ordre médical » sur le premier volet ont reçu ce courrier de leur caisse : « Le docteur X vous a prescrit un arrêt de travail jusqu'au XX janvier 2001. Or le service médical nous fait savoir que les éléments médicaux mentionnés par le médecin, et justifiant cet arrêt, sont insuffisants. Face à cette situation, il ne nous aurait normalement pas été possible de procéder au paiement des indemnités journalières pour cet arrêt. Toutefois, pendant la période de mise en place de ce nouveau circuit de travail, *il a été décidé de vous informer de la carence constatée mais de ne pas vous appliquer la sanction de refus d'indemnisation*. À titre tout à fait exceptionnel, les indemnités journalières auxquelles vous êtes en droit de prétendre pourront donc vous être servies… » Comment le destinataire de cette missive, en arrêt pour maladie, peut-il interpréter cette menace à peine voilée, sinon en concluant que, par la faute ou le manque d'attention de son médecin généraliste, il a failli être privé d'indemnités journalières auxquelles il est « en droit de prétendre… » ? Comment peut-il imaginer, puisqu'en dehors du corps médical très peu se sont inquiétés des conséquences éventuelles de cette mesure, que son médecin généraliste se retrouve pris entre le marteau et l'enclume, sommé de divulguer des informations médicales qu'il est censé taire ? Dans le cas de patients atteints de pathologies lourdes, cancer, sida ou affections psychiatriques, la notification d'éléments diagnostiques sur un document administratif dont l'acheminement échappe au médecin constitue un risque majeur de violation du secret professionnel. Certains patients atteints d'affections psychiatriques sévères et arrêtés par leur psychiatre allant même jusqu'à demander un nouvel arrêt maladie à leur généraliste afin que nul dans leur entourage professionnel ou privé ne puisse déduire à partir du formulaire la nature de leur pathologie, laquelle découle aisément de la spécialité du médecin signant l'arrêt, élément préimprimé sur les formulaires d'arrêt de travail.

Cette loi contient en germe toutes les dérives possibles : le Conseil d'État avait statué en décembre 1999 que ce dispositif était acceptable à la seule condition de ne pas contenir de discrimination ou d'avantage pour une quelconque catégorie sociale. L'inscription du motif d'arrêt de travail fut autorisée à condition que le secret médical soit préservé, le volet 1 étant acheminé vers le seul service médical des caisses, et sans aucune discrimination entre les assurés. Or les fonctionnaires ou assimilés qui envoient leurs arrêts de travail directement à leur administration ne sont pas concernés par les dispositions de cette mesure, *réservée dans les faits aux seuls salariés du privé*, en flagrante contradiction avec les attendus du Conseil d'État. Je serais donc tenu, à l'occasion de la délivrance d'un arrêt de travail, de vérifier de façon policière le statut professionnel de mes patients, avec le risque en cas d'erreur ou de fausse déclaration du patient d'être inquiété pour divulgation du secret médical. Ces mesures sont probablement d'un impact économique négligeable, mais elles servent à faire ressentir plus pesamment aux médecins la tutelle de l'assurance maladie et de l'État dans leurs décisions, et à les inciter à restreindre leurs prescriptions d'arrêt de travail pour éviter des tracasseries administratives. Or la prescription d'un arrêt de travail est un acte médical, la décision prise par le médecin d'interrompre l'activité professionnelle du patient en raison de l'analyse de ses symptômes, des risques que la poursuite de l'activité pourrait lui faire courir (accident ou aggravation, incompatibilité avec la prise médicamenteuse…), de la prise en compte, au cas par cas, des conditions socioprofessionnelles et familiales du patient. Afin de combattre des arrêts de travail jugés, sur on ne sait quels critères, injustifiés, et dont le pourcentage était probablement minime, la CNAMTS et le gouvernement de l'époque ont ainsi réussi à mettre sur pied une loi juridiquement contestable, inapplicable sur le plan pratique, et à influer de manière voilée, en sous-main, sur la décision du médecin de prescrire un arrêt de travail à son patient, décision qui devrait ne dépendre que de critères purement médico-sociaux. Dans un monde capitaliste qui s'éveille tardivement à la souffrance générée par le milieu de travail, aux conséquences du harcèlement moral et des pressions de tous ordres exercées dans le cadre de l'entreprise, cette mesure liberticide continue à n'être combattue que par des médecins isolés, la majorité de leurs syndicats ayant choisi de ne pas s'affronter aux caisses sur un sujet qui ne les motive guère, corporatisme oblige. Mais si nous ne défendons pas l'intérêt des patients, qui le fera ?

Alain, de Nevers

J'ai quitté le cabinet en même temps que Guy. Nous nous sommes serré la main sur le parking ; j'ai remarqué qu'il avait une très belle voiture, qui doit coûter très cher, qui d'ailleurs lui coûte probablement très cher. Il fait un froid de loup, comme ce matin. Il est bientôt vingt heures trente, et l'habitacle est congelé. Dire qu'il me faut encore passer à la péniche, pour voir Ramon, tout ça à cause d'Augustin, à qui je ne sais pas dire non. Et je ne suis même pas catholique. J'allume la radio, pour me réchauffer, ou du moins penser à autre chose. Des infos, en boucle. Rien de bien excitant. Des déclarations politiques interchangeables, un accident ferroviaire en Inde, des inondations… Je change de station, et tombe sur Alain, de Nevers. Je comprends, aux questions de l'animatrice, qu'il s'agit d'une émission sur l'hypocondrie.

« Alors, Alain, expliquez-nous votre cas.

– Bonjour, Éliane, bonjour, professeur… je vous remercie de prendre mon témoignage. Je ne sais pas si je suis vraiment hypocondriaque… mais voilà, je vous raconte : cela fait des années que je souffre de maux de tête violents, très violents, et malheureusement, malgré une multitude d'examens complémentaires, les médecins n'ont pas réussi à me guérir. C'est peut-être d'ordre psychologique, on ne sait pas. En tout cas, ces maux de tête me font peur, très peur, je les redoute. Si bien que même les jours où tout se passe apparemment bien, il me suffit d'avoir ne serait-ce qu'un début de sensation de mal de tête pour me jeter sur la boîte de médicaments et avaler des antalgiques, par précaution. Alors voilà, j'ai une vraie maladie, mais peut-être que je réagis quand même comme un hypocondriaque ? J'espère que le professeur pourra m'éclairer…

– Professeur, vous avez entendu la confession d'Alain ? Est-il hypocondriaque ?

– Je voudrais d'abord préciser que je ne suis pas professeur, je suis médecin psychiatre. Quant à l'hypocondrie, on peut la définir avant tout comme une demande, une demande du patient d'être entendu. Le patient hypocondriaque arrive souvent chez le médecin en inculpant un organe précis, qui lui semble être la cause de ses tourments : ce peut-être, cela a été selon les époques, le foie, la rate, le cerveau… Mais en fait l'hypocondriaque demande avant tout à être entendu… À exprimer sa souffrance… »

Je zappe, atterré. Pourtant, je devrais être blindé : c'est comme d'hab. Une émission médicale, un sujet pour lequel les réalisateurs de l'émission ont invité le spécialiste de service. L'hypocondrie étant une pathologie relevant plutôt de la psychiatrie que de la médecine d'organe, ils ont fait appel à un psychiatre. Normal. Logique. Cohérent. Chacun sait bien que les hypocondriaques consultent en priorité les psychiatres : « Bonjour, je suis persuadé de souffrir d'une pathologie cardiaque rare et gravissime qu'aucun médecin jusqu'à présent n'a réussi à diagnostiquer, donc c'est bien entendu vers vous, psychiatre, que je me tourne afin de vous entendre m'affirmer que les fausses croyances que j'entretiens au sujet de ma santé, le contrôle obsessionnel que je tente d'imposer à mon existence, mes interprétations catastrophiques, m'entraînent dans une impasse… »

L'idée d'inviter un généraliste dans ce type d'émission n'effleure que trop rarement les journalistes, alors même que, hormis les médecins des services d'urgence, les généralistes sont les médecins le plus souvent confrontés au problème de l'hypochondrie. Dans le cas d'Alain, cela aurait de plus permis de ne pas louper le diagnostic le plus vraisemblable, que le confrère psychiatre n'a pas même évoqué, car cela ne relève pas de son créneau d'expertise : Alain souffre de maux de tête violents et en est arrivé à s'automédiquer quotidiennement, même lorsque cela n'est pas nécessaire, dans l'espoir d'éviter de nouvelles crises. Ce faisant, il est entré dans un cycle infernal, et est probablement aujourd'hui victime de maux de tête auto-induits : il y a fort à parier que l'utilisation quotidienne d'antidouleur a fini par engendrer, en plus des migraines dont il souffrait déjà, une dépendance aux médicaments, elle-même responsable de maux de tête quotidiens quasi permanents. Pour moi, Alain n'a rien à faire dans l'émission. Il n'est pas hypocondriaque. Une consultation en médecine générale ou en neurologie, suivie du sevrage parfois difficile des antalgiques, peut seule lui permettre de recouvrer une vie normale, d'être soulagé durablement. Mais qui inviterait un généraliste dans une émission médicale, quand la médecine s'est hyper spécialisée ?

C'est le moment, sur le chemin du retour, où je réalise que Latifah n'est pas revenue après son rendezvous manqué de ce matin. Le moment où j'espère qu'elle a assez de comprimés.

Le moment aussi, plus égoïstement, où je me maudis de ne pas avoir songé à rappeler Simone au sujet de la visite du médecin-conseil de la Sécu.

Ramon

Le père Augustin finit une messe.

Le son de l'orgue se mêle au grognement des cordages tirant sur les amarres du bateau-église. J'avance dans les entrailles de la péniche, sur les traces d'un passeur mutique qui semble avoir attendu mon arrivée pendant des heures sur le ponton balayé par un vent glacial.

Que suis-je venu faire ici, moi qui ne crois plus en rien ? C'est la faute d'Augustin, qui m'a agrippé par le bras, un soir, au sortir d'un débat sur la prévention du sida, et m'a parlé de sa péniche, de ses protégés, jeunes hommes récupérés sur le trottoir parisien, familles jetées sur les routes d'Europe centrale par l'effondrement de l'utopie soviétique. J'ai accepté d'y faire un tour de temps à autre, traitant des pneumonies, des ulcères, des saignements divers, tout un cortège d'horreurs liées à la détresse et au dénuement. J'y vais à reculons, mais j'y vais pour lui rendre service, parce qu'il émane de lui quelque chose qui me rappelle le pasteur de mon enfance, une foi en l'homme tenace, obstinée, que je ne me sens pas le cœur de décevoir, quand bien même sa bonté m'irrite, me tourmente. Ce soir-là, il a insisté :

« *Il faut que tu viennes. Ramon est brésilien, en situation irrégulière, transsexuel, sidéen...*

– *Tu veux quoi, un miracle ?* »

Il ne s'offusque pas de mes saillies. Il sait que pour maintenir la distance nécessaire, il m'est nécessaire de feindre le cynisme.

Le passeur m'amène devant Ramon. La chambre est sombre, la fumée de cigarette rend l'atmosphère étouffante. Ramon me salue d'un gracieux signe de tête, comme une dame du monde recevant un galant dans son boudoir.

Elle est vêtue d'un peignoir, de babouches affriolantes qui ont connu des jours meilleurs. Pendant l'examen, elle parle pour détendre l'atmosphère, riant d'un rire de gorge, avec cet accent d'Amérique du Sud si particulier, fait pour les confidences sur l'oreiller. Puis, tandis que je jette un œil à ses résultats d'analyse, elle se saisit d'un vieux percolateur des années 70 et me sert un café très serré, continue son futile babil, se moquant d'elle-même, de ses petites manies, de sa peur de la solitude. J'avale le breuvage noirâtre, sans sucre, pour ne pas la vexer, pour donner un semblant de vraisemblance à la mascarade de réception mondaine à laquelle elle semble tenir, question de dignité.

Son dossier est épais, très épais. Elle en comble les vides. Arrivée en France il y a huit ans, dans les bagages d'un prestigieux homme d'affaires qui lui a fait côtoyer un monde de luxe et de parures sublimes jusqu'au jour où les stigmates de la maladie sont apparus, et où elle s'est soudainement retrouvée à la rue, sans passeport, sans titre de séjour… Prise en charge par différents organismes humanitaires, elle a bénéficié des essais des premières trithérapies, qui pendant des années l'ont maintenue en vie, une vie clandestine, au gré des aides médicales et des menaces de rapatriement. Et puis les choses se sont dégradées ces derniers mois, très rapidement, car Ramon a développé, l'un après l'autre, une résistance à tous les antirétroviraux.

Je l'écoute d'une oreille, tout en feuilletant son dossier, les derniers résultats d'examens que les médecins ont glissé dans l'enveloppe de sortie.

Un grand silence se fait en moi, comme à chaque fois qu'en glissant une radiographie dans le négatoscope, en palpant machinalement un abdomen, en ouvrant une enveloppe de résultats sanguins, je me trouve confronté à la mort programmée d'un être humain. Ce moment d'absolue solitude où m'est brutalement révélé un secret qui ne le restera pas longtemps, une terrible promesse qui n'attend plus que le moment de se concrétiser. Il reste à Ramon quatre malheureux lymphocytes T4 par mm^3. Sa charge virale HIV, l'an dernier encore indétectable, a littéralement explosé. Sait-elle ce que cela signifie ? Probablement, mais elle ne laisse rien paraître, continue à jouer cette parodie de flirt qui l'a si bien servie toutes ces années…

Je prends congé, maladroitement. Que lui dire ? À la prochaine ?

Augustin a voulu que je m'entretienne au moins une fois avec elle, en prévision d'une aggravation inévitable.

Ramon s'excuse de m'avoir si mal reçu. Je fais signe que ce n'est pas grave, recule dans le couloir sombre.

« Il y a une autre personne à voir », murmure une voix dans le noir. Mon passeur surgit de l'ombre pour me guider dans une autre chambre, plus avant dans la cale du bateau.

Petru

Petru a trente ans, mais les rigueurs de la vie dans la riante Albanie d'Enver Hoxha lui en ont donné vingt de plus. Il grelotte sur sa paillasse, tousse, crache. Il a très mal à la tête, des éblouissements. Son auscultation ne laisse aucun doute sur la présence d'une pneumonie. Mais il semble de constitution robuste, son pouls, sa tension, sa fréquence respiratoire sont rassurants.

« Personne d'autre sur le bateau ne présente les mêmes symptômes que lui ? »

Mon passeur hoche la tête, négativement.

« Si d'autres habitants de la péniche ont de la fièvre ou toussent comme lui, il faudra les montrer à un médecin, moi ou quelqu'un d'autre, d'accord ? »

Je quitte Petru, fouille dans la réserve de médicaments du bord, recueil des dons d'associations locales, y déniche de quoi le remettre sur pied. Je donne quelques consignes simples, et tandis que mon passeur administre les premières doses d'antibiotique à Petru, je fais demi-tour dans l'obscurité, pas fâché d'avoir vu mon dernier patient de la journée. J'avance à tâtons, les yeux fixés sur le halo lumineux tremblotant au bout de la coursive, quand une main agrippe mon poignet. Une main pâle, décharnée, une main aux ongles impeccablement laqués, parée de bagues trop larges aujourd'hui. Une main qui a serré tant de queues dans des coincepots infâmes, comme aurait dit Boris Vian. Une main en fin de course.

Ramon, de nouveau

« Ah, docteur, vraiment, je voulais te demander… »

La voix, complice, dans l'ombre, l'accent qui chante le Sud, et ce résultat d'analyse comme un couperet.

« Docteur », murmure Ramon en agitant une fine cigarette sous mon nez, « docteur, ça marche vraiment aussi bien qu'on le dit, ces timbres qu'on colle sur la peau ? Pour arrêter de fumer…

– Pour arrêter de…

– Oui, c'est une sale manie, et ça n'arrange pas mon haleine, ce n'est pas très, comment on dit, sensuel…

– Eh bien, ça marche… mais ce n'est pas remboursé, alors… il faudrait analyser… tes motivations, voir si tu as une dépendance physique… Il faudrait faire un test de Fägerström… au cabinet médical… c'est un peu compliqué… »

Elle hésite, se rend compte probablement que je n'ai pas envie de poursuivre la conversation. Je murmure une formule de politesse, me dégage de l'emprise de Ramon, grimpe enfin sur le pont.

J'ai honte, honte d'avoir éludé sa question, balbutié des conneries. Pourquoi ne pas analyser patiemment avec elle ses facteurs de risque cardio-vasculaire, tant que j'y suis ? Pourquoi ne pas s'intéresser à son profil lipidique, à son bon et à son mauvais cholestérol, à ses habitudes alimentaires et à sa pratique sportive ?

161

Il neige. La nuit est noire. J'avance à petits pas sur le pont glissant, pas très fier de ma prestation. Ramon m'a-t-elle testé, ou est-elle encore inconsciente de ce que l'avenir proche lui réserve ? Je ne le saurai probablement jamais.

Il est vingt et une heures.

Ma journée s'achève.

J'ai de la chance.

Sur l'ensemble du territoire, pour des centaines de confrères ruraux réquisitionnés par les préfets de région selon une procédure datant de la période de Vichy, elle est loin d'être terminée. Debout depuis le matin, ils veilleront toute la nuit avant d'entamer demain, sans repos compensateur, une deuxième journée de consultation.

Une voiture passe sur le quai comme je descends du ponton, et ses phares, un instant, dessinent sur la vitrine aveugle du magasin d'en face une silhouette. La mienne. De loin, avec ma mallette à la main et l'ombre portée d'un réverbère, on dirait Max von Sydow sur l'affiche de *L'Exorciste*.

Morphée

« C'est Melissa. C'est à cause de Melissa. Elle a encore fait dans son pantalon. »

Elle halète, les mots ne sortent pas.

« J'ai voulu… J'ai voulu la punir… »

Elle fait un son, maintenant, elle fait un son avec sa bouche, une sorte de hurlement à l'intérieur d'elle, une plainte étouffée qui me glace.

« Qu'est-ce qui s'est passé, Clara ? »

Je n'ai pas dit « Qu'avez-vous fait ? » quand bien même ces mots me brûlent la gorge. Non, j'ai dit « Qu'est-ce qui s'est passé ? », pour rester neutre, pour ne pas la braquer, pour que ce qui hurle à l'intérieur d'elle ose sortir la tête. Parfois, il est difficile de ne pas croire à l'existence du Mal.

« J'ai… voulu… la… punir… Je… c'était… la… troisième… fois… rien qu'aujourd'hui… Alors j'ai… mis de l'eau… de l'eau très chaude… dans la baignoire… »

Je ne saurais pas décrire avec précision ce que je ressens à cet instant.

Comment dire ? Une faille s'est ouverte.

L'instant d'avant, j'étais dans un monde que par naïveté et pour aller vite nous qualifions de « normal ». Un monde où ces choses n'arrivent pas, enfin pas sciemment, volontairement. Un monde où l'horreur ne survient que par accident.

De l'autre côté de la faille… c'est comme si les couleurs avaient disparu, je ne les distingue plus, je suis passé dans un monde en noir et blanc, comme dans un vieux téléviseur. Je pense que je ne distingue plus les couleurs parce que c'est brutalement devenu accessoire, absolument anecdotique, et que toute mon attention est concentrée sur cette voix au téléphone, sur ce qu'elle confesse. Ou peut-être simplement parce que les cauchemars sont en noir et blanc.

Je sens mes gencives, je sens ma mâchoire, qui fait un effort pour ne pas trembler. Ma nuque est raide, je suis cloué sur mon siège.

« Amenez-moi Melissa, amenez-la tout de suite. »

Elle n'habite pas loin. Ça me donne le temps de me préparer, de faire le nécessaire. Je demande où travaille son mari, elle me donne le nom du magasin, une grande surface de la région, et recommence à pleurer.

« Vous n'allez pas lui dire… vous n'allez pas lui dire… comment je vais faire…

– Amenez-moi Melissa tout de suite. Je m'occupe du reste. Amenez-la-moi, c'est tout. »

Je raccroche, il faut bien que je me lève, mes jambes sont en plomb, rien dans la pièce n'est plus pareil.

Tout me semble sordide, mesquin, étroit.

Et ce n'est que le commencement.

Je pénètre dans la salle de bains, où s'entassent les cartons de rouleaux de drap d'examen, que je vire. Je rince la baignoire que je n'utilise jamais. Je vérifie le fonctionnement de la poire de douche, puis j'ouvre les fenêtres de la salle d'attente pour aérer. J'ai l'impression de puer la transpiration.

Je retourne dans le cabinet, je tire deux mètres de drap sur le divan, vérifie mes instruments, le matériel de perfusion, au cas où. Je déniche un flacon de savon antiseptique dont la date de péremption n'est pas dépassée.

J'appelle le 15, je demande à parler au régulateur, lui fais part en quelques mots de la situation. Toutes ses équipes sont en déplacement, mais il prend mes coordonnées. Il me rappellera pour un bilan préliminaire.

J'arrache la moitié de l'annuaire en cherchant le numéro de téléphone du magasin de bricolage où travaille le mari de Clara. On me trimbale d'un poste à l'autre, m'assurant mollement qu'il n'y a personne de ce nom-là dans la boîte, jusqu'à ce que je me mette à hurler et que soudain quelqu'un au bout du fil ait une illumination. Ils me passent l'entrepôt, et j'ai enfin le père de Melissa au bout du fil. Je lui demande de s'asseoir. Puis je lui annonce, sans avoir le temps de prendre des gants, qu'il y a eu un accident à la maison, qu'il doit venir nous rejoindre au cabinet. La sonnette me propulse vers la porte d'entrée, j'ouvre, Clara entre, tenant sa fille dans ses bras.

Je la précède, lui demande de poser Melissa sur le divan.

Les yeux de l'enfant sont grands ouverts, elle ne dit rien, son visage est couvert de sueur.

Clara l'a rhabillée avec un tee-shirt, enveloppée dans une serviette, que je soulève délicatement pour avoir un aperçu des dégâts.

Je suis servi.

J'ausculte rapidement Melissa, vérifie sa tension.

Elle n'est pas en état de choc, sa respiration est à peu près normale.

Je la prends dans mes bras, elle gémit, je la porte jusqu'à la salle de bains.

« Qu'est-ce que vous faites ? Qu'est-ce que vous faites ? Qu'est-ce qui va se passer ? »

Je ne réponds à aucune des questions de sa mère, je ne peux pas, pas maintenant.

Je dépose Melissa dans la baignoire dont j'ai retiré la bonde, j'ouvre le robinet d'eau froide, asperge les lésions avec le flexible de douche. Règle des 15 : de l'eau à 15 degrés, pendant 15 minutes, à 15 centimètres des lésions…

Le Samu rappelle, le cordon du téléphone est trop court, je laisse Melissa seule dans la baignoire quelques instants, sa mère fait mine de se lever mais mon regard, que je ne maîtrise pas, la cloue sur sa chaise.

Je passe mon premier bilan : « Une fillette de cinq ans et demi, sans antécédent particulier, brûlée au deuxième degré au minimum, peut-être au troisième degré par endroits, sur trente pour cent de la surface du corps : pieds, jambes, cuisses, organes génitaux, fesses… non non, de l'eau bouillante, enfin très chaude… je sais, je sais qu'elle a dû avoir le réflexe, mais sa mère l'a maintenue de force pendant trente secondes… De force, je te dis… Oui, je sais ce que ça signifie, trente pour cent… je l'ai mise sous la douche, il faut que j'y retourne. Non, tension correcte pour l'instant. Les bras sont indemnes, ils pourront la perfuser. Tu as bien l'adresse ? Je les attends. Je te remercie. Oui, je préviendrai le procureur… »

Je raccroche, un instant mon regard croise celui de la mère. Elle souffre, c'est évident. Il faudrait sans doute lui parler, trouver les mots. Je retourne dans la salle de bains, continue à baigner d'eau fraîche la peau cartonnée, qui par endroits se boursoufle de cloques. Je murmure des choses banales, des choses qu'on dit à ses propres enfants pour les rassurer la nuit.

La sonnette retentit, j'ouvre, et en quelques secondes le cabinet est envahi de blouses blanches : les cowboys du Samu, que je n'ai jamais été si heureux de voir débarquer dans mon trois-pièces-cuisine, accompagnés d'une demi-douzaine de pompiers et d'ambulanciers. Et le père de Melissa, qui doit vivre un cauchemar éveillé, et à qui je tente de donner quelques explications aussi peu alarmistes que possible sur l'état de sa fille unique qu'un hélicoptère va venir chercher sur le parking de l'hôpital le plus proche pour la transférer d'urgence vers un service de grands brûlés de l'Est parisien.

Et puis je me retrouve seul dans le cabinet désert. Fenêtres ouvertes sur l'été. Quelques traces d'eau et de bottes sur la moquette, qui s'estomperont bientôt. Et comme la prochaine rhinopharyngite, le prochain renouvellement d'antihypertenseur, ne sont pas prévus avant une bonne heure, j'ai le temps de m'asseoir à mon bureau et de relire lentement le chapitre sur les brûlures. Les chances de survie de Melissa y sont analysées, son pronostic établi en fonction de divers critères de gravité, dont l'étendue des brûlures, leur profondeur, leur topographie…

Mon fils gémit.
J'ouvre les yeux dans le noir.

Mon fils

Comme dans les romans de gare, mon cœur bondit dans ma poitrine.

L'éclair d'un instant, je ne sais plus où je suis, quand je suis.

Mon fils gémit à nouveau, et les vieux automatismes se mettent en route. Des années de garde en réanimation cardiaque m'ont habitué à me réveiller brutalement, à être opérationnel immédiatement. Je repousse les draps, me dirige vers sa chambre dans le noir.

Qu'est-ce qui lui arrive ? Comment a-t-il fait pour se brûler ?

Il me faut un moment pour m'extirper du cauchemar, toujours le même depuis des années, pour revenir à l'instant présent.

Il n'a rien. Dieu soit loué, il n'a rien. C'est juste... un mauvais rêve, probablement. Je n'en ai pas l'exclusivité.

Je caresse son front, murmure quelques paroles d'apaisement. Il se détend. Sa respiration se fait plus calme.

Je suis accroupi à son chevet, nu, frissonnant, les dents serrées et le cœur battant la chamade.

Quelle heure est-il donc ?

Je fais un saut dans la salle de bains, je referme la porte pour ne pas laisser filtrer la lumière. Deux heures du matin.

J'éteins, je retourne dans le lit. Ma femme dort. Je ferme les yeux, j'essaie de faire comme elle.

« J'ai... voulu... la... punir... Je... c'était... la... troisième... fois... rien qu'aujourd'hui... »

Je rouvre les yeux, me redresse dans le lit. Dehors, par la fenêtre, les lumières de la ville. Je sais que je ne dormirai pas. C'est à cause de Ramon. À cause de son café. Jamais, jamais je n'aurais dû accepter. J'en ai pour des heures, maintenant.

Je ressors du lit, agrippe mon pantalon et un pull qui traîne sur un fauteuil.

Au rez-de-chaussée, le chien ouvre un œil amorphe, se rendort. Je rafle une bouteille d'eau dans la cuisine, m'installe sur le canapé en face de la télévision. Qu'y a-t-il de visible à cette heure-là ? Sur une chaîne, une retransmission sportive. Des types en short courent après un ballon.

Diana

Sur une autre, lady Di, une rétrospective gluante de pathos… Interview d'une proche, qui évoque sans rire un « miracle » auquel elle a assisté : visitant un service de cancérologie pédiatrique, Diana avait pris la main d'une enfant pour la consoler. Dès le lendemain, mise au courant de la princière attention envers sa fille par l'équipe soignante, la mère, qui avait négligé celle-ci depuis plusieurs semaines, se remit à s'intéresser à son enfant. C'est ainsi : pour survivre à la médiocrité de leurs vies et de leurs carrières, les habitués de la presse people doivent d'abord convaincre leurs fans de la nullité de leur propre vie, et conforter l'ordre établi des préséances sociales et médiatiques. Les engagements de la « princesse rebelle », mue autant par une réelle compassion que par un dolorisme névrotique, ne dépassèrent jamais le règne du paraître, de la médiatisation. Diana ne rendit pas plus de réels services aux malades dans toute sa vie que la plus humble aide-soignante pendant une journée de huit heures, mais elle le fit devant la caméra, perpétuant inconsciemment un mythe, celui du roi ou de la reine investi d'un pouvoir divin, quasi miraculeux, celui de guérir les plaies et écrouelles.

En ce sens, la dévotion dont on l'entoure aujourd'hui relève d'une véritable défaite de la raison, d'une résurgence de la pensée magique, que n'aurait pas reniée cette princesse qui flirta successivement avec l'aromathérapie, l'irrigation colique et l'astrologie. Tandis que se poursuit le défilé de bondieuseries, j'essaie le magnétoscope, au hasard. La cassette se met en marche au milieu d'un film sous-titré. Je monte un peu le son. C'est de l'italien, apparemment. Je baisse, pour ne pas risquer de gêner ma tribu qui dort là-haut.

Nanni

C'est, selon ses propres termes, « un splendide quadragénaire ». Un intellectuel, un artiste renommé.

Tout commence par un prurit, des démangeaisons tenaces qui l'amènent à consulter.

Des médecins, il en connaît. Il en compte parmi ses amis. Mais étant en bonne santé jusqu'ici, il n'a jamais ressenti le besoin d'avoir un médecin traitant.

Aussi prend-il rendez-vous directement dans « un institut dermatologique réputé ». L'institut est ouvert à tous, et dès le matin une foule de gens s'y pressent, qui prennent chacun un ticket et patientent des heures.

Le dermatologue s'inquiète de ses antécédents, demande s'il a déjà été suivi pour ce problème, le questionne :

« De quoi souffrez-vous ?

– De très fortes démangeaisons.

– Depuis combien de temps ?

– À peu près deux semaines. Surtout la nuit. Aux pieds et aux bras. »

Le médecin l'examine, lui trouve la peau sèche. Il évoque une allergie, prescrit deux médicaments, lui recommande de se méfier du froid qui aggrave les symptômes.

Le temps passe. Les démangeaisons ne cèdent pas.

Il retourne à l'institut.

Il se trouve face à un deuxième dermatologue, qui le questionne, l'examine, regarde l'ordonnance précédente, prescrit deux nouveaux médicaments et demande une prise de sang « complète » dans le but d'éliminer une maladie de système, tout en lui confiant qu'il pencherait plutôt pour une origine psychologique.

Il pratique la prise de sang, déchiffre les résultats qui, d'après les normes du laboratoire, lui paraissent normaux.

Le temps passe. Les démangeaisons ne cèdent pas.

Il se souvient alors avoir entendu parler d'un dermatologue célèbre, une sorte de « Prince des dermatologues ». Il cherche le numéro dans l'annuaire, appelle… Le délai d'attente pour un rendez-vous est de trois mois. On lui propose de voir un assistant du « Prince », qui gère « l'excédent de patients ». Il accepte.

Il se trouve face à ce troisième dermatologue, qui le questionne, l'examine, prescrit des traitements locaux, des calmants. Mais il n'a pas confiance du tout et, pour la première fois, ne va pas à la pharmacie. Pourtant, dit-il, « j'aime prendre les médicaments et croire que ça me fera du bien ». Mais cette fois-ci, il a senti le médecin gêné, peu sûr de lui, n'a pas eu confiance dans le traitement prescrit.

Le temps passe. Les démangeaisons ne cèdent pas.

Il choisit de retourner à l'institut, afin d'y consulter… un allergologue.

L'allergologue réalise des dizaines et des dizaines de tests cutanés, sur plusieurs consultations. Les résultats sont éloquents : notre splendide quadragénaire est allergique à des dizaines d'aliments. Il va donc commander en pharmacie une longue liste d'extraits d'allergènes afin de pratiquer une désensibilisation.

Le temps passe. Les démangeaisons ne cèdent pas.

Grâce à une amie, il réussit à arracher un rendez-vous avec le « Prince des dermatologues », la veille du départ en vacances de celui-ci.

C'est le cinquième médecin qu'il voit depuis le début de ses troubles. L'entretien se passe bien, il est en confiance. Le Prince, qui le reçoit en bras de chemise dans son bureau plein de livres anciens, est un homme d'expérience, alliant le sérieux et l'humanisme. Il l'examine, lui prescrit trois nouveaux médicaments, des calmants, et un grand nombre de produits locaux à utiliser alternativement sur la peau et sur le cuir chevelu. Il lui recommande de couvrir ses jambes et ses bras, malgré l'été, par des vêtements de coton. Il lui demande de revenir après l'été pour juger de l'évolution, lui dit encore une fois combien il adore son travail d'artiste, et avec un clin d'œil demande à la secrétaire de lui faire « un prix spécial », un prix d'ami.

Le temps passe. Les démangeaisons ne cèdent pas.

Habillé de la tête aux pieds alors qu'autour de lui sur la plage les gens profitent du soleil et des joies de la baignade, il s'assied à l'écart, et se gratte.

Les démangeaisons ont atteint une intensité atroce. Il devient insomniaque, son sommeil est entrecoupé de longues périodes pendant lesquelles, malgré ses efforts pour essayer de lire, de penser à autre chose, il se gratte.

Un matin, il ouvre les boîtes de médicaments qu'on lui a prescrits et, pour la première fois, lit les notices. Le « Prince » lui a prescrit, entre autres, un antihémorragique et un médicament favorisant la circulation sanguine.

Il les jette à la poubelle.

Arrivent enfin, après six semaines d'attente, les extraits d'allergènes commandés. Des dizaines de petites fioles. Il appelle un ami immunologiste, juste pour avoir confirmation de l'utilité et de l'efficacité des produits…, mais l'immunologiste le coupe brutalement au téléphone. Le visage du « splendide quadragénaire » devient grave, inquiet… Son ami est formel : ces produits sont dangereux, pourraient provoquer un choc anaphylactique mortel. En outre, lui explique-t-il, son prurit n'est certainement pas allergique. L'allergie donne de l'urticaire, des plaques, des boutons, alors que lui présente de vives démangeaisons sur une peau apparemment saine. Les allergènes partent à la poubelle.

Il consulte un sixième médecin (si on ne tient pas compte de la consultation téléphonique avec son ami immunologiste).

Un dermatologue, moins célèbre que le « Prince », mais néanmoins réputé quand même, lui donne trois autres médicaments, et lui fait part de sa conviction : il est lui-même responsable de son prurit, de ses démangeaisons. D'ailleurs, il est défaitiste, cela se voit. Et pourquoi se gratte-t-il sans cesse ?…

Dans la voiture, au retour, il essaye de comprendre comment il en est arrivé là. Quel événement a pu déclencher chez lui ce désordre psychologique. Il ne voit pas. Il culpabilise. En plus, dit-il : « Si ça dépend de moi, je suis sûr de ne pas m'en sortir. »

Le temps passe. Malgré les pyjamas de soie et les draps de lin offerts par sa mère, malgré les nouveaux médicaments, les démangeaisons ne cèdent toujours pas.

Il consulte une reflexologue, qui lui masse les pieds à domicile et lui conseille de se méfier des aliments rouges, de prendre des bains de farine de blé, et lui délivre de profondes explications ésotériques : « Vous vous êtes blessé à l'orteil. C'est que vous vouliez vous faire mal à la tête. Parce que l'orteil, c'est la tête. Pourquoi voulez-vous vous faire mal à la tête ? »

Le temps passe. Il se gratte de plus belle.

Il se rend dans un centre de médecine chinoise, et note, apparemment sans en parler aux médecins : « Je continue à maigrir, et la nuit je sue. »

Les médecins chinois lui prennent longuement le pouls, le questionnent sur ses habitudes sexuelles, lui expliquent qu'en médecine chinoise, « le prurit, c'est du vent dans le sang », pratiquent des séances d'acupuncture.

Les démangeaisons ne cèdent pas.

Lors d'une séance d'acupuncture électrique, l'un des médecins chinois (le septième ou huitième médecin consulté) réalise que le « splendide quadragénaire » tousse à fendre l'âme. Il interrompt la séance, lui dit que l'acupuncture ne marche pas, lui conseille de faire une radiographie.

Ensuite tout va très vite. La radio révèle une masse thoracique. On pratique deux scanners thoraciques, qui mettent en évidence une tumeur, que le radiologue considère inopérable et inaccessible à toute thérapeutique : il est perdu.

Le chirurgien qui, passant outre ce diagnostic deux jours plus tard, procède à l'ablation de la tumeur, n'est pas de cet avis. Examinant la masse flottant dans un bocal, il déclare : « Si ce n'est pas un lymphome de Hodgkin, je veux bien qu'on m'enlève un testicule. Pas les deux testicules, mais un, oui, je veux bien… »

Le chirurgien sauve ses testicules. Il s'agit bien d'un lymphome de Hodgkin, une tumeur ganglionnaire curable.

Le temps passe. Notre « splendide quadragénaire » subit une chimiothérapie, et guérit. Les démangeaisons cessent, enfin.

Quelque temps plus tard, en feuilletant une encyclopédie médicale à son domicile, il tombe, nous dit-il, sur cette définition : « Les symptômes de la maladie de

Hodgkin sont le prurit, l'amaigrissement et la sudation. »

Enfin débarrassé de ses démangeaisons, et de sa maladie, il conclut : « J'ai appris que les médecins savent parler, mais qu'ils ne savent pas écouter. »

Le générique défile. Je rembobine, intrigué par cette « histoire de chasse », comme les appellent parfois avec mépris certains de mes confrères. Je visionne le film depuis le début. Le « splendide quadragénaire » qui en est le protagoniste principal n'est autre que le réalisateur italien Nanni Moretti, sorte de Woody Allen latin dont le cinéma oscille entre une recherche autobiographique non dénuée d'ironie et une vigilance militante sans compromission. Dans son film à sketchs, *Journal intime*, l'histoire de sa maladie compose la troisième et dernière partie intitulée : « Les médecins ».

Nanni Moretti ne laisse aucun doute sur la véracité des faits évoqués. Entouré des centaines de boîtes de médicaments, de flacons, de produits pharmaceutiques qui lui furent prescrits au cours de son périple médical, il prévient en préambule : « J'ai conservé toutes les ordonnances et toutes les notes, toutes les conversations avec les médecins. Rien n'est inventé. »

Pourtant, dans son apparente simplicité, cette histoire (qui heureusement finit bien) recèle bien plus d'enseignements que ceux que Nanni Moretti en a tirés…

C'est l'histoire d'un homme qui s'estime en bonne santé, et n'a donc jamais accordé d'importance au fait d'établir une relation suivie avec un médecin traitant.

C'est l'histoire d'un homme cultivé, brillant, qui dans son vaste cercle d'amis et de connaissances a un accès direct à plusieurs amis médecins spécialistes.

C'est l'histoire d'un homme qui est assez sûr de son propre jugement pour choisir de s'orienter seul dans le dédale du système de santé de son pays, un peu comme il flâne nez au vent dans les rues de Rome sur sa Vespa.

C'est aussi l'histoire d'un homme qui, à une exception près (le médecin chinois), ne donne jamais à aucun des médecins qu'il a consultés la chance de le revoir une seconde fois, ce qui pourrait permettre de juger de l'évolution de sa pathologie et éventuellement de tirer ensemble les conséquences de l'échec d'un traitement prescrit : ainsi le deuxième dermatologue lui prescrit des examens de sang, mais Nanni, ayant lui-même interprété les résultats et les considérant normaux, ne retourne pas le voir. Ainsi le « Prince » lui demande-t-il de le revoir après les vacances, et il s'esquive. (Quand bien même la consultation n'aurait pour but que de demander au « Prince » des explications sur la prescription d'un antihémorragique et d'un vasodilatateur pour un prurit, elle serait amplement justifiée…)

Et il suffit qu'une seule fois s'établisse un lien de confiance assez fort entre Nanni et un médecin (il retourne voir le médecin chinois acupuncteur) pour que s'enclenche le processus qui va permettre d'établir le diagnostic et sauver le patient. Le médecin chinois se rend compte que l'acupuncture n'améliore pas le patient, l'entend tousser, se rend probablement compte qu'il maigrit (élément crucial que Nanni commente laconiquement d'un « je continue à maigrir, et la nuit je sue », alors même que dans la narration du film jamais il n'a fait part de ces éléments très inquiétants à l'un des médecins consultés) et, avec honnêteté, lui dit qu'ils font fausse route et qu'il faut songer à faire une radiographie rapidement.

C'est aussi, enfin, l'histoire d'un homme qui rechigne à remettre en question la manière dont il gère sa maladie et sa souffrance seul, utilisant le système de santé comme on choisit son repas à la carte dans un grand

175

restaurant, au point de consulter une dizaine de médecins différents en l'espace de quelques mois. Et de se livrer à un demi-mensonge : car il n'est tout simplement pas vrai que « les symptômes du lymphome de Hodgkin sont le prurit, l'amaigrissement et la sudation ». Voici une définition plus juste, tirée d'un livre de médecine interne que je déniche sur une étagère : « Le lymphome de Hodgkin est une maladie d'origine inconnue, qui touche plus souvent les hommes que les femmes, avec deux pics entre 20 et 35 ans, et entre 50 et 70 ans. Maladie rare, elle touche une personne sur 25 000 par an. Les symptômes sont l'apparition d'adénopathies (ganglions) indolores fermes, habituellement cervicales ou sus-claviculaires, dont la taille peut varier. Au fur et à mesure de l'évolution, le patient, si la maladie n'est pas détectée, va présenter un amaigrissement, une toux sèche, un essoufflement lié à la présence de grosses adénopathies thoraciques, et parfois un prurit. Les examens de sang peuvent longtemps rester normaux. La vitesse de sédimentation peut être accélérée, la radiographie thoracique peut révéler une masse médiastinale (au centre du thorax, là où passent vaisseaux, trachée et œsophage). »

À la lecture de cette définition plus complète, je réalise que même si Nanni ne présentait pas de ganglions lors des premières consultations, le diagnostic aurait pu être évoqué à n'importe quel moment par l'un des médecins consultés si la persistance des troubles sous traitement l'avait amené, ne serait-ce que pour en avoir le cœur net, à creuser un peu et à demander des examens complémentaires (radiographie ou analyse de sang plus poussée). Mais Nanni changeant sans cesse de médecin, ceux-ci ne risquaient pas de pouvoir prendre conscience de l'échec du traitement qu'ils avaient prescrit, et de réviser leur jugement.

Je remarque aussi que Nanni ne semble pas avoir communiqué aux médecins deux informations importantes : l'amaigrissement et la sudation nocturne. L'amaigrissement, qui est souvent un signe crucial dans une pathologie complexe (en ce qu'il indique plus nettement une origine organique que psychologique), aurait certes pu être décelé si le patient avait été pesé consciencieusement, et si on lui avait demandé quel était son poids habituel. Mais la sudation nocturne, qui apparaît dans le Hodgkin, la tuberculose pulmonaire et bien d'autres maladies, avait peu de chance d'être remarquée si le patient n'en parlait pas spontanément. En fait c'est la toux, dont Nanni ne semble pas faire mention mais que remarque le médecin chinois (qui à la deuxième consultation note peut-être aussi la perte de poids de son patient) qui le sauve. Aussi, à sa conclusion je serais tenté d'en rajouter une autre : « Pour que les médecins écoutent, il faut aussi parfois que les patients parlent. Et même parfois qu'ils répètent, parce que les médecins sont faillibles. »

Ne dites pas à ma mère que je suis généraliste…

Comme Nanni Moretti, la médecine générale revient de loin, de très loin. Dans les années 70, son avis de décès était déjà parti chez l'imprimeur… Et ceux qui s'étaient penchés sur son lit de souffrance ne cachaient pas que sa fin était inéluctable. Certains l'avaient même programmée…

Longtemps la médecine générale a été la seule médecine. Les patients consultaient des médecins, au cabinet ou au dispensaire, en premier recours. Lorsque ceux-ci se trouvaient confrontés à un cas clinique qui dépassait leurs compétences, ils adressaient le patient à un de leurs maîtres, un des grands professeurs dont ils avaient été les disciples. Ainsi, le cabinet privé du professeur Charcot, sur le Faubourg Saint-Germain, ou sa célèbre consultation de neurologie à la Salpêtrière, recevaient-ils les patients venus de France entière, et parfois de l'étranger. Axel Munthe, médecin d'origine suédoise exerçant à Paris dans les années 1890, dirigeait vers son ancien « patron » les clientes qui lui posaient problème, quand bien même à la fin de sa vie le célèbre sens clinique de Charcot semblait avoir laissé la place à une certaine précipitation aveugle. Signe de l'attachement et de la déférence que la médecine « de ville » porta longtemps à la médecine hospitalière « spécialisée ».

Dans les années 1950, la médecine se confondait toujours avec la médecine générale, mais l'essor de thérapeutiques nouvelles, les progrès de la science amenèrent l'hôpital à se spécialiser plus encore. Les ordonnances de 1958 créèrent le plein-temps hospitalier, et les services qui allaient avec… Pour se définir, chaque nouvelle spécialité affirma sa prééminence sur un champ d'action de la pathologie (cardiologie, neurologie, néphrologie…), un âge de la vie (pédiatrie, et plus récemment gériatrie…), ou une technique (radiologie, radiothérapie…). Et parce qu'il fallait bien assurer le fonctionnement légitime de ces services hospitaliers, des filières spécifiques furent créées pour les diverses spécialités, toujours plus nombreuses. Or les besoins de fonctionnement de l'hôpital et les besoins de la population en ville (qui seuls devraient guider les flux d'installation en médecine libérale) n'ont souvent rien à voir. L'hôpital a un besoin restreint en ophtalmologistes, alors que la population en ville, du fait de son vieillissement, y a souvent recours. Les services hospitaliers de cardiologie ont une forte activité, encore accrue par les progrès de la réanimation cardiaque au cours de ces vingt dernières années, quand la population de ville n'a pas forcément besoin d'un très grand nombre de cardiologues formés à des techniques sophistiquées, pour stabiliser des hypertensions ou surveiller des coronariens correctement traités. *A contrario*, l'hôpital n'a jamais fait une très grande place à l'endocrinologie, dont l'implantation en médecine de ville reste déficitaire.

Parmi les spécialités elles-mêmes, dans le même temps, les progrès de la technique et le fantasme de la technologie toute-puissante allaient au fil des décennies instaurer une hiérarchie injustifiée, privilégiant les spécialités réalisant des actes techniques aux dépens de celles qui, comme la médecine générale, réalisaient surtout des actes cliniques ou intellectuels (interrogatoire, examen du patient…). Ainsi les revenus des psychiatres, des endocrinologues, qui ne peuvent facturer que des consultations, sont-ils très nettement inférieurs à ceux des gastro-entérologues, par exemple, qui peuvent pratiquer des consultations spécialisées et des actes techniques (fibroscopie gastrique, coloscopie, etc.).

Conjointement à la nécessité de « nourrir le monstre » hospitalier, s'est mis en place dans les années 1970 un dénigrement à peine voilé de la médecine générale, médecine résiduelle, médecine croupion qui devait se contenter des restes de plus en plus maigres du festin, au fur et à mesure que la prise en charge de l'individu était morcelée.

Le médecin généraliste est insidieusement devenu un médecin de seconde zone, un médecin bouche-trou, campé sur les pathologies peu glorieuses dont la médecine spécialisée choisissait de ne pas s'encombrer ; vivotant sur « les fonctionnels et les douteux » selon les termes d'un grand patron de l'époque.

Rapidement, les généralistes furent déconsidérés. La mise en place de l'internat de spécialité dans les années

1970 fit d'eux, dans l'esprit de nombre de leurs confrères spécialistes, des deuxième classe, « sélectionnés par l'échec ». Cette terminologie désobligeante passa dans le discours des politiques, des gestionnaires de l'assurance maladie, longtemps incapables d'imaginer qu'un médecin puisse exercer la médecine générale par choix. Un choix qui d'ailleurs pouvait paraître bien incongru, sinon masochiste : dans le cadre de la convention établie entre les professions de santé et l'État, la consultation du généraliste a toujours été moins bien honorée que celle du spécialiste. Normal, puisqu'il est généraliste… De même les visites à domicile, que leur multiplicité rendait parfois très pénibles, les gardes de nuit et de jours fériés, étaient-elles réservées à cette piétaille de fossiles tout juste bons à trimbaler leur petite sacoche de cuir minable le long des chemins de terre ou à gravir les escaliers des HLM.

Attardons-nous d'ailleurs un instant sur la convention, et la représentation de la profession médicale qui la mit en place pendant des décennies.

La majorité des médecins exerce aujourd'hui dans le cadre de la convention médicale, qui depuis 1971 régit les rapports entre médecins et caisses d'assurances maladie sous la tutelle de l'État. Qu'est-ce que cette « convention » ? Un contrat, en quelque sorte, passé entre ceux qui délivrent des soins et ceux qui les financent. Selon ses termes, la Sécurité sociale « achète » des soins à un prix déterminé, en principe, d'un commun accord. En échange, elle participe en partie à la protection sociale des médecins (cotisations personnelles d'assurance maladie, cotisations vieillesse) et garantit la solvabilité des patients, puisque dans un système solidaire, en théorie, même les soins délivrés aux plus démunis sont assurés d'être honorés correctement.

Les médecins peuvent exercer en secteur 1 et, hormis certaines circonstances particulières ou exigences du patient, s'obligent alors à ne pas dépasser le « tarif Sécu ». En secteur 2, ils bénéficient d'une certaine liberté tarifaire, et peuvent ainsi demander des honoraires plus élevés, dans le respect « du tact et de la mesure ». La participation des caisses d'assurance maladie à leurs avantages sociaux est alors bien moindre, et le médecin exerçant dans ce secteur dit « à honoraires libres » augmente en moyenne ses honoraires d'un bon tiers afin de simplement financer ce qui n'est pas pris en charge. Comme il est censé s'astreindre à ne pas opérer de dépassement chez certains types de patients (patients démunis ou atteints d'affection de longue durée), la viabilité de ce secteur dépend essentiellement de l'importance du dépassement, et des caractéristiques sociologiques et géographiques de sa clientèle. Il existe probablement peu de médecins généralistes en secteur 2 dans les zones dites sensibles de l'Hexagone, et certainement un nombre fort restreint de chirurgiens esthétiques exerçant en secteur 1 dans le XVIᵉ arrondissement à Paris.

Jeux de pouvoir

Jusqu'en 1989, les centrales syndicales médicales incluaient dans leur représentation généralistes et spécialistes, comme l'Ordre des médecins d'ailleurs, au nom d'une mythique et fantasmatique « unité du corps médical ». En pratique, cela signifiait que les postes de responsabilité étaient pour la plupart occupés par des spécialistes, les généralistes étant contraints par leur charge de travail et la faiblesse relative de leurs honoraires de se consacrer uniquement à leur clientèle. Norbert Bensaïd, médecin généraliste à Paris, écrivait en 1968 que les généralistes étaient « mal défendus jusqu'ici parce que les appareils syndicaux sont dominés par les spécialistes et les "notables" ». Et il laissait libre cours à sa rancœur : « On aura sans doute deviné que je suis médecin, que je pratique la médecine générale, que je suis conventionné. J'ajouterai que j'aime mon métier et que je serais bien incapable d'en exercer aucun autre. Je m'inquiète davantage de ne pouvoir l'exercer plus convenablement et je trouve injuste qu'après vingt ans d'exercice, en travaillant entre douze et seize heures par jour, et souvent le dimanche, onze mois sur douze, je sois encore criblé de dettes. On a suffisamment décrit les servitudes du médecin, le harcèlement du téléphone, les responsabilités écrasantes, les horaires délirants, la fatigue, les étages montés sans cesse, l'impossibilité de se ménager une vie personnelle, la course haletante pour se tenir au courant, la dépossession totale de soi. On est à tout instant "sonné", sans aucune possibilité ni morale ni légale de se défiler, on est condamné à ne voir des hommes et de leur vie que la face malheureuse. »

Sous couvert d'un discours lénifiant, cette situation privilégiait constamment les spécialistes. Les syndicats de spécialistes négociaient avec le gouvernement les augmentations tarifaires, mais se gardaient bien d'intervenir lorsque les augmentations programmées du tarif de consultation des généralistes étaient repoussées au prétexte de non-publication au *Journal officiel*. De même, l'essentiel des contraintes administratives négociées entre syndicats médicaux et assurance maladie s'appliquait aux seuls médecins généralistes. Cet état de fait devait être profondément remis en cause en 1994 avec la victoire du Syndicat de généralistes MG France aux élections professionnelles…

Pendant que se déroulait ce combat politique au sein de centrales syndicales peu à peu déchirées par la volonté d'émancipation de certains généralistes, un autre combat, tout aussi important, se déroulait au sein de l'Université, où des généralistes conscients de la spécificité de la médecine générale se battaient pour faire reconnaître leur exercice.

À l'étranger, la même réflexion était menée pour définir les grands principes de la pratique généraliste. En 1974, le groupe dit « de Leeuwenhorst » définissait pour la première fois en Europe le rôle du médecin généraliste, et posait les bases d'un enseignement spécifique de la médecine générale. Au Québec, la Corporation professionnelle des médecins faisait de même. En 1979, R.N. Braun publiait *Pratique, critique et enseignement de la médecine générale*, un gros ouvrage de cinq cents pages qui, à partir de l'étude de ses vingt-cinq années d'exercice de la médecine générale, et d'une observation méthodique de sa propre pratique sur des milliers de cas, posait les bases du « divorce » avec la médecine telle qu'elle avait été jusqu'alors enseignée aux médecins : « On a coutume de considérer que la tâche du médecin généraliste est clairement définie, écrivait Braun. Elle consisterait à appliquer ce que les professeurs d'université enseignent. Mais ceci est une erreur. En faire la découverte est l'objet principal de ce livre… »

En France, le Collège national des généralistes enseignants, le CNGE, entamait une réflexion sur la définition des fonctions du médecin généraliste, dont je m'inspirerai ici.

Ce long travail, qui se heurta longtemps au silence méprisant de nombreux confrères hospitaliers, porta ses fruits dans les années 1990, un moment crucial où la revendication politique et la formulation des principes de base gouvernant l'exercice de la médecine générale réussirent à percer le « mur de la honte » érigé autour des généralistes.

Dès 1984, les facultés de médecine furent tenues d'organiser un troisième cycle d'enseignement de médecine générale pour tous les étudiants qui se destinaient à cette profession. Jusque-là, et contrairement aux pays anglo-saxons, la médecine générale n'avait pas, pendant un quart de siècle, été reconnue comme discipline universitaire à part entière.

Bien évidemment, ces tentatives pour redonner à la médecine générale ses lettres de noblesse, définir son champ d'action, furent accueillies avec un certain scepticisme par nombre de confrères...

Mais la conjonction de l'action syndicale et de la naissance d'un savoir spécifique à la médecine générale intervint à un moment crucial de l'évolution de la société, au moment où le pouvoir politique et les administrateurs de la Sécurité sociale commençaient à s'inquiéter de l'augmentation des dépenses de santé, dans un système où, du fait de l'afflux de spécialistes en médecine de ville, sa gestion était devenue totalement anarchique.

Car, en théorie, il existe trois niveaux d'accès aux soins. Le médecin généraliste reçoit en première ligne le tout-venant des patients, répond à la majorité de leurs demandes, oriente ceux qui nécessitent un avis spécialisé ou un acte technique vers un « consultant » de deuxième ligne, un spécialiste dont la légitimité en tant que consultant ainsi que les honoraires supérieurs à ceux du généraliste sont liés au fait qu'il exerce à ce deuxième niveau. Enfin le troisième niveau est constitué par l'hôpital, qui concentre des équipes expérimentées et un plateau technique sophistiqué.

Évidemment, en pratique, les choses ne sont pas aussi tranchées. Certains généralistes ayant acquis des compétences ou une expérience particulière dans tel ou tel domaine de la pathologie n'ont pas recours au spécialiste quand d'autres, de manière tout à fait justifiée, lui demandent son aide avisée devant un problème qu'ils ont conscience de ne pas maîtriser. Des spécialistes reçoivent en accès direct des patients avec qui ils ont établi un lien de confiance et qui ne passent pas par le généraliste pour obtenir un « bon de consultation spécialisée » comme cela se pratique dans certains pays. Enfin, certains patients vont directement à l'hôpital. Ce système peut perdurer longtemps si les intérêts financiers des uns et des autres, leur répartition géographique et démographique, ne posent pas problème. Mais dans un système qui, au cours des années 1970 et 1980, favorisait nettement, tant sur le plan financier que sur celui des conditions de travail, l'installation en tant que spécialiste (honoraires supérieurs, pénibilité moindre), l'explosion était à prévoir. Le généraliste, par son existence même, devenait un gêneur pour ceux des spécialistes qui, pratiquant quasi exclusivement l'accès direct, ne jouaient plus un rôle de consultant, mais celui d'un médecin de première ligne payé en tant que consultant de second niveau… Afin de continuer à justifier cet état de choses, la compétence du généraliste, ses capacités, sa spécificité, son utilité, tout cela était sans cesse nié, remis en question. Quand bien même ce généraliste ignare, incapable de soigner les angines, les otites, de prendre en charge les hypertendus, les diabétiques, les cancéreux, les déprimés, de pratiquer des électrocardiogrammes, de poser les stérilets, de pratiquer des frottis, de prescrire une contraception, de vacciner les enfants, de suivre les personnes âgées… acquérait soudain, par la grâce du Saint-Esprit, les compétences requises, un peu comme Cendrillon, la nuit de vingt heures à huit heures, et les dimanches et jours fériés…

Dans les années 1980, certains cadres de la Confédération des syndicats médicaux français, alias CSMF, regroupant de nombreux syndicats de spécialistes et une branche généraliste [1], n'hésitaient pas à affirmer à longueur de colonnes dans la presse médicale qu'il y avait en France 20 000 médecins de trop, essentiellement des généralistes. Qu'il était urgent de réorienter ce trop-plein d'inutiles vers la médecine du travail, la médecine scolaire… Cette antienne était reprise par les politiques, adoptée par les patients. « On a quand même plus confiance dans la parole d'un évêque que dans celle d'un curé » assenait encore récemment une brave dame dans un sondage pour justifier le fait que, comme Nanni Moretti, elle consultait directement des spécialistes au gré de ses humeurs. Rappelant sans le vouloir ce demi-aveu d'un professeur de l'AP-HP : « Les firmes savent bien qu'un médicament prescrit par un grand professeur d'université a peu de chance d'être changé par un médecin généraliste… »

Le principe d'autorité

Le principe d'autorité est inculqué aux jeunes médecins dès le début de leurs études. Les cours magistraux proférés par des spécialistes hospitalo-universitaires dessinent pour eux au fil des années une vision de la médecine sans grand rapport avec le métier qu'ils exerceront plus tard pour peu qu'ils choisissent la médecine générale.

Ainsi à l'hôpital on apprend au jeune médecin à examiner le malade, puis à pratiquer des examens complémentaires sophistiqués, jusqu'à ce qu'un diagnostic

1. Alors que les syndicats de spécialistes regroupés au sein de la CSMF sont des syndicats à part entière, l'Union nationale des omnipraticiens français, alias UNOF, se satisfait d'exister en tant que « collège » généraliste, ne disposant d'aucune autonomie de signature.

soit établi avec certitude, avant de traiter. Et ce diagnostic est alors souvent considéré comme une vérité inébranlable. À l'inverse, le médecin généraliste se trouve souvent confronté à des pathologies débutantes et amené, au terme d'une consultation, à énoncer un simple *résultat de consultation* plutôt qu'un diagnostic de certitude. Et la modestie de ce *résultat de consultation* (état fébrile, douleurs abdominales spasmodiques…) contraste avec les pathologies savantes bien définies qui peuplent les traités de médecine interne (acidose tubulaire rénale, aspergillome intracavitaire…). Non pas que le médecin généraliste soit incapable de dresser des diagnostics, mais parce que, confronté à des pathologies à un stade très précoce, la prudence doit l'empêcher d'orienter le patient dans la mauvaise direction. Le propre de la médecine générale est de fonctionner un temps dans l'approximation, de donner au symptôme la possibilité d'évoluer ou de disparaître spontanément. Comme le dit Petr Skrabanek, grand pourfendeur des clichés médicaux, « la réputation des médecins bénéficie de l'extraordinaire capacité de l'organisme humain à surmonter des infections et de nombreuses autres agressions ». Les exemples ne manquent pas de ces diagnostics trop hâtifs qui peuvent condamner un patient. Ainsi, lors d'une épidémie de gastro-entérite, cet homme sans antécédent, vu en urgence, qui présente des vomissements. L'interrogatoire et l'examen ne révèlent rien de particulier. Si le médecin note qu'il s'agit d'une gastro-entérite, il risque, lors du retour du patient le lendemain à la suite d'un malaise avec perte de connaissance dans les toilettes et tension basse, de persister dans son diagnostic de trouble essentiellement digestif avec malaise lié à la déshydratation, et de passer à côté du diagnostic. Si, par contre, il a modestement noté comme résultat de consultation la veille « vomissements isolés », il a plus de chances de découvrir l'infarctus que ce patient est en train de faire, avec d'abord des vomissements lorsque l'artère coronaire s'est bouchée, puis un malaise lié à la chute de tension conséquence de l'insuffisance cardiaque (eh oui, certains infarctus ne daignent pas s'accompagner de la fameuse « douleur thoracique gauche à type d'écrasement, irradiant à la mâchoire et au poignet gauche »…).

De même dans le cas de Nanni Moretti : si le *résultat de consultation* de départ avait été « prurit isolé sans lésion cutanée » plutôt qu'« allergie », et si Nanni ne s'était pas livré avec délectation au nomadisme médical, l'apparition secondaire de l'amaigrissement, des sueurs nocturnes et de la toux aurait probablement permis plus rapidement d'arriver au diagnostic final de maladie de Hodgkin…

Le fait de ne pas s'enfermer d'emblée dans un système de classification, d'évoluer avec prudence, permet souvent d'aboutir à un diagnostic juste. « Le premier examen complémentaire », écrivait le Pr Bernard Hoerni, « c'est l'examen du lendemain. »

« À l'heure actuelle », écrivait R.N. Braun en 1979, « le praticien apprend au cours de sa formation, principalement ce qui ne sera pas du domaine de son activité propre. Il n'apprend rien sur la manière dont il devra penser plus tard. Il ne reçoit aucune indi cation sur l'exercice de la profession. On ne lui enseigne aucune dénomination valable pour les résultats de consultations en suspens. Il n'apprend rien non plus de l'irrémédiable risque qu'il encourt de méconnaître les maladies. »

Si les choses ont heureusement changé depuis du fait de l'entrée de généralistes enseignants dans les facultés de médecine, Braun évoque ici beaucoup d'éléments qui sont cruciaux à une compréhension de la pratique généraliste. Notons cette phrase apparemment neutre, aux implications terribles : « Il n'apprend rien sur la manière dont il devra penser plus tard. » J'irai même plus loin, en me dispensant du « plus tard ». Jusqu'à l'entrée des généralistes enseignants dans les facultés, la majorité des cours dispensés pendant les études médicales étaient des cours magistraux, et les examens se succédaient au fil des ans comme autant d'obstacles dans une course de haies, sans réflexion globale. Morcelant l'approche du futur médecin en autant d'examens que de spécialités d'organe (certificat de cardiologie, certificat de pneumologie, certificat de neurologie…). Si certains « modules » (santé publique, pharmacologie, etc.) permettaient un moment d'acquérir une vision transversale de la pratique médicale, ils restaient minoritaires. Et à aucun moment il n'était fait appel véritablement au sens critique des étudiants : les faits et les statistiques qui leur étaient avancés étaient considérés comme des vérités établies, au même titre que les tableaux de maladies et les stratégies thérapeutiques à utiliser. Les informations sur le médicament, en particulier, qui conditionneront parfois pendant de nombreuses années leurs prescriptions, sont souvent énoncées sans le recul nécessaire, sans une indispensable réflexion sur le dogme inébranlable de l'infaillibilité médicale.

Lors de mes études, je me souviens n'avoir été profondément troublé qu'une fois et, partant, forcé à réfléchir. Le Pr Claude Got, alors anatomo-pathologiste à l'hôpital de Garches, projetait devant un amphithéâtre bondé une série de diapositives expliquant le pourquoi et le comment de son métier, l'utilité des autopsies et de l'étude des cadavres. Parmi les diapositives, peu ragoûtantes pour les très jeunes étudiants que nous étions, il nous montra un foie présentant une lésion hémorragique. Il s'agissait, nous expliqua-t-il, du foie d'un patient alcoolique, décédé lors d'une hospitalisation pour une pneumopathie. L'autopsie avait révélé que le patient n'était pas décédé suite à l'infection, mais à cause d'une erreur médicale. L'externe qui avait pratiqué une ponction dans le dos du patient pour drainer une pleurésie avait mal effectué son geste et piqué trop bas, blessant le foie au lieu de ponctionner la plèvre. L'alcoolisme du patient s'accompagnant de troubles de la coagulation, l'homme était mort d'une hémorragie interne massive dont seule l'autopsie avait permis de retrouver la cause… Le professeur allait passer à la diapositive suivante quand un brouhaha emplit la salle. Des insultes fusaient de part et d'autre, de violentes dénégations : « Ce n'est pas possible… C'est insensé, une chose pareille… j'espère qu'il ne s'en est pas tiré comme ça… » Sur tous les bancs, on donnait de la voix : le coupable, espérait-on, avait subi un châtiment exemplaire. Suite à quoi le Pr Got, qui nous avait amenés là où il l'avait prévu, nous avait gravement expliqué que ce genre d'accident aux terribles conséquences pouvait un jour arriver à chacun de nous. Que la médecine était pratiquée par des humains, hélas, et que les humains étaient faillibles. Que le seul rempart contre l'erreur était et resterait la conscience intime de nos limites, la constante remise en cause de ce que nous tenions pour certain. Pendant neuf années d'études, il fut le seul médecin à m'apprendre à me méfier des certitudes médicales, à accueillir le doute comme une vertu nécessaire…

Une logique de consommation

Car la médecine générale est la médecine du doute, c'est en cela d'ailleurs qu'elle est méprisée, et indispensable. Loin de la médecine high-tech, c'est une médecine qui aborde les patients dans leur globalité, sur le long terme, en acceptant de progresser lentement plutôt que de leur nuire. Mais, c'est certain, l'influence de la logique de consommation à tout prix dans laquelle nous baignons depuis un demi-siècle au moins n'a pas manqué de modifier l'attente du patient. Vivant dans un monde où sa consommation est sans cesse exaltée comme une valeur irremplaçable, comme le moteur même du système économique dans lequel il vit (la fameuse consommation des ménages tant vantée par les chroniqueurs économiques), le patient aurait bien du mal à imaginer que, dans le domaine essentiel de la santé, il puisse en être autrement. Plus de consultations spécialisées, plus d'examens complémentaires, plus de médicaments sur l'ordonnance, ne peuvent dans une logique capitaliste libérale bien comprise qu'engendrer plus de santé… Au CAC 40 de la médecine, personne ne veut passer pour un petit porteur. L'idée de réaliser « une prise de sang complète », *la totale* comme me l'a suggéré Helena lors de la consultation de son mari Luigi, ne vient pas seulement du fait que les dépenses de santé sont en France couvertes directement ou indirectement par les assurances sociales et les mutuelles, mais de la notion qu'en toute chose la croissance est un but en soi. Et le médecin qui tente de recadrer les choses, de s'en tenir au strict nécessaire dans l'intérêt de son patient, passera aisément pour un adepte du rationnement. La Sécurité sociale n'est d'ailleurs pas en reste. Prompte à désigner les médecins comme premiers responsables du « dérapage » des dépenses de santé, elle a plus de mal à montrer l'exemple lorsqu'elle se risque à pratiquer la médecine. C'est le cas par exemple des bilans qu'elle propose « gratuitement », à l'ensemble des assurés sociaux, tous les cinq ans, dans ses centres de dépistage. *A priori*, l'idée peut sembler excellente, et recueille d'ailleurs les faveurs de nombre de citoyens persuadés ainsi de bénéficier d'un « check-up », d'un « bilan », véritable batterie d'examens qui correspondrait peu ou prou aux révisions que subissent leurs automobiles. Peut-être leur zèle serait-il freiné s'ils prenaient conscience de l'inutilité de certains des examens qui leur sont proposés, comme les radiographies pulmonaires et les électrocardiogrammes dont de nombreuses études ont démontré que, pour être utiles, ils doivent cibler les patients présentant certains symptômes, et non pas s'adresser indifféremment à toute personne poussant la porte du centre de dépistage. *Idem* pour certains dosages sanguins, considérés comme obsolètes ou inutiles au-delà d'un certain âge, mais qui sont systématiquement effectués dans certains centres. Comment la Sécurité sociale peut-elle espérer efficacement traquer la dépense inutile, ou communiquer en direction des médecins sur les démarches médicales considérées comme validées, si elle ne montre pas elle-même le bon exemple ? D'autant que ces « check-up » à la pertinence douteuse ne permettent pas une prise en charge cohérente à long terme d'un patient. Certains, qui ne consultent jamais aucun médecin généraliste et ne sont donc pas suivis sur le long terme, pensent bénéficier d'une sorte de « réassurance » sur la vie une fois leur bilan effectué, pour peu que rien d'anormal n'ait été dépisté. D'autres, qui sont suivis régulièrement, se voient proposer des examens que leur généraliste a déjà effectués six mois auparavant, au mépris de toute rationalité…

L'abolition du temps

Un autre effet de la société de consommation, l'un des plus pernicieux dans le cadre de la relation médicale, est l'abolition du temps. Confrontés dans la vie sociale, dans le monde du travail, à des exigences de délais de plus en plus fortes, certains patients attendent de leur médecin et de leur corps la même diligence. Non seulement en ce qui concerne la prise de rendez-vous, ou le délai d'attente dans la salle du même nom, mais également du point de vue des résultats. Or le propre de la pratique généraliste, c'est aussi, une fois éliminés par l'interrogatoire et l'examen clinique les diagnostics de gravité, de donner à l'organisme le temps de retrouver son équilibre interne, sans recourir systématiquement à des thérapeutiques agressives. C'est savoir remettre en cause le dogme de la toute-puissance médicale...

La toute-puissance médicale

La médecine progresse, c'est un fait. Nombre de maladies autrefois mortelles sont aujourd'hui aisément curables. Certaines pathologies chroniques comme le diabète ou l'hypertension ont vu leur pronostic profondément transformé. Reste cette insupportable vérité, que la société dans son ensemble cherche par tous les moyens à occulter : la vie est une maladie mortelle. Si la médecine peut beaucoup, elle ne peut pas l'impossible, et parfois même se révèle impuissante à sauver un homme ou une femme jeune, hier encore en parfaite santé.

Parce que la maladie fait peur, parce que la mort révulse, toute avancée médicale, tout progrès technique, tout espoir est accueilli plus ou moins consciemment par les médias et le grand public comme un élément de rassurance. Toute information sur une voie de recherche balbutiante est immédiatement présentée comme une avancée médicale indiscutable, et les patients de s'étonner ensuite que leur médecin ne soit pas « au

courant » de la dernière thérapeutique « révolution-
naire » ou « miraculeuse » vantée par l'AFP et les journaux, quand parfois il ne s'agit que d'un essai clinique
peu probant chez un couple de rats albinos…

À force de toujours progresser, la médecine sera
bientôt invincible. Comment pourrait-il en être autrement ? D'où, d'ailleurs, l'engouement hallucinant pour
les techniques les plus absconses, les procréations
assistées les plus acrobatiques, les réanimations les
plus sophistiquées : tout ce qui semble repousser les
limites de la mort et du vivant est accueilli comme un
signe annonciateur de l'ultime victoire finale sur la
nature.

Cette image totalement erronée d'une médecine éter-
nellement triomphante conduit de nombreux patients à
s'imaginer que le médecin est omniscient, omnipuis-
sant. En médecine générale, dans la mesure où l'exercice est davantage clinique que technique et fait
davantage appel à la personne du médecin, à ses compétences intellectuelles, à son expérience, qu'à des appareils sophistiqués, les patients sont souvent rassurés
lorsque le généraliste étaye son diagnostic sur des examens complémentaires, prises de sang ou examens
radiologiques. Mais le caractère objectif, scientifique,
de ce recours aux examens cache mal l'aspect magique
de la chose, certains patients croyant que la réalisation
d'examens complémentaires les protège, en quelque
sorte, de la maladie. Un exemple simple vous en donnera une idée : la plupart des patients, avant de voir
leur médecin, jettent un œil sur les résultats de la prise
de sang qu'ils viennent d'effectuer. Ils cherchent à en
interpréter les modifications, par rapport aux normes
habituellement fournies par le laboratoire, et par rapport à des examens antérieurs lorsqu'ils en ont gardé
un exemplaire. C'est un moyen pour nombre d'entre
eux de s'approprier ces longues listes de mots incom-

préhensibles : « polynucléaires éosinophiles, numération plaquettaire, concentration moyenne en hémoglobine… », de tenter de maîtriser ce qui leur arrive. Mais leur lecture des résultats est une lecture de novice, le déchiffrage intransigeant, ultra rigoureux, de zélateurs pseudo-scientifiques : toute variation par rapport à une valeur antérieure, toute déviation par rapport à la norme édictée par le laboratoire, est interprétée comme le signe irréfutable d'une anomalie. Que le nombre de globules blancs passe de 8 400 à 10 200 d'une année sur l'autre, alors même que le laboratoire annonce une normale entre 3 000 et 9 000, et le profane, ayant consulté son dictionnaire médical, sera certain d'être atteint d'une infection sévère. Le médecin généraliste, lui, sait que les facteurs d'erreur sont nombreux, et il ne tiendra compte de cette variation que si elle s'accompagne des signes cliniques d'une infection. Car il sait que la comptabilisation des globules blancs dans la prise de sang ne représente qu'un reflet très incomplet de ce qui se passe dans le corps du patient. En effet, sous l'effet d'un stress, d'une agression extérieure, les globules blancs peuvent se démarginer, c'est-à-dire se « décrocher » de la paroi vasculaire pour réintégrer le flux sanguin afin de se transporter vers le site d'une éventuelle brèche ou porte d'entrée infectieuse. En l'espace de quelques minutes, à l'occasion d'un stress quelconque, le nombre de globules blancs comptabilisables dans le sang du patient peut donc varier de plusieurs milliers sans que cela ait la moindre signification pathologique. La vraie rigueur scientifique, dans ce cas précis, consiste à privilégier le doute, à ne pas se focaliser sur un résultat isolé mais à intégrer des données diverses tout en gardant constamment un esprit critique par rapport à des examens complémentaires apparemment « objectifs » qui peuvent pourtant parfaitement donner une représentation erronée de la réalité.

L'un des domaines les plus parlants à cet égard est celui de la radiologie, où les progrès techniques réels bercent le patient de l'illusion que le médecin voit tout, sait tout de ce qui se passe à l'intérieur de son corps. Hier la radiographie, puis l'échographie, plus récemment le scanner, dernièrement l'IRM, et bientôt de nouvelles techniques permettant de réaliser des endoscopies virtuelles en trois dimensions… à chacune de ces avancées techniques, le patient se prend à espérer que cette fois-ci la maladie va être terrassée, que demain le moindre foyer infectieux, la plus petite cellule métastatique, ne pourra subsister dans l'organisme sans être aussitôt repéré par la machine radiologique, pilotée par le médecin-sorcier, qui voit à travers les corps, pour lequel ni la peau, ni les organes, ni les os ne sont plus des barrières infranchissables. Bientôt, c'est la mort elle-même qui ne pourra plus prendre pied dans nos organismes, que nous passerons chaque jour au peigne fin, préventivement, inlassablement…

Certains fumeurs insistent donc pour bénéficier d'une radiographie thoracique : « Vous savez, docteur, j'ai vérifié, ça fait bien trois ans que vous ne m'avez pas fait faire de radio des poumons… » Chez ce patient fumeur depuis des années, atteint d'une bronchite chronique chaque hiver, le médecin peut facilement accéder à la demande – en sachant pertinemment que la radiographie ne lui apprendra rien qu'il ne sache déjà, ou trop tard. Car les modifications liées au tabagisme, la clarté du tissu pulmonaire rongé par l'emphysème, l'épaississement des bronches encombrées de sécrétions, rien de cela ne lui échappe à l'auscultation de son patient. Et le plus souvent la radiographie pulmonaire ne détecte les tumeurs qu'à un stade avancé, lorsqu'il est déjà bien tard. Mais le patient a demandé

« sa radio », et sa demande, dans un monde où l'on ne croit que ce que l'on voit, est compréhensible. Un refus, dans un environnement judiciaire de plus en plus pesant, serait d'ailleurs considéré comme une faute si le patient présentait par la suite un cancer bronchique, et ce quand bien même ces radiographies systématiques n'améliorent pas la survie des patients. Le médecin prescrira donc la radio, dont il lira le résultat en diagonale, histoire de faire plaisir à son patient, lequel, rassuré puisque rien de franchement anormal n'aura été détecté sur le cliché... continuera de fumer ses trente cigarettes par jour. Le seul examen complémentaire réellement utile est d'évaluer la capacité respiratoire du patient à l'aide d'un « débitmètre de pointe », petit instrument de plastique qui tient dans la main et ne bénéficie pas de l'aura de mystère qui entoure le cabinet de radiologie. Et encore le débitmètre ne permettrait pas de dépister un cancer bronchique débutant, mais seulement de faire prendre conscience au patient du degré d'atteinte de sa capacité respiratoire. La seule intervention médicale réellement efficace, dans ce cas, serait d'aider le patient à arrêter de fumer. Et voilà comment une radiographie inutile parvient à satisfaire le client à peu de frais, d'autant plus s'il n'est pas motivé pour arrêter de fumer...

Parfois, pis encore, une radiographie inutile peut aggraver la souffrance du patient, en transformant en maladie une anomalie sans conséquences qui, une fois visualisée, poursuivra le patient pendant de nombreuses années : c'est le cas de nombre de radiographies de la colonne vertébrale lombaire, réalisées chez des patients se plaignant de mal de dos. Passé quarante ans, il n'existe pas une colonne vertébrale qui ne porte la marque des contraintes mécaniques auxquelles elle est soumise. Mais si le médecin ne prend pas garde à dédramatiser l'existence de ces « hypercondensations des surfaces articulaires », de ces « ostéophytoses avec spicules », de cette « modification de la trame », s'il n'explique pas qu'il s'agit des signes radiologiques d'un vieillissement osseux normal, certains patients seront persuadés d'être atteints d'une maladie dégénérative inéluctable, qui aggravera leur souffrance. Pourquoi alors demander ces radiographies ? Pour satisfaire et garder le « client » ?

La croyance en la toute-puissance médicale est entretenue par de nombreux chercheurs qui voient dans l'engouement du public pour une technique balbutiante bien médiatisée la garantie d'investissements financiers conséquents. Ils présentent alors leurs résultats préliminaires comme des victoires définitives, leurs hypothèses comme des vérités scientifiques gravées dans le marbre. Le médecin généraliste qui refusera de céder à l'hystérie du moment, de prescrire de la mélatonine ou de la DHEA « alors qu'en Amérique, on peut l'obtenir directement sur Internet... » ou des compléments alimentaires bidon, sera alors considéré, au choix, comme un rabat-joie ou, pis encore, un ignare peu au fait de l'évolution scientifique.

La papaye du pape

La manière dont sont distillées ces « rumeurs médicales » laisse songeur sur l'ingénuité de ceux qui s'y prêtent. Ainsi, à la fin de l'été 2002, une « indiscrétion » permit au journal *Le Monde* d'annoncer que le pape aurait bénéficié des conseils avisés du Pr Luc Montagnier, lequel lui aurait vanté les mérites d'un « traitement miracle ». « La consultation, écrit *Le Monde*, était restée strictement confidentielle. Quelques indiscrétions dans la presse italienne ont permis de lever le voile et, peut-être, de comprendre à quoi tient la spectaculaire amélioration de l'état de santé de Jean-Paul II, notamment de ses capacités d'élocution, qui a frappé tous les journalistes… » Toujours selon le quotidien, Luc Montagnier, dont l'équipe découvrit le virus du sida, serait « persuadé que le stress oxydant – l'ensemble des phénomènes induits par le métabolisme de l'oxygène au sein des cellules et des tissus des organismes vivants – joue un rôle pathogène et favorise de nombreuses maladies chroniques, à composantes infectieuses ou non. Parmi ces maladies, les affections neurodégénératives comme celles de Parkinson ou d'Alzheimer – ainsi que certains cancers ». Et aurait prescrit au pape un double traitement : « D'abord un extrait – fermenté depuis plusieurs mois – de papayes sélectionnées en Asie aux vertus immunostimulantes et antioxydantes. » Mais aussi « une autre substance, produite par une société new-yorkaise, aux propriétés stimulantes ». Ces révélations provoquent quelques remous, puis des dénégations de part et d'autre. On ne sait pas bien qui a laissé « fuiter » l'information aux médias. Et bientôt le Vatican nie que le pape ait pris de la papaye… Ce qui n'empêche pas le laboratoire fabriquant le produit d'étaler un entretien avec le Pr Montagnier dans sa revue promotionnelle et dans de pleines pages de publicité, deux mois plus tard, pour le lancement du produit en France comme « complément alimentaire anti-âge », lequel trône sur certains présentoirs de pharmacie sous le slogan « Recommandé par le professeur Montagnier »…

Le chien

Un mouvement dans la pénombre du salon me tire de ma rêverie. Le chien s'est réveillé, demande à sortir. Je me relève. Quelle heure est-il ? Près de trois heures. Et toujours pas envie de dormir, malgré la fatigue. J'entrouvre la porte du jardin, retourne dans la cuisine boire un verre d'eau. Dans un coin, entre deux magazines féminins, je tombe sur un exemplaire de la *Revue du praticien*, encore sous blister. Je l'ouvre, le feuillette. C'est un numéro spécial consacré aux Journées nationales de médecine générale. Je retourne m'avachir dans le salon. Je lis.

La MG Pride

En 2002, la WONCA, organisation mondiale des collèges et académies de médecins généralistes, proposait la redéfinition suivante de la médecine générale : « La médecine générale est une discipline scientifique et universitaire, avec son propre contenu d'enseignement, sa recherche, ses niveaux de preuve et de pratique. C'est aussi une spécialité clinique orientée vers les soins primaires [1].

La définition de la médecine générale repose sur les caractéristiques suivantes :

– premier contact avec le système de soins, permettant un accès ouvert et non limité aux usagers, prenant en charge tous les problèmes de santé, indépendamment de l'âge, du sexe, ou de toute autre caractéristique de la personne concernée ;

– approche centrée sur la personne, orientée vers l'individu, sa famille et sa communauté ;

---

1. La traduction française du terme *primary care* est délicate, dans le sens où l'adjectif « primaire » peut avoir un sens péjoratif. Il serait probablement plus juste de traduire par soins « de première ligne ».

– processus de consultation personnalisée qui établit, dans le temps, une relation médecin/patient à travers une communication appropriée ;

– responsabilité de la continuité des soins dans la durée, selon les besoins du patient ;

– utilisation efficiente des ressources du système de santé, à travers la coordination des soins, le travail avec d'autres professionnels de santé ; du recours aux autres spécialités ;

– démarche décisionnelle spécifique, déterminée par la prévalence et l'incidence des maladies dans le contexte des soins primaires ;

– prise en charge simultanée des problèmes de santé aigus ou chroniques de chaque patient ;

– intervention au stade précoce et non différencié du développement des maladies dans le contexte des soins primaires, pouvant requérir une intervention rapide,

– développement de la promotion et de l'éducation de la santé par des interventions appropriées et efficaces ;

– action spécifique en termes de santé publique ;

– réponse globale aux problèmes de santé dans leurs dimensions physique, psychologique, sociale, culturelle et existentielle. »

Avec l'impression étrange de revivre la journée précédente, de la voir mise en mots, je poursuis ma lecture :

« Les médecins généralistes sont des spécialistes formés aux principes de la discipline. Ils sont les médecins traitants de chaque patient, responsables de soins continus et globaux en réponse à la demande, sans distinction d'âge, de sexe ou de maladie. Ils soignent des individus dans le contexte de leur famille, de leur environnement et de leur culture, en respectant toujours leur autonomie. Ils assument aussi une responsabilité de santé publique. En négociant les modalités de prise en charge avec leur patient, ils intègrent les éléments physiques, psychologiques, sociaux, culturels et existentiels, utilisant la connaissance et la confiance accumulées au cours des contacts répétés. Les médecins généralistes exercent leurs tâches professionnelles par la promotion de la santé, la prévention des maladies, le traitement des pathologies et les soins palliatifs. Ils remplissent leur mission soit directement, soit en collaboration avec les autres services de soins, en fonction des besoins de santé et des ressources disponibles dans leur environnement professionnel, aidant les patients, si nécessaire, à accéder à ces services. Ils s'engagent à développer et à maintenir leurs compétences, leur équilibre personnel et leurs valeurs, pour garantir l'efficacité et la sécurité des soins aux patients. »

Pour le coup, je n'ai plus du tout envie de dormir. Non que je me reconnaisse parfaitement dans cette définition théorique, mais elle met assez bien en mots ce que doit être la médecine générale, au-delà des difficultés au quotidien. Mais à quoi sert une belle définition si le système de soins, la formation, le comportement des patients et des soignants ne permettent pas à une telle définition de se vivre au concret sur le terrain ? À quoi sert-elle si le système collectif de soins refuse de réguler les acteurs de santé et les comportements des patients, entre soins primaires, secondaires et tertiaires, valorisant la concurrence plutôt que la complémentarité, le marché plutôt que la rationalité ?

Peut-être sert-elle à donner aux médecins et aux patients une vision plus juste de ce que pourrait être un système de santé enfin rendu à sa cohérence… car tout est là, en quelques phrases : l'affirmation que le médecin généraliste est le médecin *de chaque patient*, considéré comme un individu unique, irremplaçable, et non comme une juxtaposition d'organes malades ; qu'avec le patient qui l'a choisi, le médecin généraliste est amené à négocier, plutôt qu'à imposer, les modalités de la prise en charge ; que le médecin généraliste est à même de répondre à la majorité des motifs de recours aux soins ; que pour ce faire il s'engage à développer et maintenir ses compétences, son équilibre personnel et ses valeurs, pour garantir l'efficacité et la sécurité des soins aux patients...

Développer et maintenir ses compétences, voilà quelque chose que tout un chacun peut comprendre, même si les patients sont parfois surpris ou fâchés lorsque leur médecin traitant s'absente pour suivre une formation. C'est qu'il est difficile d'être partout à la fois : au cabinet, pour répondre à la demande de soins immédiate, et en séminaire de formation, pour améliorer sur le long terme la qualité de la prise en charge de chaque patient... C'est pour cette raison que l'industrie pharmaceutique a réussi à s'immiscer si profondément, et pendant si longtemps, dans la formation continue des médecins : jusqu'à récemment, aucun outil, aucun moyen n'était affecté à cette composante essentielle du métier de soignant...

Développer et maintenir son équilibre et ses valeurs... voilà qui est plus complexe... Pourquoi diable un médecin généraliste aurait-il besoin de développer et maintenir son équilibre et ses valeurs... et pourquoi lier les deux concepts ?

Burn out

Il ne se passe pas une semaine sans que vienne s'asseoir en face de moi un homme, une femme, au bout du rouleau. Un homme, une femme, que les contraintes de son métier ont amené à se consumer intérieurement.

Cette souffrance au travail existe aussi, sous une forme très particulière, chez les médecins. On lui a donné un nom : « syndrome d'épuisement professionnel des soignants » ou « burn out », le terme anglo-saxon désignant une combustion interne dévastatrice [1]. Spécifique à la relation d'aide, le burn out a essentiellement été étudié dans les services de réanimation et de soins palliatifs, et touche des médecins et des infirmiers confrontés à la mort et à la souffrance, à l'échec, et déstabilisés par les contraintes d'organisation de leur travail (manque de personnel, modification des horaires, travail de nuit…). Si peu d'études ont été pratiquées en médecine ambulatoire, les conséquences du burn out sont fréquemment observables en médecine générale. Être quotidiennement confronté à la souffrance de l'autre, être mis face à ses limites dans sa volonté de maintenir et d'améliorer la qualité de vie du malade, construire sa personnalité sur un quotidien qui constitue une perpétuelle remise en cause, et cela dans un environnement de contraintes administratives et juridiques, voilà qui est extrêmement aléatoire. Pour pouvoir continuer à exercer, le médecin généraliste doit apprendre à connaître ses limites, garder un certain contrôle sur sa vie. Faute de quoi il s'expose au « burn out », défini comme « un état causé par l'utilisation excessive de son énergie et de ses ressources, qui provoque un sentiment d'avoir échoué, d'être épuisé ou encore d'être exténué ». Il se manifeste par « un épuisement émotionnel et physique, une déshumanisation

---

1. « C'est l'image inspirée de l'industrie aérospatiale qui demeure la plus suggestive. Le terme burn out désigne l'épuisement de carburant d'une fusée avec comme résultante la surchauffe et le risque de bris de la machine. » Pierre Canouï et Aline Mauranges, *Le syndrome d'épuisement professionnel des soignants*, éd. Masson. (Je suis particulièrement redevable à ces deux auteurs pour la réalisation de ce chapitre.)

de la relation au patient, et une baisse du sentiment d'accomplissement de soi au travail ». Le tout fonctionnant en un cercle vicieux : le médecin s'épuise à atteindre un but irréalisable et, pour ne plus être confronté à la charge émotionnelle véhiculée par ses patients, se « blinde », s'interdisant d'exprimer ses émotions, marquant la distance devant toute implication émotionnelle envers le patient considéré comme un objet, ce qui, au final, ne fait qu'aggraver le mal-être du médecin en instaurant une rupture avec l'idéal de la relation d'aide qui l'a amené à choisir son métier.

Pour éviter cette dépossession de soi, cette autodestruction (la cause la plus fréquente de décès chez les médecins de moins de quarante ans est le suicide), le médecin doit préserver un peu de temps pour lui-même, pour sa famille, ses amis, sa vie intellectuelle et culturelle. Or, hormis les demandes des patients, qui peuvent devenir du harcèlement si le médecin ne trouve pas la force de dire « non », le fantasme sacerdotal véhiculé depuis des décennies, celui du médecin tout-puissant, toujours disponible, de jour comme de nuit, engendre une perte de contrôle du médecin et un épuisement professionnel aux conséquences dramatiques.

On est de garde, papa ?

Il est cinq heures du matin quand le téléphone sonne chez un confrère exerçant en milieu rural dans les Vosges. Il vient de se mettre au lit. Groggy, il décroche. Voilà plus de vingt heures qu'il travaille sans relâche, ayant enchaîné une garde de nuit après sa journée de consultation. C'est une patiente inconnue, qui l'appelle pour son fils de sept ans :

« Il a de la fièvre, docteur, 38°5. Il a mal dormi, et là il dit qu'il a mal à la gorge… »

Le confrère hésite, il a un peu de mal à faire surface :

« Est-ce qu'il présente des signes inquiétants ? Est-ce qu'il est gêné pour respirer ?

– Non, non, mais cette fièvre, et le mal de gorge… »

Il soupire, de lassitude, de fatigue :

« Écoutez, je vous propose de lui donner de l'Efferalgan si vous en avez, une dose correspondant à son poids… éventuellement de lui donner un bain frais si la fièvre ne baissait pas suffisamment… et de me l'amener à huit heures au cabinet…

– Vous ne pouvez pas venir maintenant ? On m'a dit que vous étiez de garde…

– Je suis de garde, oui. Je suis debout depuis hier matin sept heures, et je dois encore consulter toute la journée. Je n'ai pas fermé l'œil de la nuit. Je suis de garde, mais il me semble que les conseils que je vous donne peuvent vous permettre d'attendre jusqu'à huit heures…

.– Ah oui, mais ce n'est pas ça le problème… Le problème, c'est qu'on part aux sports d'hiver. Mon mari a chargé la voiture, les enfants, tout dégivré. On est sur le départ, et il ne veut pas avoir d'ennui avec le petit une fois qu'on sera sur les pistes… »

Si incroyable qu'elle puisse paraître, cette histoire est véridique. Elle illustre le divorce entre la réalité quotidienne vécue par les médecins généralistes et la perversion d'un système érigé en dogme par les pouvoirs publics, l'Ordre des médecins, et certains médecins eux-mêmes : le fantasme malsain d'une disponibilité permanente du médecin généraliste.

Confrontés à la souffrance humaine, les médecins sont soumis à la tentation naturelle de ne pas ménager leur peine. La motivation peut être de nature financière, mais bien plus souvent est la conséquence d'un mélange d'humanisme et d'*hubris*, une sorte d'orgueil à vouloir faire le bien, se porter au secours de l'autre. De plus, dès leurs études, les médecins ont appris à travailler beaucoup, longtemps, énormément. Une grande partie des matières enseignées pendant les premières années est sans rapport direct avec leur pratique future, mais semble plutôt destinée à organiser une sélection par le travail, qui se poursuit lors de la préparation de l'internat. Au lieu d'apprendre aux médecins à réfléchir, on leur apprend à travailler, au-delà même de leurs limites.

Et, dans un monde luttant pour le respect de certaines normes sociales, société et pouvoirs publics se sont longtemps satisfaits d'un système où médecins hospitaliers et internes accumulaient les journées de garde sans repos compensateur, tandis que des généralistes se lançaient la nuit sur des routes de campagne entre deux journées de dix heures de travail (la moyenne hebdomadaire d'un généraliste avoisine les cinquante-cinq heures…). Dans un pays où le patron d'une entreprise de transport qui force ses chauffeurs à conduire leur camion au-delà des horaires réglementaires connaît la paille humide des cachots, de quel droit préfets et pouvoirs publics se permettent-ils de réquisitionner des médecins et de les obliger à prendre le volant en pleine nuit entre deux journées de travail de dix à quinze heures ?

Au-delà de la qualité de vie des médecins, il est temps que les patients eux-mêmes s'interrogent : qui voudrait confier son anesthésie à des hommes et des femmes qui n'ont pas dormi depuis trente-six heures, son intervention à des chirurgiens qui opèrent debout pendant dix heures d'affilée, et la vie de son enfant, à trois heures du matin, à des généralistes qui, après vingt et une heures de veille, ont en moyenne une vigilance aussi altérée que s'ils avaient un gramme d'alcool dans le sang ?

En octobre 2000, les conducteurs d'une compagnie d'autocars avaient innové dans la pratique syndicale en invoquant le « droit de retrait », car leur direction, prétextant une surcharge de travail, ne respectait pas les consignes horaires de sécurité. Pour les médecins aussi, l'heure est venue, en octobre 2001, de signifier qu'ils n'acceptaient plus la double contrainte délirante qui pesait sur eux : celle d'une disponibilité inhumaine de tous les instants, couplée à une infaillibilité impossible à atteindre dans ces conditions.

Au départ, le mouvement de grève des généralistes est né d'un vaste ras-le-bol vis-à-vis, d'une part, de l'absence de revalorisation financière et, de l'autre, de l'augmentation incessante des contraintes administratives.

Mais, divine surprise, le mode de protestation choisi, d'abord utilisé comme un simple moyen, devint un objectif en soi : des médecins découvrirent que leur vie ne se résumait plus au travail, constatèrent qu'ils œuvraient mieux le jour, gagnant en sérénité et en efficacité depuis qu'il leur arrivait, après une journée de travail de dix à quinze heures, de dormir la nuit. Qui, en dehors du ministère de la Santé et du conseil de l'Ordre, pourrait en douter ?

Confrontés au mouvement de colère de ceux que les réunions ministérielles encensent et qualifient de « pivots du système de santé », les pouvoirs publics parièrent à tort que le mouvement finirait par s'enliser, puis s'éteindre. Il n'en fut rien.

Faire passer les généralistes grévistes pour des preneurs d'otages ou des adeptes des trente-cinq heures, comme le fit alors Bernard Kouchner en rappelant de manière assez perverse que la médecine est avant tout un sacerdoce, une vocation (et donc que l'exercice médical est *en soi* une gratification bien plus importante que les conditions de travail ou la rémunération), serait laisser croire que les généralistes se désintéressent de la santé de leurs patients en dehors de leurs heures de service. La réalité est tout autre : les généralistes savent qu'il est indispensable de proposer à tous des soins de qualité dans la journée et d'assurer de manière optimale les urgences de nuit. Mais ils savent aussi très bien que l'État, dont l'un des devoirs essentiels est pourtant d'assurer la sécurité des citoyens, se défausse de cette tâche depuis des années sur les médecins de terrain, les laissant en assumer la charge dans les pires conditions. Les généralistes refusèrent alors brutalement de subir ce joug, contraire à la législation européenne sur les droits des travailleurs, mais aussi au simple bon sens et au principe élémentaire du soin que nous enseignaient les anciens : *Primum non nocere*, « D'abord, ne pas nuire ».

De même qu'ils n'accepteraient pas d'être soignés par un médecin ivre, les patients ne doivent pas accepter d'être soignés par un zombi en manque de sommeil, réquisitionné de manière arbitraire par la puissance publique. Alors que la médecine générale devient chaque jour plus complexe, alors que les patients, légitimement, viennent chercher chez leur médecin une réelle écoute, une prise en charge individuelle et humaniste, comment peut-on forcer des hommes et des femmes épuisés à s'impliquer dans une mission de service public sans leur en donner les moyens, c'est-à-dire sans rémunérer à sa juste valeur et réorganiser de manière humainement acceptable cette permanence de soins ?

L'accord signé entre les médecins et la CNAM en janvier 2002 posait le principe de la garde de nuit considérée comme une mission de service public basée sur le volontariat et la mise en œuvre des moyens matériels et financiers nécessaires.

Tout cela a un coût, l'État en prit soudain conscience, mais au lieu d'en tirer les conclusions logiques, il appela alors à la rescousse le conseil national de l'Ordre des médecins, institution au lourd passé réactionnaire. Celui-ci signa alors un texte avec la CNAM et le gouvernement, rejetant la notion de volontariat et rappelant aux médecins leur « obligation déontologique de garde »... Cette manœuvre affaiblit durablement l'Ordre des médecins, et coûta sa place à son président de l'époque. Mais son successeur reprit le flambeau de la lutte contre le volontariat en s'appuyant sur l'article 77 du code de déontologie, bête noire de nombreux généralistes. Or que dit cet article 77 ? « Dans le cadre de la permanence des soins, c'est un devoir pour tout médecin de participer aux services de garde de jour et de nuit. » Cela semble clair, net, précis. Pourtant il n'en est rien. Car, dans les faits, ce « devoir pour tout médecin » s'est transformé pendant des années en « obligation pour tout médecin généraliste », étant exclus des tableaux de garde les médecins-conseils, les médecins salariés, les spécialistes... Autre glissement sémantique, celui qui confond la « permanence » et la « continuité » des soins. Si le médecin doit à son patient la continuité des soins, c'est-à-dire qu'il ne doit pas abandonner un patient qu'il a pris en charge, la notion d'une « permanence » des soins est, comme le fantasme d'une disponibilité de tous les instants, inhumaine et destructrice. Notons que la lecture qu'a longtemps faite l'Ordre de cet article 77 est en totale contradiction, non seulement avec la législation européenne sur le temps de travail... mais avec au moins trois autres articles du même code de déontologie[1] !

1. L'article 69 énonce que « chaque médecin est responsable de ses décisions et de ses actes » ; l'artcile 70 précise que le médecin ne doit pas « entreprendre ou poursuivre des soins... dans des domaines qui dépassent... les moyens dont il dispose » ; enfin et surtout l'article 78 stipule que « le médecin ne doit pas exercer sa profession dans des conditions qui puissent compromettre la qualité des soins et des actes médicaux ou la sécurité des personnes examinées ».

Notons surtout que c'est pendant des années sur les seuls médecins généralistes que l'Ordre a fait peser ce joug. Et que la rébellion de cette piétaille met soudain à mal un système dont certains tiraient grand bénéfice. Car forcer les généralistes à trimer jour et nuit comme des zombis, sans aucune régulation efficace des appels ni éducation des patients, les contraindre juridiquement à répondre à toute demande même la moins justifiée, ce fut longtemps les maintenir dans un état de fatigue et de dépossession de soi qui les ravalait au rang de petites mains de la médecine. Combien de patients, pendant combien d'années, n'ont vu un généraliste qu'à l'occasion d'une « urgence » de confort, tout en confiant la prise en charge de leur santé globale à la médecine spécialisée ? Et comment imaginer qu'un homme ou une femme qui ne dort pas la nuit peut trouver le temps de maintenir et de développer ses connaissances scientifiques et ses compétences ?

Le chien

Le chien aboie, un jappement bref. Je l'ai oublié dans le jardin. Je cours lui ouvrir avant qu'il ne réveille la maisonnée. Quelle heure est-il maintenant ? Près de quatre heures… J'ai l'air de quoi, avec mes réflexions sur la nécessité pour le médecin de savoir ménager ses temps de repos, moi qui suis infoutu de trouver le sommeil cette nuit ? Mine de rien, j'ai quand même dormi quelques heures, de vingt-deux heures à deux heures du matin, et ma fatigue n'a rien à voir avec celle de mes collègues ruraux qui, à cette heure, arpentent les routes de campagne… Je retourne à la cuisine, cherche un verre dans le placard. Là-haut, sur l'étagère, quelques boîtes de médicaments, hors de portée des enfants. L'une d'entre elles attire mon attention. C'est une benzodiazépine, un tranquillisant léger. Un demi-comprimé en cas de réveil nocturne, c'est mon conseil aux patients insomniaques pour éviter de leur prescrire des somnifères. Une demi-mesure, un moindre mal ?...Vraiment ? À cette heure pâle de la nuit, la fatigue et le silence brouillent toutes les certitudes, rendent toute évidence questionnable... Je passe des heures, chaque semaine, à lire des revues de pharmacologie, à étudier les données des grandes études internationales, par souci du service rendu au patient, bien entendu, mais aussi par curiosité intellectuelle. Pendant toutes mes années d'étude, on m'a appris à prescrire. Prescrire à bon escient, bien sûr, mais prescrire. Et il m'a fallu des années de pratique pour prendre peu à peu conscience des ambiguïtés du système dont j'étais l'un des principaux maillons... Moi qui rechigne à avaler un demi-comprimé avant de me recoucher, moi qui, comme l'immense majorité de mes confrères, ne termine jamais les traitements antibiotiques que je m'auto-prescris en cas d'infection ORL, moi qui, refusant de n'être qu'une machine à prescrire, crois avoir pendant toutes ces années préservé mon indépendance, que sais-je des forces en présence, et de leurs stratégies ? En refermant le placard sans céder à la tentation de calmer mes angoisses existentielles par un petit comprimé d'oubli programmé, quel actionnaire, sur quel continent, suis-je en train de léser ?

Best-sellers sous blister...

Si, comme l'énonçait non sans ironie sir William Osler (1849-1919), « le désir de prendre des médicaments est peut-être le principal trait qui distingue l'espèce humaine des autres espèces animales », nul doute que les Français ne se situent au plus haut niveau dans l'échelle de l'évolution.

Avec une consommation pharmaceutique nettement supérieure à celle des autres habitants du globe, nous ne sommes dépassés au niveau du coût financier des prescriptions médicamenteuses que par les Américains, mais cela est seulement dû au fait que les médicaments sont plus chers outreAtlantique.

Et si une enquête Ipsos publiée en octobre 2002 dans *Le Figaro* révélait que 91 % des Français étaient d'accord pour considérer que « les Français consomment trop de médicaments », ils étaient presque aussi nombreux (87 %) à estimer n'être pas personnellement concernés… De même les médecins vous diront toujours que les gros prescripteurs… ce sont les autres…

Reste qu'énoncer ces chiffres sans chercher à leur trouver un début d'explication n'avance à rien. En Angleterre, par exemple, la dépense pharmaceutique est bien moindre, mais de nombreux médicaments « de confort » n'existent tout simplement pas, et l'accès aux soins est plus réglementé, moins aisé, avec des délais d'attente hospitaliers plus longs, voire difficilement supportables dans le cas de certaines pathologies lourdes, au point que des patients britanniques viennent maintenant se faire soigner en France.

Le système de soins français se targue de résultats honorables, mais l'importance de la consommation de médicaments ne semble pas s'accompagner d'une différence significative de l'état de la santé de la population. Les médicaments ne servent-ils donc à rien ? Certainement pas.

Big Pharma et Grand Satan

Outre l'amélioration du niveau de vie des Français, la découverte des antibiotiques, de traitements de l'hypertension, du diabète, de l'asthme, des maladies vasculaires, thyroïdiennes, de certains cancers, a contribué à améliorer l'espérance de vie des Français (et davantage encore des Françaises). Il en est de même pour l'ensemble des habitants des pays occidentaux, quand bien même ceux-ci se montreraient moins friands de comprimés et autres gélules.

D'où vient donc que, dans l'imaginaire collectif, l'industrie pharmaceutique, dispensatrice de bienfaits inestimables (qui ne souhaite pas vivre plus longtemps, en meilleure santé ?), traîne une réputation plus que douteuse, voire franchement exécrable ? Est-ce un effet de la schizophrénie ambiante, qui amène les dévoreurs de médicaments occidentaux à se gaver de films, de romans, mettant en scène les complots occultes des grandes multinationales du médicament ? Au hit-parade des vilains de la planète, les industriels de la pharmacie se disputent amèrement les marches du podium avec les terroristes de tout poil et le complexe militaro-industriel, raflant même probablement la médaille de bronze aux multinationales du pétrole. Dans les thrillers médicaux de Robin Cook et de ses multiples clones, comme dans nombre de films à grand spectacle de ces dernières années, l'industrie pharmaceutique cache une âme noire derrière une façade policée ! Prenez par exemple le remake de la série *Le Fugitif* avec Harrison Ford dans le rôle du médecin innocent accusé du meurtre de son épouse et poursuivi par une justice aveugle. Dans les années 1960, la fuite du Dr Richard Kimble prenait fin au terme d'une longue errance lorsqu'il réussissait enfin à retrouver le véritable assassin de sa femme, le « Manchot ». Dans la version moderne – réussie, d'ailleurs – l'intrigue s'est compliquée. Le meurtre de Mrs. Kimble n'est plus le triste résultat d'un banal vol avec effraction ayant mal tourné, mais le moyen utilisé par un confrère malintentionné pour discréditer le Dr Kimble. Dans quel but ? Devinez : afin de l'éliminer du suivi d'une étude médicale menée par des pontes de l'American Association of Cardiology, et de l'empêcher de révéler la toxicité hépatique d'un produit. On avancera que l'existence de ce rebondissement de dernière minute mettant en cause une vilenie supposée de l'industrie pharmaceutique n'est qu'un artifice scénaristique classique. Dans tout bon film américain mettant en scène le Pentagone, le spectateur peut être certain de découvrir au sein de l'establishment militaire au moins un haut gradé néofasciste prêt à mettre le feu à la planète pour montrer aux Slaves de quel bois il se chauffe. De même, dans tout bon thriller médical, le méchant doit se cacher sous une blouse d'une blancheur immaculée, et si possible sous les traits d'un des meilleurs amis du héros... Mais les thrillers américains, films et romans, cherchent moins souvent à modifier l'état de la société US qu'à s'en inspirer. Sentir le vent de l'opinion publique pour lui servir un divertissement qu'elle engloutira sans difficulté, tel est le propre du bon faiseur d'images hollywoodien : l'irruption des méchants industriels de la pharmacie dans le peloton de tête des ennemis de la planète n'est donc pas anodine. C'est d'ailleurs ce que remarquait dans le *Quotidien du médecin* en octobre 2001, tout en le déplorant amèrement, l'un de ses représentants français, lui-même médecin et conseiller du président du vénérable Syndicat national de l'industrie pharmaceutique (SNIP), après la publication remarquée de *La Constance du jardinier*, le dernier roman de John Le Carré. Tout en affirmant que les enquêtes d'opinion resteraient rassurantes, il ajoutait : « Il est vrai que les médias donnent une image très négative de l'industrie... nous avons un problème d'image qui tend à s'aggraver. » Quelle en serait la cause, selon lui ? « C'est le résultat du paradoxe structurel de notre métier, quel que soit le pays. Notre mission est de traiter des patients, mais c'est aussi une activité industrielle avec toutes les caractéristiques qui

215

vont avec : nous avons des actionnaires, nous devons faire des profits et être rentables, pour pouvoir, entre autres, réinjecter les bénéfices dans la recherche et le développement. En outre, des maladresses de communication ont aggravé la situation. Nous devons davantage participer à la vie de la cité, être plus proches de nos concitoyens. Mais c'est difficile, car notre communication est très réglementée. Nous devons revendiquer les progrès extraordinaires réalisés dans le domaine de la santé, depuis des décennies, grâce au médicament[1]. »

Cet entretien est précédé dans le quotidien médical par une précision sibylline à propos du roman de Le Carré : « L'intrigue est soutenue, les caractères bien dessinés, mais la charge manque de nuances : c'est le moment de se rappeler que John Le Carré est un romancier. »

On aurait envie d'ajouter : et quel romancier !

À soixante-dix ans, pour son dix-huitième livre, l'auteur de *L'espion qui venait du froid*, lui-même ancien agent des services de renseignements de Sa Gracieuse Majesté, livre avec *La Constance du jardinier* un thriller tragique d'une grande noirceur et un réquisitoire féroce contre « Big Pharma », terme générique qu'il utilise pour désigner les multinationales du médicament, dans une allusion à peine voilée au « Big Brother » d'Orwell. L'intrigue suit le parcours de Justin Quayle,

1. Fin 2002, le SNIP fut rebaptisé LEEM, pour « Les Entreprises du Médicament ». Cette « offensive de charme de l'industrie pharmaceutique » comme le nota le *Quotidien du médecin*, avait pour but de restaurer une image ternie, en gommant les mots qui fâchent (syndicat, industrie) pour valoriser les « entreprises » et le « médicament », avec un slogan simple : « La recherche avance, la vie progresse » et une forte présence médiatique. « Pour bien montrer son rôle de partenaire de la santé publique », écrit le *Quotidien du médecin*, « l'industrie pharmaceutique ou plutôt les entreprises du médicament vont lancer une vaste campagne de communication auprès du grand public… »

fonctionnaire sans grande consistance du corps diploma-tique anglais, basé au Kenya, que les questions d'écolo-gie politique ne passionnent guère. Justin est marié à une femme plus jeune, Tessa, brillante avocate, qui, trans-plantée en Afrique, suit son penchant naturel pour les pauvres et les déshérités de la Terre et découvre « un grand crime ». Lorsqu'elle est assassinée sauvagement, Justin Quayle se lance à la recherche des indices que sa femme a laissés, espérant ainsi reprendre son combat. Malgré la réticence gênée de ses collègues et le caractère de plus en plus périlleux de ses investigations, il décou-vrira la vérité. Tessa et son ami le Dr Arnold Bluhm ont été supprimés parce qu'ils avaient accumulé des docu-ments et des interviews prouvant que le Dypraxa, un nouveau médicament en cours d'expérimentation, pré-senté comme « un substitut économique très efficace et sans danger des traitements jusque-là reconnus de la tuberculose », entraîne en fait des effets indésirables gra-ves. Le laboratoire pharmaceutique fabricant, lui-même en passe d'être absorbé par un conglomérat à la suite d'une manœuvre financière, doit dissimuler ces infor-mations à tout prix. Si la charge est violente, si l'univers pharmaceutique décrit est sombre, régi par la loi du pro-fit, les nuances ne manquent pas, comme toujours chez Le Carré, où la palette de l'âme humaine s'étire dans les gris plutôt que dans un noir et blanc commode : le Dypraxa n'est pas un poison, c'est probablement un bon médicament, mais la rentabilité, dans cette atmosphère d'OPA, nécessite de le commercialiser au plus vite et d'éviter toute influence négative sur le cours en bourse de la maison mère. Et ceux qui l'ont mis au point ne sont pas pour la plupart des individus cupides, mais des êtres humains faillibles, rongés de remords mais incapables d'échapper durablement à la machine qu'ils ont lancée, et dont la logique financière les dépasse.

Le Carré lui-même, dans un article publié dans *The Nation*, explique son choix de l'industrie pharmaceutique pour personnifier le Mal capitaliste mondialisé : « De tous les crimes du capitalisme débridé, il m'a semblé, alors que je cherchais une intrigue susceptible d'illustrer ma vision, que l'industrie pharmaceutique m'offrait l'exemple le plus éloquent... Big Pharma... m'offrait tout : les espoirs et les rêves qu'elle fait naître en chacun de nous ; son immense potentiel en partie réalisé pour le Bien ; et son envers d'une épaisse noirceur, où se mêlaient richesse colossale, culture pathologique du secret, corruption et cupidité. »

Notons ici que c'est bien « son immense potentiel en partie réalisé pour le Bien » qui a motivé le choix de l'industrie pharmaceutique, plutôt que l'industrie du tabac, du pétrole ou de l'armement...

Et que le choix de l'Afrique comme terrain de jeux de Big Pharma n'est pas tout à fait dû au hasard...

La Bourse ou la vie...

Big Pharma s'est en effet illustré assez peu glorieusement en Afrique ces dernières années par ses efforts déployés pour protéger ses brevets aux dépens des vies de centaines de milliers de personnes touchées par le VIH, allant jusqu'à intenter des procès pour empêcher certains pays africains de fabriquer eux-mêmes, à bas prix, des antirétroviraux génériques. L'argument avancé était toujours le même : il fallait avant toute chose protéger le droit à la propriété industrielle, seul garant de la capacité des multinationales de la pharmacie à poursuivre leur travail de recherche et de développement afin de préserver une recherche innovante. À quoi John Le Carré, interrogé sur le sujet, répond que Big Pharma se moque éperdument du monde : en effet, les antirétroviraux dont on tente à tout prix de protéger les brevets ont pour nombre d'entre eux été développés par la recherche publique (et donc payés par le contribuable) avant d'être « confiés » par les pouvoirs publics à Big Pharma afin qu'il utilise ses capacités de fabrication, de distribution, de marketing à l'échelon mondial, pour le plus grand bénéfice de l'Amérique, et de ses actionnaires… Dans son livre *Morts sans ordonnance*[1], Paul Benkimoun, docteur en médecine et journaliste au *Monde*, retrace l'historique de cette manœuvre judiciaire avortée qui finira par se retourner contre ses promoteurs, l'opinion internationale, alertée par MSF et d'autres ONG, ayant été révoltée par le procédé.

Obligé de céder sur les prix pratiqués envers les pays pauvres, le lobby pharmaceutique le fit de mauvaise grâce, arguant que la mesure serait vaine : le problème majeur des pays en voie de développement, avançait-on, était bien plus lié au délabrement de leurs systèmes de santé qu'aux difficultés d'accès à des moyens thérapeutiques sophistiqués. Et il est vrai que, dans de nombreux pays pauvres, les infrastructures médicales font défaut, les médicaments n'arrivent pas, et les personnels médicaux sont insuffisamment formés. Mais l'argument rappelle étrangement le dicton selon lequel il serait incongru de donner des perles aux pourceaux… Et la réalité le contredit. Ainsi, sans négliger pour autant la prévention, le Brésil a bravé Big Pharma pour se lancer dès 1997 dans un vaste programme de fabrication et de distribution d'antiviraux génériques, effort couronné de succès en dépit de la fragilité des structures de santé publique, grâce notamment à l'implication des associations.

1. Hachette Littératures, 2002.

Ici et maintenant

Si le procès de Pretoria, au cours duquel Big Pharma a dû faire volte-face et retirer sa plainte, a ému l'opinion occidentale, il reste que, pour beaucoup de nos concitoyens, l'accès ou non des « misérables » de la planète à des médicaments assurant leur survie n'est guère un sujet de préoccupation quotidienne. Que l'industrie pharmaceutique, obéissant à la logique de mondialisation économique jusqu'ici acceptée comme une norme incontournable, rechigne à diminuer ses marges afin de protéger ses actionnaires aux dépens de quelques milliers de vies africaines ne provoque pas d'émeutes dans nos capitales occidentales. Car la primauté du profit sur la vie humaine ne semble pour l'instant s'appliquer qu'aux Africains : ainsi, au lendemain du 11 septembre, le gouvernement américain, qui avait apporté un soutien sans faille à Big Pharma dans sa procédure judiciaire..., passa outre les brevets du groupe Bayer en menaçant de fabriquer en grande quantité un générique de l'antibiotique dont il désirait constituer d'énormes stocks en prévision d'une attaque bactériologique à l'anthrax... Et Bayer plia... Notre statut occidental privilégié nous protège-t-il pour autant de la logique financière ? C'est à élucider cette question, à travers quelques exemples concrets, que je vous convie maintenant.

Où il est question des os blanchis de nos aînés...

Tous les médecins le savent, et le redoutent : hormis les tassements vertébraux survenant parfois spontanément, la survenue d'une chute chez une personne âgée, aux os fragilisés par le temps, s'accompagne fréquemment d'une fracture du col du fémur, laquelle peut entraîner des complications mortelles. Prévenir la fragilisation de l'os, la lente raréfaction de la trame osseuse, est donc un objectif parfaitement louable. À cet effet sont donc mis sur le marché dès 1984 plusieurs produits comportant des sels de fluor, des études ayant mis en avant l'augmentation de la trame osseuse chez des femmes supplémentées en fluor[1]. Largement prescrits, ces produits répondent à une demande sociétale : personne ne désire vieillir vite et mal, et beaucoup de femmes, à l'approche de la ménopause, vivent dans la crainte de ressembler un jour à leur grand-mère adorée, tassée sur elle-même par le poids des ans. Pourtant, dès 1987, il sera fait état, à l'étranger dans l'*American Journal of Medicine*, mais aussi en France dans les revues *Prescrire*[2] et *Presse médicale*, de la survenue de fractures spontanées chez les femmes atteintes d'ostéoporose traitées par le fluor. Une fragilisation de l'os par le fluor est évoquée, et rapprochée du fait que 10 à 40 % des malades traités par fluorure de sodium se plaindraient de douleurs au niveau des articulations. L'hypothèse de zones de fragilisation des

---

1. Mis sur le maché pour prévenir les rechutes de tassements vertébraux dus à l'ostéoporose chez la femme ménopausée, ces produits vont rapidement subir un élargissement d'indication, et être utilisés même chez des femmes n'ayant pas d'antécédent de tassement vertébral, conformément à l'adage selon lequel « qui peut le plus peut le moins… ».

2. Dès août 1985, le directeur de recherche clinique des laboratoires Amour-Montagu attirera dans un courrier accompagné d'une abondante documentation l'attention des lecteurs de la revue *Prescrire* sur des données préoccupantes concernant les fractures du col sous traitement par fluor. La revue *Prescrire* notera : « Nous voulons témoigner ici que sur certains sujets, certains médecins de l'industrie pharmaceutique sont particulièrement compétents, voire les rares à l'être. Qu'ils sachent que la revue *Prescrire* apprécie leur collaboration et que ses colonnes leur sont ouvertes. »

os liées au fluor est envisagée, et la revue *Prescrire* rappelle sans conclure que « la fréquence des ces effets indésirables doit nous inciter à garder en mémoire que le rapport bénéfice/risques du fluor en rhumatologie est encore imparfaitement évalué. »

Oui, je sais. Oui, vous avez bien lu. Poursuivons.

En 1988, la revue *Prescrire* sera le théâtre d'une empoignade à ce propos, qu'il est intéressant de relater : en janvier de cette année-là se tient à Paris une journée baptisée « Conférence de consensus sur les ostéoporoses » organisée par le Groupe de recherche et d'information sur les ostéoporoses, alias GRIO, association fondée à l'initiative des laboratoires Merck-Clévenot. Rassemblant un groupe de spécialistes essentiellement hospitaliers, la conférence semble, selon la revue *Prescrire*, avoir peu à voir avec une vraie « conférence de consensus », concept bien précis réservé à une réunion scientifique très particulière [1]. Elle consiste en une suite d'interventions courtes, n'excédant pas un quart d'heure, sur un grand nombre de sujets. « Par ailleurs », note la revue *Prescrire*, « lorsque dans la salle un intervenant a soulevé la question du rapport bénéfice/risques du fluor, la discussion a été interrompue par le président de séance. On ne s'étonnera donc pas que les résultats soient à la hauteur de la méthode adoptée. Ainsi, dans les 24 lignes

1. Les conférences de consensus, dont le but est de modifier des pratiques inappropriées par la diffusion de recommandations scientifiquement pertinentes utilisables sur le terrain, obéissent à des règles précises garantissant la qualité des recommandations finales : indépendance du choix du thème et des experts, travail préparatoire avec synthèse méthodique de la littérature, présence d'un jury indépendant distinct du groupe d'experts, dont le but est d'auditionner et de questionner ceux-ci avant d'élaborer à huis clos les recommandations, enfin ouverture du débat au public, aux écoles de pensée ou aux courants de pratique « minoritaires ».

du document de synthèse consacrées au traitement curatif de l'ostéoporose, il n'est même pas fait allusion aux effets indésirables du fluor ! »

La charge est rude car, si la revue dit vrai, une aimable causerie entre spécialistes, sponsorisée par l'industrie pharmaceutique, et maquillée en « conférence de consensus », risque d'amener les médecins qui auront uniquement connaissance du document de synthèse final à estimer que le débat sur le fluor est tranché une fois pour toutes en faveur de celui-ci.

La réponse du GRIO dans le numéro suivant de la revue *Prescrire* ne s'embarrasse donc pas des précautions d'usage, dérapant même dans une arrogance qui témoigne de l'énervement, ou de l'affolement, de ses signataires. Au sujet de la brièveté du document de synthèse, le GRIO affirme qu'il s'agit là du principe même de ce type de document : « Synthétique, volontairement concis, et ne retenant que les points d'accord indiscutables. D'ailleurs, s'il avait été plus long, l'auriez-vous lu jusqu'au bout ? S'il avait été plus complexe, l'auriez-vous compris ? » Une telle manifestation de mépris, de la part d'experts autodésignés, envers un contradicteur isolé dont le seul tort est de ne pas appartenir au sérail est symptomatique. Réponse de la revue : « Nous aurons la charité de ne pas relever toutes les approximations et insuffisances du rapport de synthèse diffusé à l'issue de la journée du GRIO pour insister sur deux failles de raisonnement qui sont telles qu'elles enlèvent toute pertinence au message consacré au traitement curatif de l'ostéoporose.

« 1. Il est bien évident que le but des traitements curatifs n'est pas d'augmenter la masse osseuse ; il est de prévenir l'apparition ou la récidive des fractures vertébrales ou des os longs.

« 2. Quand bien même l'efficacité thérapeutique du fluor pourrait être affirmée à partir des seuls critères non cliniques cités dans le compte rendu de la séance, la justification de l'indication du fluor sur sa seule efficacité ainsi définie sans mention de ses effets indésirables laisse rêveur. Nous n'allons quand même pas faire aux membres du bureau du GRIO l'injure de supposer qu'ils ignorent que l'indication éventuelle de toute thérapeutique se fonde sur l'évaluation du rapport bénéfice/risques (et non du seul bénéfice). »

La polémique va enfler dans les années qui suivront, entre partisans et détracteurs du fluor dans le traitement de l'ostéoporose, mais déjà, dans cet échange entre des experts soutenus par l'industrie, et des médecins se permettant de douter de la pertinence des informations qui leur sont communiquées, des points essentiels sont à noter, que nous retrouverons souvent dans ce type d'affaire : l'utilisation par l'industrie d'experts, de « leaders d'opinion », médecins hospitaliers reconnus, pour faire passer un message à diffusion large envers les confrères exerçant en ville, et la confusion savamment entretenue entre des objectifs intermédiaires non cliniques et des objectifs cliniques finaux, seuls déterminants réellement appréciables par médecin et malade. Dans le cas présent, les experts invoquent des études montrant que la trame osseuse augmente chez les sujets traités par le fluor, mais refusent de considérer des études apparemment contradictoires révélant une augmentation des fractures chez certains de ces mêmes sujets. Comment expliquer ce paradoxe ? Par le fait que l'on ne parle pas de la même chose : la patiente traitée par le fluor se contrefout de savoir que radiographie et ostéodensitométrie révèlent une densification de ses os longs et de ses vertèbres sous traitement, si au final le fluor entraîne chez elle une aggravation du risque de fracture. Pour parler crûment, une fois allongée sur un lit d'hôpital dans un corset plâtré ou après une intervention pour prothèse de hanche, il est peu probable qu'elle se consolera en affichant au mur ses radiographies et en s'émerveillant d'avoir obtenu grâce au fluor des os aussi denses... que friables ! Comme l'énoncera plus tard assez sèchement une étude américaine : « Des os plus denses ne signifient pas forcément des os de meilleure qualité architecturale. »

En 1990, un an plus tard, la Food and Drug Administration américaine, puissante agence de contrôle sanitaire, refuse la commercialisation du fluor. *Prescrire* revient sur ce dossier épineux, et tranche. « Gare au fluor dans l'ostéoporose » annonce la revue, qui note que la FDA s'est fondée sur de nouvelles études selon lesquelles on constaterait une augmentation des fractures vertébrales chez les femmes traitées par le fluor. Les auteurs américains de cette étude concluent en précisant que « dans les conditions de cette étude – fluor + calcium contre fluor + placebo –, le traitement fluor + calcium n'est pas un traitement efficace de l'ostéoporose postménopausique ». La revue *Prescrire* remarque alors que les autorités sanitaires américaines viennent de donner une leçon de rigueur à leurs homologues français, et insiste : face à un grand problème de santé publique, il est irresponsable de projeter à grand renfort de publicité dans le public des mesures préventives sans en avoir évalué rigoureusement les bénéfices et les risques. Ce faisant, la revue dédouane peut-être un peu vite les autorités américaines : comme nous le verrons, les USA pratiquent depuis les années 40 la fluorurisation systématique de l'eau de boisson sur la plus grande partie de leur territoire, c'est-à-dire l'addition de dérivés fluorés dans les circuits d'eau potable...

La revue *Prescrire* préconise de n'utiliser le fluor que dans le cadre d'études rigoureuses, « études que nous appelons de nos vœux ». Cette étude clinique, mise en place par le ministère de la Santé français en 1991 (mieux vaut tard que jamais), rendra ses conclusions en 1998 : « Le fluor n'a pas sa place actuellement dans le traitement de prévention secondaire des fractures ostéoporotiques. Il en est de même en prévention primaire… »

Dans le monde entier, au cours de ces années 90, des études de plus en plus nombreuses ont indiqué une probable augmentation des fractures des os longs chez les personnes traitées par le fluor… et révélé une nette augmentation des fractures du squelette périphérique (mains, doigts, pieds…). Tout se passe, en fait, comme si le fluor entraînait une densification des vertèbres et des os longs au détriment des os courts, qui plus est en détériorant la solidité architecturale des os longs !

La saga médicale du fluor dans l'ostéoporose s'achève en 2002 seulement. Il aura fallu plus d'une dizaine d'années à l'Agence française des produits de santé, alias Afssaps pour statuer sur le sujet, alors qu'au cours des années 1990 s'accumulaient les indices mettant fortement en question l'utilité du fluor, et que le ministère de la Santé avait statué depuis quatre ans déjà… Dans un communiqué sibyllin posté sur son site Web le 15 janvier 2002, l'Afssaps annonce :

« Suspension d'autorisation de mise sur le marché et retrait de tous les lots de spécialités contenant des Sels de Fluor.

Motif : suite à la réévaluation par l'Afssaps des traitements à base de fluor dans l'indication du traitement curatif de l'ostéoporose vertébrale avec tassement, le rapport efficacité / sécurité s'est révélé défavorable notamment par rapport aux traitements alternatifs existants (biphosphonates…) et compte tenu du risque de fluorose à long terme. L'Afssaps a donc suspendu les AMM… »

La revue *Prescrire*, comme tous les médecins qui avaient cessé dès 1990 d'utiliser ces produits dans cette indication, s'étonne de la procédure utilisée, procédure d'alerte, retrait immédiat des lots dans les officines et les hôpitaux… Pourquoi une telle précipitation après un si long sommeil ? D'autant que les études révélant les dangers du fluor ne datent pas d'hier… Depuis 1990, note la revue, les risques étaient connus. « Depuis, silence radio dans les milieux rhumatologiques et parmi les leaders d'opinion. Silence aussi du côté des autorités. Fallait-il donc laisser s'écouler les stocks pharmaceutiques ? Finalement, remercions le directeur de l'Agence des produits de santé d'avoir pris une décision en 2002. Elle est tardive, brutale, sans explication ou presque, mais elle a le mérite d'exister. La prise de responsabilité et de décision, planifiée, cohérente, n'est pas le fort du système sanitaire français. »

Comme on le voit, la revue *Prescrire*, avec laquelle nous ferons plus ample connaissance plus loin, n'a pas la langue dans sa poche. Et s'il a pu exister, depuis 1987, des rhumatologues conscients des risques éventuels liés à l'utilisation du fluor, force est de constater qu'ils n'ont pas pu, ou su, faire partager leurs doutes à leurs confrères. Le plus grave étant, à mon sens, que la décision de retrait des sels de fluor ne s'est, à ma connaissance, accompagnée d'aucune réflexion *a posteriori* des leaders d'opinion concernés. L'erreur est humaine, certes, mais l'humilité n'est pas réservée aux chimpanzés…

Mais, nous le verrons, le dogme de l'infaillibilité médicale est encore bien ancré dans les consciences (?) de ses zélateurs.

Pour finir, notons qu'en l'état actuel des connaissances médicales (on restera prudent !), le meilleur traitement non médicamenteux de l'ostéoporose semble être l'exercice physique et la prévention des chutes des personnes âgées (kinésithérapie, aménagement des lieux de vie avec suppression des tapis glissants, etc.). Sur le plan médicamenteux, la prévention des fractures semblerait reposer sur un apport suffisant de calcium et de vitamine D. Ce calcium pouvant être fourni par l'alimentation, le coût global de cette prévention est faible (4 euros par an) et les revenus pour l'industrie pharmaceutique bien maigres... Est-ce parce que les biphosphonates sont onéreux qu'ils ont droit de cité dans le communiqué de l'Afssaps ? On nous répondra qu'il est ici question de prévention secondaire, c'est-à-dire de mesures destinées à éviter une rechute chez des femmes ayant déjà été victimes d'un tassement vertébral... et que dans cette indication calcium et vitamine D sont peut-être insuffisants. Reste que, comme le fluor, les biphosphonates subissent aujourd'hui un glissement et un élargissement de leurs indications, de la prévention secondaire à la prévention primaire... Pourquoi l'Afssaps prend-elle soin, au moment de retirer le fluor du marché, de citer la disponibilité d'une « alternative » coûteuse ? Pour rassurer les patients et les médecins ? Ou pour consoler Big Pharma ? Dans le doute, on se situera bien évidemment dans la première hypothèse... en s'étonnant toutefois qu'il semble nécessaire d'attendre qu'un produit médicamenteux soit disponible dans la même indication... pour retirer du marché un produit dont le rapport bénéfice/risques était signalé comme inacceptable depuis plusieurs années... Mystères de la santé publique, abîmes de la logique économique...

Où il est question de fluor, toujours,
et des quenottes de nos têtes blondes, ou brunes...

Il serait dommage, vous en conviendrez, de quitter notre ami le fluor après cette rapide introduction à ses bienfaits. Par chance (?), ce ne sera pas immédiatement nécessaire, le fluor ayant été utilisé en France, dès les années 1980, pour prévenir la carie dentaire chez le nourrisson.

Le fluor est présent dans la nature, dans l'eau potable entre autres. Sa présence dans l'émail des dents est connue depuis le XIXe siècle. Et de nombreuses études américaines, dans les années 1940, avaient mis en évidence une relation inverse entre la fréquence des caries dentaires et l'ingestion de fluor. Au point que les USA, et de nombreux pays subissant leur influence culturelle et scientifique, décidèrent dans les années 40 de fluoriser l'eau de boisson, c'est-à-dire d'ajouter du fluor dans l'eau potable pour améliorer l'état dentaire des populations. La cause était entendue, généralement acceptée, au point que les rares scientifiques qui s'interrogeaient sur l'intérêt de cette mesure préventive et ses risques éventuels étaient classés parmi les lunatiques réfractaires au progrès. Ainsi, dans *Docteur Folamour* de Stanley Kubrick, sous-titré « Comment j'ai appris à ne plus m'en faire et à aimer la Bombe », l'apocalypse nucléaire est déclenchée par un opposant à la fluorisation. Le général Jack D. Ripper (phonétiquement : Jack l'Éventreur), prototype même du haut gradé néo-fasciste auquel je faisais allusion plus haut, décide de frapper préventivement (lui aussi !) l'Union soviétique afin de déclencher une guerre nucléaire entre les deux pays, car il est convaincu que la fluorisation de l'eau est une conspiration communiste internationale destinée à ravir les forces vives de l'Amérique. Mâchouillant obsessionnellement son cigare, il confie qu'il en a eu la certitude après avoir ressenti une fatigue subite après son dernier coït. Preuve irréfutable, à l'en croire, que la fluorisation sape « nos précieux fluides corporels »…
Nous sommes en 1964, et, on le mesure rétrospectivement, l'opposant à la fluorisation de l'eau, dans

l'imaginaire collectif, est un passéiste allumé, éventuellement dangereux.

Dans les nombreux pays n'ayant pas opté pour la fluorisation de l'eau, l'industrie pharmaceutique propose dans les années 80 des supplémentations à titre systématique afin d'améliorer l'état dentaire des populations. L'idée est simple : en donnant quotidiennement à la femme enceinte, puis au nourrisson et enfin au jeune enfant une dose croissante de fluor, il sera possible de prévenir les caries dentaires, et de terrasser un fléau social. Fléau social, car les études effectuées dans divers comtés irlandais, entre autres, montrent une plus forte proportion de caries dans les communautés déshéritées, mais surtout, parmi elles, chez ceux qui vivent dans des zones où la teneur naturelle de l'eau en fluor est faible.

Le programme de supplémentation se met en place au cours des années 80, les médecins sont tous incités à répandre la bonne parole, les mamans sont trop heureuses de pouvoir protéger, avant même la naissance, leur bébé. Tout baigne. Quelques détracteurs isolés font remarquer qu'habituer dès la petite enfance toute une génération à recourir quotidiennement à une petite pilule, serait-ce dans le noble but de protéger sa santé, n'est peut-être pas absolument anodin. Que certaines études ont pointé une plus grande propension à la dépendance aux drogues chez des enfants ayant été familiarisés très tôt avec les prises médicamenteuses quotidiennes. Ils ne sont pas écoutés.

En 1996, c'est la douche froide : deux conférences de consensus, l'une américaine, l'autre canadienne, viennent ternir les espoirs nés de cette supplémentation en fluor. Une fois encore, en France, c'est *Prescrire* qui en rend compte dans un long article. Il ressort de cette conférence de consensus et d'une synthèse méthodique [1] que « la supplémentation systématique en fluor chez l'enfant doit être remise en question ». Les conclusions de la revue *Prescrire* ne remettent pas totalement en cause l'utilité du fluor dans la prévention des caries dentaires : elles tentent seulement, au vu des connaissances scientifiques du moment, d'en préciser les modalités d'utilisation, qui battent en brèche les habitudes établies. Ainsi il apparaît qu'avant l'âge de trois ans, il n'est pas recommandé de donner du fluor aux enfants (ni *a fortiori* aux femmes enceintes). Que l'essentiel de l'action du fluor semble s'exercer par contact avec les dents déjà en place, plutôt que par absorption dans l'organisme. Qu'il est nécessaire avant toute supplémentation de faire un bilan des différents apports en fluor (teneur de l'eau de boisson selon les régions, utilisation de dentifrices ou de bains de bouche fluorés, sel fluoré, etc.), afin d'éviter tout risque de surdosage (lequel entraîne des décolorations dentaires irréversibles). Et qu'enfin, au-dessus de l'âge de trois ans, lorsqu'une supplémentation semble nécessaire, l'utilisation par l'ensemble de la famille d'un sel de table fluoré, ou d'un dentifrice fluoré, paraît être la mesure la plus efficace.

On le voit : dès 1996, la place réservée à la supplémentation pharmaceutique en fluor semble très modeste,

1. Parfois appelée « revue de la littérature » dans une traduction approximative de l'anglais, la synthèse méthodique est une pratique scientifique de longue haleine qui consiste à pratiquer une recherche systématique de tous les articles médicaux parus sur un sujet, à vérifier la méthodologie de chaque étude, la validité des calculs statistiques, à analyser les niveaux de preuve de chaque communication. Ainsi les opinions émises par des sommités dans de domaine, ou les rapports d'experts…, ne sont pas mis sur le même plan que des données obtenues lors d'essais comparatifs correctement randomisés.

voire nulle. Pour les médecins, pédiatres, généralistes, dentistes, obstétriciens, qui les découvrent, la lecture de ces sept pages très denses représente un choc, et une profonde remise en question : un dogme médical vacille, s'effondre du jour au lendemain. Il s'agit rien de moins que la remise en cause d'une mesure préventive largement appliquée sur l'ensemble du territoire, à tous les enfants de l'Hexagone ou presque. Une révolution. Le laboratoire Zyma, qui commercialise un sel fluoré sous le nom de Zymafluor, ne s'y trompe pas, et échange des courriers avec la revue, qui reçoit d'ailleurs à cette époque beaucoup de demandes d'éclaircissements de ses lecteurs, tant l'information est dérangeante, et lourde de conséquences. Mais, fait surprenant, le directeur médical du laboratoire pharmaceutique ne souhaitera pas que l'échange épistolaire soit publié… ce qui n'empêchera pas les représentants du laboratoire de diffuser lors de la visite médicale le courrier de leur directeur… sans y joindre la réponse argumentée de *Prescrire*.

S'ensuivent pour les médecins français qui ont eu vent de ces données américaines et canadiennes cinq à six ans de schizophrénie. Pareils à David Vincent, le héros des *Envahisseurs*, ils se retrouvent seuls « à tenter de convaincre un monde incrédule que le cauchemar a déjà commencé ». Car l'information certes complexe, mais clairement argumentée, qu'a fournie la revue devrait logiquement attirer l'attention des médias, quitte à faire naître un débat contradictoire. Il n'en sera rien. Quelques lignes paraîtront ici ou là, dans des magazines féminins, sans engendrer aucune prise de conscience qu'un sérieux problème de santé publique, à tout le moins, mérite ici discussion. Le laboratoire ne distribuera bien entendu le courrier de son directeur qu'aux médecins mentionnant avoir eu connaissance de l'article paru dans *Prescrire*, les autres en seront pour leurs frais. La visite médicale intensifiera son quadrillage de l'Hexagone, bientôt les carnets de santé des nouveau-nés, au sortir de nombreux établissements hospitaliers, porteront sur leurs premières pages un fier tampon ordonnant de donner chaque jour à l'enfant quatre gouttes de vitamine D et quatre gouttes de fluor. D'ailleurs, après une période de rupture de stock fort opportune de sa spécialité de vitamine D, qui un instant inquiéta les mamans, le laboratoire annonça la bonne nouvelle : dans le but de simplifier leur vie, un nouveau-né venait d'être porté sur les fonts baptismaux : Zymaduo, car c'était son nom (ça l'est toujours, d'ailleurs), contenait dans le même flacon ET la vitamine D, à l'utilité démontrée depuis des décennies contre le rachitisme, ET le fluor.

Devant ce raz de marée que pouvaient faire les résistants ? Que pouvaient faire les médecins généralistes qui, cherchant à informer une nouvelle patiente présentant fièrement son nouveau-né, voyaient soudain se fermer son visage jusqu'alors confiant ? Comment, du fond de son cabinet miteux, un généraliste pouvait-il se permettre de remettre en cause les conseils des spécialistes hospitaliers, du dentiste, de l'obstétricien, du pharmacien, des copines, bref, du monde entier ?

À quelles mesures de rétorsion s'exposaient les confrères informés qui, vacataires dans des centres de la Protection maternelle et infantile (PMI), déchiraient les tracts et brochures de l'industrie pharmaceutique devant leurs supérieurs hiérarchiques scandalisés ?

D'autant qu'en mélangeant vitamine D et fluor dans le même flacon, le laboratoire noyait le poisson, et faisait obstacle au message. Certains membres du corps médical croyaient ainsi dur comme fer que la vitamine D n'était plus commercialisée séparément... Des mamans à demi convaincues revenaient en larmes au cabinet, ne sachant plus à qui se fier, voulant en avoir

le cœur net : dentiste, pédiatre, parents, leur avaient
seriné que c'était une folie, qu'elles avaient tort de
confier la santé de leur enfant à un illuminé, probablement adepte de médecines parallèles…

En août 2000, pour la première fois, la CNAM prend
position. Des caisses primaires locales, en association
avec l'Union française des soins bucco-dentaires, alias
UFSBD, vont éditer une brochure *Prévention de la
carie dentaire par le sel fluoré*, indiquant clairement
que « la prescription systématique de gouttes ou de
comprimés de fluor n'est pas justifiée ».

En dehors des médecins abonnés à *Prescrire* (25 000
abonnés dont 10 000 généralistes), l'ensemble de la
profession médicale n'a, quatre ans après la première
publication en langue française des consensus canadien
et américain, reçu aucune information de nature à
remettre en cause le discours des laboratoires pharmaceutiques, qui continuent à les inciter à prescrire systématiquement du fluor.

Les brochures délivrées par les caisses primaires
auront donc probablement un double effet : conforter la
crédibilité des médecins qui depuis quatre ans tentent de
s'opposer à la supplémentation systématique, et diffuser
l'information scientifique à un grand nombre de médecins qui jusque-là n'avaient aucune raison de remettre en
cause un dogme. Impossible cependant de mesurer précisément l'impact de ces brochures, mais on peut penser
qu'il resta assez faible, car aucune campagne d'enver-
gure ne les accompagna, aucun responsable de santé ne
prit publiquement position sur le sujet. Cela peut paraître
surprenant lorsqu'on songe aux sommes considérables
que peut représenter une prescription aussi largement
appliquée dans le pays sur plusieurs années, alors même
que son utilité est battue en brèche…

L'UFSBD, centre collaborateur de l'OMS pour le
développement de nouveaux concepts d'éducation et

de pratiques bucco-dentaires, publie séparément un document de soixante pages intitulé : *Le Point sur le fluor*, dans lequel on lit clairement, sous la plume d'un chef de service de pathologie et thérapeutiques dentaires, que les suppléments fluorés sont indiqués chez les seuls enfants présentant un risque carieux élevé (forte consommation de bonbons, faible niveau socio-économique familial, très faible niveau d'hygiène bucco-dentaire...), et « ne doivent plus être prescrits dès la naissance et *a fortiori* pendant la période prénatale ». Tout serait clair... si douze pages plus loin un professeur de pédiatrie n'écrivait : « Nous n'insisterons pas sur les discussions à propos du mode d'action du fluor par voie générale ou par voie locale, le début de son action avant l'éruption ou après l'éruption ; ces notions viennent d'être traitées par nos confrères chirurgiens-dentistes. Par contre, personne ne conteste qu'il est nécessaire de supplémenter en fluor les enfants français... » Et plus loin : « ...les pédiatres continuent d'administrer très précocement du fluor non pas forcément dès la naissance, mais dès les tout premiers mois, en le faisant passer dans le pack des actions de prévention : vitamine D-fer-vaccins, car c'est la période où la famille est réceptive et compliante ; on ne trouvera plus jamais, au cours de la vie, au-delà de trois ans, une situation aussi favorable. » La brochure a beau contenir en deuxième page de couverture une mention stipulant que « les articles signés n'engagent que leurs auteurs », on peut légitimement se poser la question de savoir comment un texte en flagrant contradiction avec les recommandations explicitées tout au long de ce document peut ainsi jeter le doute dans l'esprit des lecteurs. Et s'étonner de sa logique très particulière, qui recommande de profiter de la confiance et de la compliance des parents d'un tout petit enfant pour lui administrer avant trois ans un supplément inutile à cet âge. La raison avancée ? « Après l'âge de trois ans, le pédiatre n'a presque plus part à la protection de la santé des enfants en France, le relais est assuré par le généraliste… ou par personne. »

Pendant ces années, aux États-Unis et dans les pays qui ont mis en place la fluorisation de l'eau de boisson, un autre débat fait rage. Des études cliniques, des observations médicales spontanées font état d'une nette augmentation des cas de fluorose dentaire, coloration grisâtre irréversible des dents directement liée à une surcharge en fluor. Des dentistes s'insurgent contre le préjudice moral et psychologique subi par leurs patients. Et les études paraissent, accablantes : si la fluorisation de l'eau semble avoir, en moyenne, diminué de 15 % l'incidence des caries dans la population… elle s'accompagne aussi d'une augmentation de près de 40 % de l'incidence de la fluorose dentaire.

Petit à petit, une dérangeante vérité se fait jour aux USA et dans les pays pratiquant la fluorisation : le fluor déversé dans l'eau n'est pas fabriqué spécifiquement, dans des conditions standardisées, pour être incorporé à l'eau potable dans les circuits d'adduction. Si incroyable que cela paraisse, le fluor utilisé aux USA est extrait des produits de dégradation de l'industrie des fertilisants aux phosphates… Autrement dit, un déchet industriel considéré comme toxique est acheté à un bon prix à l'industrie américaine pour être tranquillement écoulé dans l'eau potable, sans étude spécifique sur sa composition ou sa sécurité d'utilisation. On peut espérer qu'il n'ait pas d'effet toxique à long terme, mais on peut aussi se poser la question lorsqu'on voit les Américains élire Bush le Jeune à la présidence…

Dernier coup de tonnerre en date : la décision du ministère de la Santé belge, en juillet 2002, de proscrire toute utilisation de suppléments fluorés, médicamenteux ou cosmétiques, à la suite d'un avis négatif du

Comité de Santé belge, en raison d'un doute exprimé sur l'innocuité du fluor.

Notons cependant que le Groupe de travail en pédiatrie, créé par le laboratoire Novartis, s'est fixé, début 2002, comme objectif « de faire le point sur la prescription de la vitamine D et de clarifier l'information sur la prescription du fluor, un des moyens les plus sûrs de prévenir la carie dentaire », selon l'information délivrée à la suite d'une conférence de presse par la *Revue du praticien* dans ses pages « Actualités pharmaceutiques », avec rencontres régionales, sessions de formation et remise de prix. L'amalgame toujours savamment entretenu entre la prescription de vitamine D, qui ne prête pas à controverse, et l'utilisation de fluor ne manque pas de surprendre.

À ce jour, en France, malgré la publication des conférences de consensus étrangères depuis six ans déjà, la prescription de fluor reste quasi systématique au sortir de nombreuses maternités hospitalières, première cible de la visite médicale.

Avec le recul, on peut quand même s'étonner de l'acrobatie intellectuelle qui a amené à prescrire du fluor en prévention de la carie dentaire. Les premières études sur le sujet notaient une forte prévalence des caries dans les populations défavorisées et, parmi elles, une diminution relative de l'incidence des caries dans les zones où l'eau de boisson était riche en fluor. Au lieu de mettre en place sans justification précise une supplémentation systématique en fluor pour l'ensemble des nouveau-nés des pays occidentaux, n'aurait-il pas été plus judicieux de consacrer les sommes nécessaires à sortir ces populations de leur pauvreté, à leur permettre d'accéder aux soins dentaires, à une éducation à la santé, à une nutrition équilibrée, tous facteurs qui influent sur l'état dentaire d'une population ? En un mot, pourquoi avoir privilégié une logique médicamenteuse, si ce n'était pour éviter de traiter une question sociale dérangeante ?

Ces deux exemples de dérives de la médecine préventive posent autant de questions au profane qu'au professionnel de santé. Comment décide-t-on, et avec quel niveau de preuve, de mettre en œuvre tel ou tel programme de santé publique, d'autoriser la mise sur le marché de telle ou telle spécialité pharmaceutique ?
Par quels moyens l'information scientifique est-elle diffusée au corps médical ?
D'où vient que les médecins sont prompts à mettre en œuvre des traitements innovants, mais plus réticents à cesser de les prescrire quand le rapport bénéfice/risques de ces mêmes produits apparaît défavorable ?
En un mot, qui écrit les tables de la loi thérapeutique ?

Médecins sous influence

Dans leur grande majorité, les médecins savent que les révolutions thérapeutiques du XXe siècle ont profondément modifié leur fonction et leur capacité d'agir. On estime que jusque dans les années 30 l'impact thérapeutique du corps médical était quasiment nul. Les progrès de l'hygiène ne s'étaient guère accompagnés de progrès tangibles en médecine curative. La fonction du médecin, son pouvoir de guérison ont été décuplés par la découverte et la diffusion de dizaines de médicaments efficaces mis au point par l'industrie pharmaceutique, de médicaments que l'on dit « essentiels ».
D'où une certaine forme de gratitude du médecin envers l'industrie, et une attitude *a priori* bienveillante envers ses représentants et les messages qu'ils véhiculent.

D'où le succès des « visiteurs médicaux », les VRP des fabricants de médicaments, et les sommes consacrées par les laboratoires au marketing de leurs produits. Une analyse socio-économique de l'université de Montréal portant sur les années 1991-2000 révèle que, lors de cette décennie, les neuf multinationales du médicament étudiées ont dépensé 316 milliards de dollars en frais de marketing contre 113 milliards de dollars en frais de recherche et développement, soit 2,8 fois plus… En France, le ratio serait moindre. Selon les chiffres du SNIP, les laboratoires français consacreraient seulement 12,2 % de leurs budgets à la promotion (dont 8,6 % pour la visite médicale, 0,8 % pour les échantillons, 0,4 % pour les congrès et 2,4 % à la publicité), contre 11,2 % à la recherche et au développement. Chaque année, les laboratoires consacrent donc entre 15 000 et 30 000 euros par an et par médecin à la visite médicale. Qui peut être assez naïf pour s'imaginer que cet argent est dépensé sans avoir l'assurance de bénéficier d'un confortable retour sur investissement ?

Les représentants de l'industrie pharmaceutique, formés à la communication, aux techniques du marketing, servent bien évidemment avant tout les intérêts de leur employeur, le laboratoire qui leur délivre une formation spécifique sur les médicaments qu'ils seront amenés à présenter, et qui paie leur salaire, ainsi que leur prime d'intéressement aux résultats… Le choix des médicaments promus par les réseaux de visite médicale, les arguments mis en avant, la qualité de l'information scientifique délivrée lors de ces visites ou des soirées de formation médicale continue sponsorisée, dépendent uniquement des objectifs de vente définis par le laboratoire. Pourtant, de nombreux médecins persistent à croire que la visite médicale leur apporte des informations générales nécessaires au maintien à niveau de leurs connaissances. Et même lorsqu'ils sont conscients des objectifs poursuivis par les visiteurs médicaux, ils feignent d'être imperméables à leurs arguments commerciaux, de ne retirer de la visite médicale que des informations scientifiques objectives.

Combien de temps, quels arguments leur faudra-t-il pour se rendre à l'évidence ? Imaginent-ils réellement que l'objectif poursuivi par les laboratoires pharmaceutiques est de prendre en charge leur formation ? Si c'est le cas, on serait curieux d'entendre, dans un environnement financier libéral où les firmes sont condamnées à afficher un taux de croissance à deux chiffres, les arguments utilisés par ces compagnies pour faire accepter un tel altruisme philanthropique à leurs actionnaires… À moins de postuler que l'intérêt bien compris de Big Pharma recouperait exactement celui des médecins en matière de formation continue, c'est-à-dire que l'ensemble de la communication pharmaceutique, publicité incluse, reposerait sur une absolue transparence et une parfaite intégrité scientifique. Ce dont les exemples précédents, et ceux qui vont suivre, peuvent légitimement nous faire douter…

L'anecdote narrée par le Dr Philippe Foucras, généraliste, est à cet égard éclairante. Récemment installé dans le nord de la France, le Dr Foucras décide de s'impliquer plus activement dans le club local de formation médicale continue, qui se réunit deux fois par mois pour entendre la communication d'un spécialiste sur tel ou tel sujet, avant de partager un buffet payé par le laboratoire invitant. Élu au conseil d'administration de l'association, il a la surprise, lors de la première réunion annuelle au cours de laquelle l'on doit choisir les sujets qui seront traités, d'entendre le président de l'association demander au représentant de la firme invitante « quel sujet elle souhaitait que l'on traite cette année en fonction de ses sorties de médicaments ».

Patient, il réussit à imposer, une fois par an, deux années consécutives, un sujet de lecture critique présenté par un généraliste. Pas question ici de dresser l'éloge de telle ou telle innovation pharmaceutique, mais de questionner l'utilité ou la pertinence d'une stratégie thérapeutique. L'année suivante, il se rend compte avec surprise qu'il n'est plus convié aux réunions du CA et s'en étonne auprès du président, lequel lâche le morceau : le jeune généraliste ne « joue pas le jeu », ne reçoit pas les laboratoires… Lors de l'explication houleuse qui s'ensuit, le président met en avant les arguments cent fois entendus par les réfractaires à la visite médicale : « c'est comme ça depuis des années… et puis la participation des labos dans la formation médicale continue est prévue dans les textes… ». Philippe Foucras conclut, dans une lettre adressée à la revue *Prescrire* : « Au-delà de l'intérêt des malades, évidemment ignoré, au-delà de l'honneur des médecins, bafoués, manipulés avec leur accord comme des pantins pour un peu de bouffe le soir dans les restaurants chic de la région, ce qui me choque le plus est, comme l'écrivait la philosophe Hannah Arendt, l'extraordinaire inaptitude à penser, la formidable superficialité de certains d'entre nous, humains, laissant, par absence de réflexion éthique, la porte ouverte aux comportements potentiellement les plus bas. Elle disait que le mal vient rarement d'un choix délibéré, mais la plupart du temps de l'absence de réflexion. En ce sens, il y a une banalité du mal. »

Lisant cela, de nombreux médecins habitués à composer avec l'industrie pharmaceutique et ses représentants hausseront les épaules. Les « petits » cadeaux qui furent longtemps monnaie courante avant d'être interdits par la loi, les séminaires que l'industrie offre à ceux dont elle sait pouvoir influencer les prescriptions, les congrès plus souvent organisés dans des sites balnéaires paradisiaques à l'étranger que dans la banlieue de Roubaix, tout cela, selon eux, ne prête pas à conséquence, ne saurait influer sur leurs décisions thérapeutiques. Et puis, comme le font valoir certains, ce genre de pratique est monnaie courante dans toutes les situations et tous les corps de métier. Ces petits arrangements entre fournisseurs et distributeurs, ces voyages gracieusement pris en charge en remerciement de commandes passées, tout cela, expliquent-ils, n'a rien d'exceptionnel, se voit sous toutes les latitudes.

Étrange conception de la médecine, étrange conception de la responsabilité du médecin. Je ne parle pas ici seulement de responsabilité médicale au sens juridique, mais de la responsabilité que confère la confiance des patients. John Le Carré, dans une interview au *Spectator*, abordait le sujet avec une colère non feinte : « Aurions-nous l'idée de demander à notre médecin généraliste, quand il nous prescrit un médicament, s'il est payé par la compagnie pharmaceutique pour le prescrire ? Bien sûr que non. C'est notre enfant. Ou notre épouse. C'est notre cœur, notre rein, notre prostate. Et Dieu merci, la plupart des médecins ont refusé l'appât. Mais d'autres l'ont accepté, et la conséquence, dans le pire des cas, est que leur opinion médicale n'est plus adaptée pour leurs patients mais pour leurs sponsors. »

Que dire, dans ce cas, des « experts » et autres « leaders d'opinion » qui prennent la parole lors du lancement d'un produit (et parfois même avant) pour en tresser les louanges ? Dans une lettre au *British Medical Journal*, un cardiologue anglais a levé le voile sur l'utilisation de ces grands noms de la médecine : « Une compagnie pharmaceutique emploie plusieurs éminents cardiologues britanniques qui participent à un circuit itinérant de conférences à travers le pays, afin de promouvoir les médicaments de la firme. Chacun des cardiologues de ce que les employés de la firme appellent The Road Show[1] reçoit entre 3 000 et 5 000 livres [soit 5 000 à 8 000 euros], selon la taille de l'audience, en sus des frais de déplacements, pour une conférence d'une heure. Les conférences à l'étranger, ainsi que les conférences plus longues, sont encore mieux payées… Le résultat est qu'ils reçoivent plus d'argent annuellement de cette seule compagnie pharmaceutique que ce qu'ils touchent en salaire à l'hôpital ou à l'université. » L'auteur va plus loin, assurant que certains cardiologues ont participé à des conférences vantant les mérites de produits dont ils n'avaient aucune expérience personnelle, que d'autres ont avoué avoir passé sous silence des effets indésirables pour rester dans les bonnes grâces de l'industrie pharmaceutique. Il enfonce le clou en révélant que les cachets demandés par certains leaders d'opinion atteignent de tels niveaux… qu'ils sont dans certains cas négociés par l'intermédiaire d'un agent !

À ce tarif, on ne s'étonnera pas que Big Pharma en soit aujourd'hui arrivé, en Amérique, à utiliser des stars de cinéma pour vanter ses produits à la télévision. Ainsi, nous révèle *Le Figaro*, lors d'une séquence de l'émission « Today », sur la chaîne NBC, consacrée aux troubles de la vue, Lauren Bacall a mentionné la Visudyne, un nouveau médicament fabriqué par la firme Novartis. « Ni la chaîne ni la célébrité n'ont dit avoir été payées par la compagnie », poursuit *Le Figaro*, avant de préciser que « cependant, le Dr Yvonne Johnson, directrice de la division ophtalmologique de Novartis, confiait au *New York Times* que l'actrice avait été dédommagée pour son temps. » Subtil distinguo : chez ces gens-là, monsieur, on n'est pas payé, on

---

1. Qu'on pourrait traduire soit par « la Tournée », soit par « le Cirque ambulant ». *(N.d.A.)*

est dédommagé… Il faut bien régler les traites en fin de mois, n'est-ce pas ? Et dans un monde où le recours au médicament a été totalement banalisé au plus grand profit de l'industrie pharmaceutique, pourquoi les stars ne passeraient-elles pas d'une pub pour un shampooing antipelliculaire à une réclame pour un antiulcéreux, d'un spot pour des pâtes alimentaires à la promotion d'un médicament contre le cholestérol ?… Quitte à ce que l'exercice laisse des traces…

Où il est question de cholestérol, et d'un lancement promotionnel qui tourne mal…

Août 2001. La quiétude de l'été est déchirée par une tempête médiatico-boursière. Sans que rien n'ait transpiré jusqu'alors, le laboratoire allemand Bayer retire du marché du jour au lendemain un de ses produits phares, un médicament contre le cholestérol commercialisé depuis 1998, la cérivastatine. Le produit est connu sous différents noms dans les divers pays où il est utilisé, ce qui un temps aggrave la confusion des patients : Lipobay en Amérique, Staltor en France (où la même substance est aussi commercialisée par le laboratoire Fournier sous le nom de Cholstat). La cérivastatine aurait provoqué 482 décès consécutifs à une rhabdomyolyse, une maladie rare, grave et brutale qui consiste en la destruction des cellules musculaires de l'organisme, lesquelles peuvent « bloquer » le rein et conduire à une insuffisance rénale mortelle. Rien qu'aux États-Unis, il y aurait trente et un cas. L'affaire est complexe, embrouillée, car les décès sont survenus dans une douzaine de cas chez des patients prenant conjointement un autre médicament anticholestérol de la famille des fibrates, le gemfibrozil. En outre, les doses prescrites en France sont en général inférieures aux doses autorisées à l'étranger.

Les statines, toutes les statines, jouissent alors d'une excellente réputation dans le monde médical. Elles ont révolutionné le traitement de l'athérome, et on estime qu'elles ont depuis leur découverte sauvé la vie de dizaines de milliers de patients atteints de maladies cardio-vasculaires. Le choc et l'inquiétude n'en sont que plus grands. Pour les patients, bien entendu, auxquels la presse conseille de prendre contact au plus vite avec leur médecin... Mais aussi pour les médecins eux-mêmes, qui tombent des nues, et dont certains, sur leur lieu de vacances, n'ont pas les moyens de joindre leurs patients, et ne recevront des informations préliminaires des agences sanitaires que deux jours après le retrait du médicament... Comme chaque fois qu'un tel retrait brutal se produit, au-delà de la légitime angoisse des patients, le médecin qui a prescrit le médicament incriminé se sent responsable, se pose la question de la légitimité de sa prescription... Et pourtant, cette fois-ci encore, tout avait si bien commencé...

La hantise du cholestérol est probablement l'une des névroses iatrogènes [1] les plus répandues dans le monde. Si la crise de foie et la spasmophilie ont eu leur heure de gloire en France, aucune « maladie » n'a réussi à s'imposer avec autant de force dans l'inconscient collectif que l'excès de cholestérol. Probable indice de la culpabilité subconsciente entretenue par nos sociétés occidentales condamnées à se goinfrer pendant que le reste du monde meurt de faim. Qui vit par l'épée périra par l'épée, affirme l'Ancien Testament, et qui vit par le burger risque bien de périr par le burger, avec des coronaires encrassées jusqu'à ce que mort s'ensuive. Et,

---

1. Iatrogène : se dit d'une maladie causée par l'intervention du médecin.

grâce à un savant matraquage entretenu depuis un quart de siècle, nous en avons parfaitement conscience. Par chance, le système qui d'une main nous encourage à manger trop, et gras, nous propose de l'autre, depuis une quarantaine d'années, des médicaments miracles, pour protéger nos artères...

Lorsqu'un patient pratique une prise de sang pour contrôler son risque cardio-vasculaire, il peut clairement lire sur ses résultats d'analyse, à côté de son taux de cholestérol actuel, les limites inférieure et supérieure que le laboratoire considère comme normales. Si le taux dépasse la limite supérieure, et même parfois s'il ne fait que s'en approcher, le patient aura tendance à considérer son résultat comme la preuve d'une anomalie. Il sera alors d'autant plus difficile à son médecin de tempérer ce premier jugement, de convaincre le patient qu'il n'a pas une « maladie ». Comment revenir sur ce qui est écrit noir sur blanc ? Comment nier l'évidence, puisqu'il est écrit que le taux du patient est supérieur à la « normale » ? Nombre de mises en route de traitements anticholestérol naissent de la difficulté pour le médecin, dans un environnement concurrentiel où la surenchère médicamenteuse est exploitée par l'industrie pharmaceutique, de s'opposer à la facilité, de refuser de résoudre le problème de la manière la plus simple qui soit, en prescrivant un médicament qui, miracle, fera baisser le taux de cholestérol de manière évidente et démontrable dès la prochaine analyse, alors qu'il faudrait avant tout interroger le patient sur ses habitudes alimentaires, le conseiller, tenter d'adapter les règles diététiques à son cas particulier... Mais comme l'écrivait l'humoriste H.L. Mencken, cité par Petr Skrabanek dans *Idées folles, idées fausses en médecine* : « Il existe pour chaque problème complexe une solution simple, directe et fausse. »

Le taux de cholestérol que l'on pourrait considérer comme « anormal » chez un individu dépend d'une multitude de facteurs que les résultats des laboratoires de biologie médicale n'explicitent jamais clairement. L'âge du patient, son sexe, son poids, ses antécédents cardio-vasculaires, son mode de vie, sa nationalité même, doivent être pris en compte avant de poser un diagnostic d'« hypercholestérolémie ». Et de faire baisser le chiffre avec un médicament. Car « faire baisser le cholestérol » n'est pas, ne devrait pas, être le but recherché. « Faire baisser le cholestérol » n'a de sens que si, pour un patient donné, cette baisse s'accompagne d'une diminution du risque cardio-vasculaire. Or, pendant des décennies, les médicaments utilisés pour « faire baisser le cholestérol » n'avaient pas fait la preuve d'une diminution de la mortalité ou de la morbidité des patients. Autrement dit : des sommes considérables étaient dépensées annuellement, des quantités industrielles de comprimés avalés, dans l'espoir que la baisse des chiffres biologiques observée sur les analyses s'accompagnerait d'une diminution parallèle des accidents et des décès d'origine cardiaque… sans que jamais une étude l'ait confirmée. C'est ainsi qu'aujourd'hui, les fibrates, utilisés largement depuis les années 1970 et encore aujourd'hui dans certains cas, n'ont pas apporté la preuve irréfutable de leur efficacité sur ce critère qui est bien le seul dont patients et médecins devraient se préoccuper… L'un d'entre eux, le clofibrate, a même été associé à une *augmentation* de la mortalité dans une étude…

Il en va autrement des statines, utilisées depuis les années 1990, et dont la cérivastatine, retirée du marché à grand bruit, fait partie. Lorsque la première statine, la simvastatine (Zocor ou Lodalès) apparaît sur le marché français en 1990, la revue *Prescrire* reste prudente, et affuble la substance nouvelle d'un point d'interrogation dans son « Rayon des nouveautés » qui chaque mois passe au crible les nouvelles spécialités présentées aux médecins. « La rédaction ne peut se prononcer. » Car si elle entraîne une baisse du taux de cholestérol plus marquée que les autres médicaments, « la tolérance à long terme et l'effet clinique sur la morbidité et la mortalité cardio-vasculaires de la simvastatine n'ont pas été étudiés. Il n'est donc pas possible actuellement de préciser son rapport bénéfice/risques cliniques. Compte tenu de cette incertitude capitale et du prix élevé de ces spécialités, il est déraisonnable de prescrire *larga manu* Zocor et Lodalès en pratique quotidienne ». La revue *Prescrire* sera plus sévère encore lorsque sortira, un an plus tard, la pravastatine (Élisor ou Vasten), expliquant que le nouveau médicament « n'apporte rien de nouveau » car on n'a pas plus la preuve de son effet à long terme. Il faudra attendre 1995 pour que, au vu des résultats d'une étude scandinave « de qualité méthodologique remarquable » portant sur la prévention secondaire (patients ayant déjà subi un accident cardio-vasculaire), la revue prenne position en considérant que la preuve est apportée de l'utilité de la simvastatine chez ces patients. Dans les années qui suivront, la pravastatine apportera aussi la preuve de son efficacité en prévention secondaire… pour être à nouveau distancée par la simvastatine, forte de son antériorité, qui prouvera qu'elle réduit aussi la mortalité en prévention primaire, chez des sujets jusque-là indemnes d'affection cardiaque. L'engouement des médecins pour ces thérapeutiques qui semblent de nature à protéger leurs patients est alors très grand, malgré la survenue, signalée sur la notice, d'effets indésirables : de rares cas de douleurs musculaires apparemment sans conséquence.

D'autres statines vont alors faire leur apparition sur le marché, chaque laboratoire tentant de se faire une place sur ce marché lucratif. En bonne logique, il n'y aurait aucune raison pour un médecin de prescrire ces produits « innovants » dont la tolérance et l'efficacité à long terme restent encore à démontrer, quand les deux premières statines, par leur ancienneté, ont fait la preuve d'une balance nettement positive entre les bénéfices attendus et les effets indésirables. C'est d'ailleurs ce que la revue *Prescrire* ne cesse de répéter à chaque nouvelle sortie. Pourtant, la force du marketing aidant, les nouvelles statines se font une place au soleil, selon la logique économique du *me-too*, terme anglais qui signifie « moi aussi », comprenez « moi aussi, je veux ma part du gâteau… ».

Chaque laboratoire concurrent, au moment de commercialiser son produit, doit faire appel aux ressources de la publicité pour réussir à s'implanter sur un créneau porteur, mais déjà occupé par des médicaments qui ont comme atouts majeurs un bon profil de tolérance par les patients, des études à la méthodologie rigoureuse mettant en avant une diminution de la mortalité, et l'expérience de leur maniement acquise par les médecins. Pour réussir un lancement, pour contenter les actionnaires, il faut donc mettre le paquet sur la promotion.

Lorsque la cérivastatine débarque en France, il existe déjà, hormis la simvastatine et la pravastatine, plus anciennes substances de cette famille à avoir fait leurs preuves, deux autres statines concurrentes (la fluvastatine : Fractal et Lescol, l'atorvastatine : Tahor). La cérivastatine fait l'objet d'un comarketing entre deux laboratoires, pratique d'entente commerciale difficilement compréhensible par le profane (et le médecin généraliste) qui vise à augmenter la capacité promotionnelle et la pénétration du marché en lançant simultanément la même substance sous deux noms de fantaisie différents. (Et tant pis si cela rend l'exercice de mémorisation des praticiens plus ardu, et tend à brouiller leur discernement, du moment que les parts de marché arrachées sont plus importantes…) Aussi tandis que la firme allemande Bayer lance le Staltor avec un splendide crocodile, gueule ouverte, censé représenter la puissance du produit, Fournier, le laboratoire français, affiche dans les pages des journaux médicaux un Gérard Depardieu rayonnant, sous le slogan : « C'est ÉNORME, et pourtant c'est tout petit. » L'effet recherché, semble-t-il, est d'appuyer sur la puissance du produit par rapport à sa « micro-dose » de 0,1 ou 0,3 mg, quand les statines plus anciennes existent sous des dosages plus importants (5 et 20 mg pour la simvastatine, 20 et 40 mg pour les deux dosages de la pravastatine). La publicité n'aura, semble-t-il, pas l'effet escompté, les médecins tiquant devant l'utilisation d'une star, si populaire soit-elle, pour promouvoir un médicament. Et le laboratoire se rabattra ultérieurement sur un joueur de base-ball, batte en main, censé représenter… un joueur de base-ball ?

La revue *Prescrire* affublera la cérivastatine, sous ses deux dénominations, d'un même « n'apporte rien de nouveau » : elle n'a pas fait ses preuves sur la mortalité des patients, il n'est pas prouvé que son profil d'effets indésirables soit meilleur que celui de ses concurrentes plus anciennes, et « le recul de commercialisation plus long avec la simvastatine et la pravastatine est plus rassurant vis-à-vis d'éventuels effets indésirables rares mais graves ».

Le profane, pour peu qu'il travaille dans le secteur industriel, verra peut-être dans cette attitude rigoureuse (certains diront « rigoriste ») de *Prescrire* un frein à l'innovation, au détriment des malades. Comment, argumenteront-ils, comment la science peut-elle progresser si les médecins ne donnent pas leur chance aux nouvelles molécules « pour se faire une idée » ? « Faites-vous votre idée », il est vrai, est un argument apparemment imparable utilisé par les représentants de l'industrie auprès des médecins réticents. « Je vous laisse quelques boîtes (sous-entendu : ce n'est pas une question d'argent, je suis sincèrement convaincu que l'essayer c'est l'adopter…), à vous de vous forger une opinion, docteur… »

Hélas ! trois fois hélas ! Les complexités des lois statistiques rendent cet argument non seulement caduc, mais dangereux. Comme l'explique Petr Skrabanek dans *Idées folles, idées fausses en médecine* : « Si un effet indésirable apparaît chez environ un malade sur mille, les enquêteurs devraient suivre trois mille malades pour pouvoir être certains, avec un intervalle de confiance de 95 %, de détecter au moins un seul de ces événements. » C'est dire qu'un médecin soignant une « patientèle » de 1 000 à 1 500 personnes ne peut, isolément, en se fiant à sa seule pratique et à son expérience personnelle, se forger une opinion sur l'efficacité et la tolérance d'un médicament s'il ne prend pas la peine de confronter les indications tirées de sa pratique aux données scientifiques établies par des études fiables. Est-ce à dire que la parole des médecins généralistes ne pèse d'aucun poids dans ce débat ? Au contraire. En première ligne, au contact de la population, ils sont en théorie les plus à même de détecter et de signaler les effets indésirables de produits nouvellement commercialisés. À condition de leur en donner les moyens, et d'instaurer une véritable politique de pharmacovigilance en France…

Si tout nouveau médicament, avant d'être commercialisé, doit faire l'objet d'une demande d'autorisation de mise sur le marché, faisant état des études sur son efficacité et son profil d'effets indésirables, force est de constater que certains dossiers d'Autorisation de mise sur le marché sont bien limités. De plus, par la nature même des essais contrôlés, une partie non négligeable de la population générale (patients âgés, enfants…) est exclue des essais thérapeutiques [1]. Lorsqu'un médicament étudié sur quelques milliers de personnes tout au plus est commercialisé et prescrit à des centaines de milliers, voire des millions d'individus, des effets indésirables graves, mais trop rares pour avoir été mis en évidence pendant les phases d'études précédant l'AMM, peuvent apparaître. Mais ils ne seront reconnus comme tels que s'ils sont signalés, de manière rapide et efficace, à un organisme centralisé capable de recueillir toutes les données et de les étudier. Or le système de pharmacovigilance français est mal adapté à cette tâche : s'il dispose de centres régionaux à même de répondre aux médecins et de recueillir leurs données, il manque de moyens, de formation, de dynamisme, et souffre, comme nombre d'administrations françaises, d'un chronique manque de transparence. En outre, rien n'incite un médecin surchargé de travail à téléphoner au centre de pharmacovigilance régional, à signaler les faits, à remplir ensuite le formulaire qui lui est envoyé par la poste et à assurer le suivi du patient… Tout, au contraire, semble destiné à l'en dissuader, dans une culture médicale qui peine à reconnaître les erreurs et à en tirer des leçons pour l'avenir, et dans un environnement juridique où le signalement par le médecin d'un effet indésirable peut mettre en cause à terme sa responsabilité dans la prescription. Il est donc tentant, et

---

1. « La tranche d'âge qui croît le plus vite dans la population des pays développés est celle des 85 ans et plus. Et pourtant, pratiquement, aucune étude n'a été consacrée à ce segment d'avenir, y compris de la part des gériatres. Très souvent, les sujets sont groupés par tranches de 5 à 10 ans, mais à la droite du tableau on voit apparaître un "fourre-tout" : la classe des 65 ans et plus. Un enfant ferait observer qu'il existe la même différence chronologique entre 60 et 100 ans qu'entre 20 et 60, mais les enfants ne font pas d'épidémiologie. » Pr Bernard Forette, Paris, revue *Réseaux Diabète*, mars 2002.

plus facile, de ne rien faire, et de changer de traitement en glissant sous le tapis l'effet indésirable observé.

Cette inquiétude devant les conséquences juridiques d'un signalement, couplée au manque de transparence du système français, entraîne une grave sous-estimation des effets indésirables.

À l'heure d'Internet, la mise en œuvre d'un vaste système de recueil des données de pharmacovigilance devrait pourtant être une priorité de santé publique, et aucun nouveau médicament ne devrait être lancé sans qu'une attention particulière soit portée sur ses effets, et sans que l'information et les alertes soient renvoyées vers le praticien.

D'autant que, nous l'avons vu, la logique commerciale va ici totalement à l'encontre de la protection des patients, puisque le but de la poussée promotionnelle accompagnant la sortie du médicament est de privilégier une diffusion massive plutôt qu'une lente montée en puissance. L'argument du bénéfice sanitaire de l'« innovation thérapeutique », cheval de bataille de Big Pharma, ne tient absolument pas quand le produit n'a pas de vertu curative démontrée, ou s'adresse à une pathologie pour laquelle il existe déjà des alternatives thérapeutiques validées…

Pour réussir le lancement de la cérivastatine, et alors que, rappelons-le, la revue *Prescrire* considère que « le recul de commercialisation plus long avec la simvastatine et la pravastatine est plus rassurant vis-à-vis d'éventuels effets indésirables rares mais graves », les laboratoires ne lésinent pas sur les moyens.

Tandis que le laboratoire Fournier s'adjoint les services de Gérard Depardieu, Bayer profite de l'obligation faite aux médecins d'informatiser leur cabinet médical en vue de la télétransmission des feuilles de soins pour offrir par l'intermédiaire de ses visiteurs médicaux un coffret « L'informatique facile » contenant un logiciel médical d'une valeur voisine de 10 000 francs, en échange de la prescription de Staltor. L'affaire sera révélée en décembre 1998 par le journaliste du *Canard enchaîné* Hervé Liffran, sous le titre « Bayer joue au père Noël pour faire avaler ses pilules » : « ... des visiteurs médicaux ont joué cartes sur table : pour bénéficier du logiciel gratuit, les médecins devaient faire prendre du Staltor à au moins vingt patients. Interrogé par le *Canard*, le directeur général de Bayer-France, Jean-Philippe Million, se montre plutôt ennuyé et assure qu'il ne s'agit là que de "comportements individuels fautifs"... » Une loi anti-cadeau existe pourtant, qui interdit aux laboratoires pharmaceutiques d'offrir des cadeaux aux médecins, à l'exception de gadgets de « valeur négligeable ». Le logiciel offert, coûtant à l'époque 10 000 francs chez n'importe quel revendeur, s'est soudain vu affublé d'une valeur pécuniaire de 180 francs par le laboratoire, grâce à un accord passé avec le fabricant. Mais le conseil de l'Ordre des médecins n'ayant pas été averti de cette transaction, Bayer fut contraint de proposer le logiciel à 1 206 francs aux médecins refusant de prescrire du Staltor. L'histoire officielle ne dit pas si le fabricant fut indemnisé, ni comment. Cela n'empêchera pas l'Affsaps d'interdire la diffusion du logiciel en mai 1999 au motif que « cette base de données est très incomplète et n'est pas à jour, ce qui est de nature à porter atteinte à la santé publique :

– certaines informations, en particulier des posologies, sont absentes ou mal présentées, ce qui pourrait entraîner des prescriptions à des posologies éventuellement dangereuses pour les patients ;

– des spécialités retirées du marché depuis plusieurs années y sont toujours présentées tandis que d'autres médicaments commercialisés sont absents de la base, ce qui peut induire les prescripteurs en erreur lors de l'établissement de leurs prescriptions ».

Lors du retrait mondial de la cérivastatine en août 2001 par le laboratoire Bayer, on lança le chiffre hallucinant de 500 000 patients traités en France (pour 6 millions de patients dans le monde).

S'il est vrai que cette classe pharmacologique représente l'un des plus importants postes de dépenses en médicaments en France, on peut s'étonner qu'en trois ans de commercialisation la cérivastatine ait réussi à s'imposer au détriment de statines plus anciennes et mieux évaluées.

Des patients se regroupent en association de « victimes potentielles », les médecins sont interpellés, abreuvés d'informations contradictoires. L'industrie pharmaceutique fait valoir dans un premier temps que les effets indésirables musculaires étaient clairement annoncés sur les notices : « rarement, des atteintes musculaires ont été rapportées, à type de crampes ou myalgies, parfois associées à une rhabdomyolyse ». Prescripteurs et patients étaient donc prévenus, plaide le laboratoire, des effets secondaires potentiels du médicament. En outre, les cas les plus graves semblent liés, à l'étranger, à l'utilisation de doses importantes, et à une interaction avec un fibrate, le gemfibrozil, association déconseillée en France et assez peu utilisée.

Au mois de septembre 2001, le Collège national des cardiologues français et la Fédération française de cardiologie lancent un plaidoyer en faveur des statines en martelant que leur efficacité est largement prouvée dans la prévention secondaire des infarctus, et que les abandonner sous couvert de la panique serait une hérésie. En juin 2002, à la suite d'une réévaluation du risque musculaire des statines, l'Affsaps propose de nouvelles règles de prescription : le traitement doit être débuté à la dose la plus faible avant d'augmenter progressivement. Les posologies recommandées ne doivent pas être dépassées. Les médecins doivent doser dans le sang des patients un enzyme musculaire, la CPK, avant de débuter le traitement chez les sujets à risque (sujet âgé, maladie musculaire, association avec certains médicaments) et renouveler ce dosage en cas de douleurs musculaires inexpliquées. Si le taux de CPK est supérieur à 5 fois la normale, le traitement devra être arrêté. Dans le cas contraire, une discrète élévation des CPK sans douleur musculaire n'est pas une contre-indication à la poursuite du traitement.

La saga des statines rebondit à l'automne 2002 avec la publication d'une nouvelle étude anglaise, la *Heart Protection Study*, qui démontre que la prise quotidienne de simvastatine diminue de près de 20 % le risque d'accident vasculaire chez les patients à haut risque, c'est-à-dire aussi bien chez les patients ayant déjà présenté, soit un accident coronarien, soit un accident cérébral (prévention secondaire) que chez les patients diabétiques. Et cela aussi bien chez la femme que chez l'homme, quel que soit l'âge du patient (de 40 à 80 ans), et quel que soit leur taux de cholestérol de départ. Autrement dit, et puisque les effets de ces traitements préventifs se conçoivent difficilement sans recourir aux statistiques chiffrées : traiter pendant 5 ans avec la simvastatine 1 000 patients à haut risque vasculaire éviterait à une centaine d'entre eux un accident vasculaire majeur. Ou pour parler plus clairement : en prescrivant de la simvastatine pendant 5 ans à 10 patients « vasculaires », un médecin généraliste éviterait un infarctus ou une hémiplégie à l'un d'entre eux. Sans pouvoir prédire lequel...

Aussitôt ces bons résultats connus, leaders d'opinion et journalistes de la presse médicale exultent. Oublié l'épisode de la cérivastatine, ils titrent sur « une belle revanche pour cette classe thérapeutique sans équivalent ». Et assènent : « L'étude HPS vient opportunément démontrer que ce risque (*N.d.A.* : de rhabdomyolyse) demeure exceptionnel (de l'ordre de 0,05 % contre 0,03 % dans le groupe placebo) et, en l'occurrence, non mortel. » Dans *The Lancet*, un commentateur ne peut s'empêcher de s'exclamer : « Ainsi, pratiquement tous les patients à risque vasculaire aujourd'hui dans les pays occidentaux pourront bénéficier des statines. »

Ce genre de remarque montre, s'il en était besoin, qu'aucune leçon n'a été tirée du retrait de la cérivastatine et que, dans une grande confusion d'esprit, les mêmes erreurs peuvent demain être commises à nouveau. En effet, comme l'analysait avec finesse le pharmacologue Jean-Louis Montastruc dans un courrier à la revue *Prescrire* en octobre 2001, après avoir martelé que seules la pravastatine et la simvastatine avaient fait la preuve de leur efficacité : « Contrairement à la logique intuitive, la notion de classe pharmacologique ne doit pas être prise en compte pour la prescription, ni pour l'évaluation du risque, ni pour celle du bénéfice. Tenons-nous-en aux faits démontrés par chaque médicament et oublions les assimilations trompeuses à partir de la fausse notion de classe pharmacologique. Ainsi, si les règles d'une prescription rationnelle avaient été respectées, le retrait de la cérivastatine n'aurait dû concerner qu'un tout petit nombre de patients (ceux totalement intolérants à la simvastatine ou à la pravastatine, voire aucun patient du tout…) pour n'être finalement qu'un non- événement. » Il précise : « Si tous les médicaments d'une même classe (ici les statines) présentent probablement le même spectre d'effets indésirables, certains produits peuvent déterminer plus fréquemment telle ou telle complication. »

L'expérience prouve que ces constatations de bon sens sont quotidiennement bafouées par Big Pharma.

Lorsqu'un médicament (la simvastatine) fait la preuve de son efficacité, le marketing en profite aussitôt pour étendre ces bienfaits supposés à l'ensemble de la classe pharmacologique du médicament (toutes les statines). Mais lorsque l'un d'entre eux (la cérivastatine) s'avère dangereux, il est aussitôt isolé, et considéré comme non représentatif de la classe dont il est issu. Big Pharma et ses acolytes préfèrent généraliser les bonnes annonces que les mauvaises…

Les gens heureux n'ont pas d'histoire. La saga de la cérivastatine, hélas, n'est pas terminée. Car si certains patients ont vu diminuer puis disparaître leurs troubles musculaires, d'autres continuent à se plaindre de douleurs ou de difficultés à la marche, et poursuivent en justice le laboratoire. C'est dans le cadre d'une plainte contre X déposée par l'un de ses patients pour « mise en danger de la vie d'autrui par prescription de produit dangereux » qu'un médecin généraliste de Haute-Garonne a été entendu par la gendarmerie au cours de l'été 2002. Il avait prescrit du Staltor à un de ses patients, et, selon le syndicat MG-France, « dès que l'annonce du retrait du marché de ce produit a été connue, l'ordonnance a été suspendue lors d'un entretien téléphonique entre le médecin et le patient ». Puis, lors d'une consultation ultérieure, une autre statine a été prescrite. Syndicats médicaux et Ordre des médecins font ici front commun. Dans le *Quotidien du médecin*, le secrétaire général de l'Ordre se demande « à quel titre le prescripteur d'un médicament mis légalement sur le marché pourrait être inquiété, du moment qu'il en respecte les indications, la posologie et les contre-indications ? On sait qu'il est infiniment moins dangereux de prescrire de la camomille qu'une molécule anticancéreuse, et on prendrait le risque (si la plainte du patient aboutissait, *N.d.l.R.*) que les médecins ne prescrivent presque plus jamais de molécules nouvelles ».

Si une responsabilité devait être recherchée, note-t-il, « ce ne pourrait certainement pas être du côté du prescripteur, à condition encore une fois qu'il ait bien respecté indications et posologie, mais plutôt du côté des commissions d'autorisation de mise sur le marché. Mais il faut être extrêmement prudent sur ces questions ».

Ouf ! On a failli avoir peur. L'espace d'un instant, on a pu croire que les méthodes commerciales de Big Pharma pourraient être épinglées... Rejeter la faute sur la seule commission d'AMM permet de pointer les défaillances des services de l'État sans jamais remettre en cause les connivences souterraines entre certains membres du corps médical et l'industrie pharmaceutique. Mais, dans le système opaque qui perdure depuis des années, chacun devrait se remettre en question. Médecins y compris. Car si le médecin se doit d'exercer son art et de prescrire en tenant compte « des données actuelles de la science », force est de constater que cela ne sera possible, à un instant donné, qu'au très petit nombre de ceux qui auront accès à une information fiable, critique, et régulièrement actualisée. Et que l'intérêt de Big Pharma n'est pas de favoriser la diffusion de ce type d'information si elle peut freiner la prescription de substances nouvelles, mais au contraire de bercer les médecins prescripteurs de douces illusions concoctées dans les agences de publicité... Et si un médecin isolé ne peut malheureusement tout connaître des avancées thérapeutiques, s'il ne peut décortiquer seul chaque étude, chaque article paru, pour en tirer les informations utiles au suivi de ses patients, il se doit au vu des quelques exemples relatés ici de se poser franchement les seules questions qui vaillent. Les questions qui peuvent tout changer :

« Puis-je me satisfaire des informations commerciales que véhiculent les représentants de l'industrie pharmaceutique ?

« Puis-je me contenter de survoler les publicités et les rédactionnels complaisants d'une presse dépendante des laboratoires ?

« Puis-je en toute conscience prescrire à l'un de mes patients un médicament, sous le seul prétexte que le laboratoire m'offre ou propose de m'offrir un pseudo-congrès à l'étranger, un logiciel médical ou un ordinateur de poche ?

« Suis-je au service de mes patients, ou à la solde des actionnaires de Big Pharma ? »

Certes, les gouvernements, les agences du médicament, les industriels du médicament, les patients eux-mêmes, désinformés, ont aussi leur part de responsabilité dans la surconsommation médicamenteuse des Français. Mais les médecins, qui tiennent le stylo, ne peuvent s'exonérer d'un examen de conscience salutaire. C'est une question de dignité, une question de confiance.

Car les rouages de la désinformation, aujourd'hui, marchent à plein régime...

Où il est question d'éthique médicale,
et d'héroïsme au quotidien...

Le-héros-solitaire-qui-résiste-envers-et-contre-tout-à-la-pression-du-système est un cliché du cinéma hollywoodien. Tantôt journaliste sur le retour cherchant à sauver un condamné à mort (Clint Eastwood dans *Jugé coupable*), tantôt mère célibataire ferraillant contre la pollution (Julia Roberts dans *Erin Brockovich seule contre tous*), tantôt cadre de l'industrie du tabac dévoilant les sombres procédés de ses employeurs (Russell Crowe dans *Révélations*), l'homme ou la femme qui résiste quand les autres plient fait en général la joie des producteurs. Étrangement, personne à Hollywood ne semble s'être intéressé jusqu'aujourd'hui à l'une des rares vraies héroïnes de ces dernières années. Au point que le nom du Dr Nancy Olivieri est quasiment inconnu en France[1]...

Nancy Olivieri est hématologue, spécialiste des maladies du sang, directrice du service des hémoglobinopathies de l'hôpital des Enfants malades de Toronto. Courant 1989, elle entame avec son équipe, et le concours du Conseil de recherche médicale canadien, une étude visant à déterminer l'efficacité et la tolérance de la défériprone, un médicament destiné à traiter les enfants atteints de bétathalassémie. Cette maladie héréditaire rare entraîne une profonde anémie que seules peuvent combattre des transfusions régulières de concentrés globulaires. Si la correction de l'anémie permet aux enfants de grandir normalement, elle entraîne une surcharge de fer que l'organisme ne peut éliminer. Cette surcharge est elle-même à l'origine de complications cardiaques et hépatiques, le fer en excédent se déposant dans ces organes et y créant une fibrose. Le traitement le plus couramment utilisé est la déféroxamine. Efficace, il a pour inconvénient d'être onéreux, et de nécessiter des perfusions sous-cutanées lentes très contraignantes (sur une durée de 8 à 12 heures par nuit, 5 nuits sur 7). Les contraintes liées à l'administration de ce médicament, ainsi que certains effets indésirables, ont amené l'équipe du Dr Olivieri à tester une solution de rechange, la défériprone, dont l'un des intérêts est de pouvoir être administrée par voie orale, bien

1. Même s'il s'en défend, John Le Carré s'est visiblement inspiré des mésaventures qui ont frappé le Dr Olivieri pour dresser le portrait du Dr Lara Emrich, l'un des découvreurs du Dypraxa dans *La Constance du jardinier*. Manière de brouiller les pistes, probablement, tant les similitudes sont troublantes...

plus acceptable chez l'enfant. Les résultats préliminaires de cette première étude semblant encourageants, le Dr Olivieri sollicite auprès du Conseil de recherche médicale une subvention conséquente afin de mettre en route une étude randomisée comparative entre la défériprone et le médicament de référence jusqu'alors, la déféroxamine. La subvention est refusée, mais il est conseillé au Dr Olivieri de soumettre une nouvelle demande, dans le cadre d'un programme de partenariat entre l'université de Toronto (dont dépend l'hôpital des Enfants malades) et l'industrie pharmaceutique.

Le Dr K. a participé à l'étude pilote au côté du Dr Olivieri. Assistant directeur de recherche clinique à l'institut de recherche de l'hôpital, il contacte par l'intermédiaire d'un ancien collègue la firme pharmaceutique A, laquelle accepte de sponsoriser les études cliniques nécessaires en échange des droits de développement commercial de la molécule, s'il s'avérait que celle-ci tienne ses promesses initiales. Un contrat formalisant cet accord est signé par les Drs Olivieri et K. en 1993. Il comporte une clause de confidentialité qui interdit aux deux médecins de faire part des résultats pendant l'année suivant la fin de l'étude. Question de propriété intellectuelle...

En 1995, ils signent un second contrat avec la firme qui prend aussi en charge les frais de la première étude pilote afin de poursuivre l'étude à long terme de l'efficacité et de la tolérance de la défériprone. Celle-ci ayant débuté avant l'implication de la firme, et les résultats préliminaires ayant été publiés dans le *New England Journal of Medicine*, ce contrat ne comporte pas de clause de confidentialité.

Tout se passe pour le mieux dans le meilleur des mondes jusqu'en 1996. La firme peut espérer d'importants bénéfices au terme des études cliniques qui permettraient de valider le dossier de commercialisation de la molécule. La collaboration entre l'université et la firme ouvre de si excellentes perspectives, qu'une donation substantielle est envisagée : la firme s'engagerait à verser plusieurs millions de dollars afin de financer la construction d'un nouveau centre de recherche biomédicale à l'université.

Courant 1996, le Dr Olivieri constate une diminution de l'efficacité de la défériprone à long terme parmi certains patients de l'étude initiale, elle se prépare à en informer les patients inclus dans cette étude ainsi que le comité d'éthique de l'hôpital… La firme remet en cause les conclusions du Dr Olivieri et s'oppose formellement à ce qu'elle en informe les patients concernés. Le comité d'éthique de l'hôpital juge que puisque les patients ont signé en se portant volontaires pour l'étude un formulaire de « consentement éclairé », il est nécessaire de réviser les documents d'information et de consentement des patients et de les mettre au courant des nouvelles données, sans lesquelles cette notion de « consentement éclairé » serait un leurre. Une copie des nouveaux documents est adressée par le Dr Olivieri à la firme… qui stoppe immédiatement les deux études en cours, le 24 mai 1996, comme elle en a le droit, et menace le Dr Olivieri de poursuites judiciaires si elle tente d'informer les patients ou la communauté scientifique.

L'université tente de mettre en place une médiation afin que ceux des patients qui semblent tirer des bénéfices du traitement puissent continuer à le recevoir, et obtient un arrangement aux termes duquel la firme continuera à fournir le médicament à ces patients, sous la surveillance du Dr Olivieri. Mais, dans le même temps, une vaste campagne de dénigrement envers le médecin se met en place.

En décembre 1996, le Dr Olivieri publie deux courts articles présentant ses conclusions, dans une revue d'hématologie.

Cependant, alors même qu'en privé il assure sa collègue de son soutien et de sa communion de vue sur les risques du produit, le Dr K., de son côté, reprend l'ensemble des données des études afin de publier des conclusions diamétralement opposées : selon lui, la défériprone est un médicament efficace et bien toléré. Cette publication est préparée sans que le Dr Olivieri en soit informé, sans que sa participation à l'étude soit mentionnée, et sans que les liens financiers du Dr K. avec la firme soient révélés. Tout se met en place pour évincer Nancy Olivieri. D'autant qu'en février 1997, elle met en évidence un deuxième problème, potentiellement plus grave que la seule perte d'efficacité éventuelle du médicament sur le long terme. La défériprone semble *aggraver* le risque de fibrose hépatique qu'elle est censée combattre. Le Dr Olivieri en informe les autorités de l'hôpital et les patients, mettant en œuvre les procédures nécessaires afin de replacer ces derniers sous traitement par déféroxamine en injectable.

Courant avril 1997, lors d'une conférence médicale à Malte, le Dr T., un salarié de la firme, qui n'a participé à aucune des deux études, présente à la communauté scientifique deux courtes publications fondées sur les analyses du Dr K. Si le Dr K. est mentionné comme le principal rédacteur de ces articles, qui vont servir à crédibiliser la thèse de la firme et instiller le doute parmi les collègues du Dr Olivieri, aucune mention n'est faite dans ces articles de la participation du Dr Olivieri aux deux études ni des articles qu'elle a publiés sur ce même sujet.

La firme a menacé le Dr Olivieri de représailles juridiques si elle présentait ses résultats à la conférence de Malte. Elle cède, sur les conseils de la CMPA (Canadian Medical Protective Association) qui la soutient sur le plan légal alors que ni l'hôpital ni l'université ne lui ont offert de l'aider. Mais lorsqu'elle apprend au dernier moment que le Dr K. va présenter ses propres conclusions, Nancy Olivieri revient sur sa décision de retrait et présente un court papier à la conférence de Malte, provoquant la colère des dirigeants de la firme.

Durant les années 1997 et 1998 le harcèlement s'amplifie. Le directeur de l'hôpital fait courir le bruit dans les médias : toute cette affaire n'est « qu'une péripétie manipulée par un petit groupe de fauteurs de troubles mécontents... ». Des lettres anonymes injurieuses sont envoyées aux médias, alors même qu'une commission d'enquête mandatée unilatéralement par le recteur de l'université est confiée au Dr Naimark, de l'université du Manitoba. Le Dr K. et d'autres médecins hospitaliers présentent des témoignages à charge contre le Dr Olivieri et les collègues qui se sont ralliés à elle, les Drs Durie, Gallie et Chan. Dans le même temps, ces derniers deviennent eux aussi la cible de lettres anonymes, les traitant de porcs...

Dans ce climat, le Dr Olivieri refuse de comparaître devant le Dr Naimark, car elle a des doutes sur l'impartialité de la commission d'enquête et la manière dont celle-ci statue.

Le Dr K. en profite pour mettre en cause la compétence du Dr Olivieri. Il explique à la commission d'enquête que, pour contester l'efficacité de la défériprone, sa collègue s'est appuyée sur des biopsies hépatiques, et que ces examens sont dangereux et n'étaient pas indiqués dans le suivi des patients. Est-ce une coïncidence ? Depuis bientôt un an, la firme tente de persuader les administrateurs de l'hôpital de mettre en œuvre un nouveau protocole de traitement pour les patients atteints de thalassémie, dans lequel la biopsie hépatique ne ferait pas partie de la surveillance systématique des patients sous défériprone. Dans la mesure où cet examen est le seul qui ait permis au Dr Nancy Olivieri de découvrir les écueils de l'utilisation du médicament, on pourrait s'étonner de cette technique qui consiste à casser le thermomètre pour ensuite déclarer qu'il n'y a pas de fièvre. D'autant que la biopsie hépatique est un examen couramment pratiqué dans le diagnostic des cirrhoses, et dans le diagnostic et le suivi du traitement de l'hépatite C. Bien que parfois douloureuse, la biopsie hépatique, dans des mains expérimentées, ne comporte pas de risque majeur, et entraîne beaucoup moins de complications que la fibroscopie digestive, examen courant s'il en est. Présenter le recours à la biopsie hépatique, dans le cadre d'une étude sur un médicament luttant contre la fibrose hépatique, comme une erreur médicale, est assez « gonflé ».

Le 6 janvier 1999, le verdict tombe. Le Dr Olivieri est destituée de la direction du service d'hématologie, et elle et ses trois soutiens font les frais d'un « gag order ». Rien de drôle là-dedans. Un gag order n'est pas une injonction de rigoler, mais vient du verbe *to gag*, bâillonner. Les Drs Olivieri, Durie, Gallie et Chan sont condamnés au silence, sous peine de licenciement. Ils sont accusés de s'être livrés à « un effort concerté pour discréditer la direction de l'hôpital, portant ainsi atteinte à la confiance du public dans l'hôpital »...

Cette manœuvre est, heureusement, la manœuvre de trop. Les associations universitaires, de nombreux scientifiques du monde entier, mais aussi finalement l'administration de l'université de Toronto se penchent sur la gestion de cette affaire par la direction de l'hôpital. Le Dr Olivieri retrouve son poste, et l'hôpital l'assure enfin d'un soutien juridique et financier au cas où la firme mettrait ses menaces de procès à exécution.

Le vent tourne.

En juin 1999, Nancy Olivieri rencontre des membres des services de santé canadiens auxquels elle fait part de son inquiétude au sujet des demandes de commercialisation de la défériprone déposées par la firme. Elle est accompagnée à ce meeting par le Dr Michèle Brill-Edwards, médecin-expert sur la législation du médicament. Après ce meeting, le Dr BrillEdwards reçoit deux lettres. L'une, anonyme, tente de salir le Dr Olivieri en la présentant comme une démagogue et une agitatrice professionnelle. L'autre, signée du Dr K., propose au Dr Brill-Edwards… un poste à l'hôpital des Enfants malades, sous sa direction. Des tests d'ADN sont réalisés sur la salive des timbres des deux lettres. La lettre anonyme mène au Dr G., un collègue du Dr K., qui confessera l'avoir envoyée. Le timbre de la lettre signée du Dr K. permet de réaliser un comparatif avec les lettres anonymes ordurières que reçoivent fréquemment le Dr Olivieri et ses trois collègues fidèles. Et, fin 1999, le Dr K. est pris la main dans le sac : les tests ADN révèlent qu'il est l'auteur d'au moins quatre des dizaines de lettres anonymes envoyées aux différents protagonistes de cette affaire… L'assistant directeur de recherche clinique de l'hôpital, l'homme qui a travaillé dès le début sur la défériprone au côté de Nancy Olivieri, l'homme qui refuse de révéler ses liens financiers avec la firme, l'homme qui publie des articles clamant la tolérance et l'efficacité du médicament tout en passant sous silence les conclusions opposées du Dr Olivieri, l'homme qui a publiquement mis en cause sa compétence devant ses pairs… est aussi l'homme qui harcèle depuis des mois les médecins qui ont choisi le camp de la résistance à Big Pharma. L'homme qui écrivait au Dr Durie « Comment vous êtes-vous retrouvé au milieu de ce groupe de porcs ? Pensiez-vous que leur merde ne rejaillirait pas sur vous ? »… est enfin démasqué.

Une nouvelle commission d'enquête indépendante est nommée. Les trois experts travaillent dans le plus grand secret, interrogent tous les protagonistes de l'affaire, étudient des centaines de documents, avant de révéler leurs conclusions en novembre 2001, soit cinq ans après que les deux études ont été brutalement arrêtées et le Dr Olivieri menacée de poursuites judiciaires. Le rapport la soutient sans ambiguïté, lui reprochant uniquement d'avoir eu la naïveté de signer une clause de confidentialité dans le contrat portant sur la deuxième étude. Sur le plan purement juridique, la commission note que les résultats sur lesquels s'est fondée Nancy Olivieri pour prévenir patients et scientifiques sont d'ailleurs issus de la première étude, pour laquelle aucune clause de confidentialité n'avait été signée... Mais, bien au-delà de cette argutie, la commission, dont le verdict éclate en première page des quotidiens canadiens, dénonce la faillite morale de l'hôpital, qui a traîné des pieds pendant des années avant de se décider à protéger un de ses chercheurs, et qui, otage d'une donation financière de plusieurs millions de dollars, a tout fait pour étouffer l'affaire. Sur le plan international, la commission note que cette affaire emblématique en cache probablement bien d'autres, et que plus aucun chercheur ne doit se voir imposer de telles clauses de confidentialité : tous les résultats d'études, qu'ils plaisent ou non au sponsor, doivent être portés à la connaissance de la communauté scientifique, dans un souci évident de santé publique...

En juillet 2002, l'affaire n'était toujours pas close. Dans un courrier au *Journal de l'Association médicale canadienne*, Nancy Olivieri revenait sur la situation, suite à un éditorial lénifiant du recteur de l'université de Toronto, David Naylor, intitulé : « Controverse autour de la défériprone : il est temps d'aller de l'avant... »

Selon David Naylor, « des sommes incalculables de temps et d'argent ont été dépensées... autour d'une dispute sur un médicament qui a, au mieux, une efficacité moyenne et une toxicité incertaine ». Nancy Olivieri note que si de l'argent public a été dépensé par l'université, ce fut bien, pendant des années, pour mettre en œuvre une vaste opération de dénigrement à son égard basée sur les allégations mensongères de collègues encore en poste, tandis qu'elle a dû payer un détective privé pour réussir à démasquer ses adversaires… « Naylor, poursuit-elle, écrit que la défériprone a au mieux une efficacité moyenne et une toxicité incertaine. Il est intéressant de noter qu'une observation autrefois considérée infondée par l'université est aujourd'hui considérée comme un fait établi. Et que c'est pour avoir osé énoncer cette opinion aujourd'hui acceptable que je suis devenue la cible de menaces répétées de représailles judiciaires par la firme, qui a porté plainte contre moi en demandant 10 millions de dollars de dommages et intérêts… »

Et elle conclut : « Malgré son efficacité moyenne et sa toxicité incertaine, la défériprone est aujourd'hui administrée aux patients atteints de thalassémie dans plusieurs pays du monde, en remplacement de la déféroxamine, méthode de référence onéreuse, mais efficace et bien tolérée. Pour promouvoir la défériprone, la firme a utilisé les opinions scientifiques d'un scientifique qui fut la principale source des allégations infondées portées à mon encontre… Nous tous, y compris le grand public, serons heureux de "passer à autre chose" quand les questions cruciales de la pharmacovigilance, de la liberté scientifique, de la responsabilité professionnelle… auront été résolues. »

Fidèle à la mission qu'elle s'est fixée, le Dr Nancy Olivieri a demandé à la Cour européenne de revoir les conditions dans lesquelles la défériprone a obtenu en Europe une AMM.

Si, par ses péripéties et ses rebondissements, ainsi que sa médiatisation outre-Atlantique, cette affaire s'apparente à un thriller, elle est surtout emblématique des dangers auxquels s'exposent les scientifiques lorsqu'ils se lient avec Big Pharma sans protéger contractuellement leur liberté d'action et de publication. Ces questions centrales de propriété intellectuelle et de clause de confidentialité ont permis à certaines firmes pharmaceutiques peu scrupuleuses de s'asseoir purement et simplement sur des résultats d'études allant à l'encontre de leurs attentes. Au détriment de la santé publique et de la recherche scientifique. L'affaire Olivieri, et d'autres moins spectaculaires, ont conduit chercheurs et éditeurs de grandes revues médicales anglo-saxonnes à exiger une plus grande transparence : les chercheurs doivent être maîtres de leurs résultats, tous les résultats d'études doivent être publiés, et toutes les personnes écrivant dans les revues anglo-saxonnes de renom doivent divulguer volontairement leurs liens présents et passés avec l'industrie pharmaceutique. En France, remarque la revue *Prescrire*, le *Guide pratique des contrats de recherche médecins/industrie pharmaceutique/associations* édité par le Syndicat national de l'industrie pharmaceutique, s'il détaille abondamment l'environnement fiscal de ces contrats, expédie en une courte phrase la question de la publication des résultats : « Il conviendra d'ajouter les clauses de confidentialité, de propriété des résultats, celles relatives aux publications, à la fin du contrat, etc. »

Etc., donc…

Où il est question d'innovation thérapeutique,
et de rhumatismes…

L'innovation thérapeutique est la grande affaire de l'industrie pharmaceutique. Régulièrement, Big Pharma pleure misère, se plaint des lourdeurs administratives des différentes agences chargées de permettre l'évaluation et la commercialisation d'un médicament « innovant », censé révolutionner la thérapeutique. Un détracteur de John Le Carré, le Dr Roger Bate, notait en janvier 2001 sur le site CEI (Competitive Enterprise Institute, tout un programme) : « Le processus d'autorisation de mise sur le marché est devenu si lent dans les pays développés, avec des bureaucrates terrifiés à l'idée de mettre sur le marché une nouvelle thalidomide, qu'il tue chaque année des milliers d'hommes en leur refusant les bénéfices de nouveaux traitements. Le temps qu'il faut pour mettre un médicament sur le marché, voilà le vrai scandale, le scandale sur lequel M. Le Carré devrait écrire un livre. »

Aux USA, Big Pharma n'hésite d'ailleurs pas à utiliser les moyens les plus retors pour se livrer au lobbying, allant jusqu'à noyauter des associations de patients pour tenter d'influer sur le Congrès américain et d'émasculer la Food and Drug Administration, alias FDA. Ou à s'offrir de pleines pages de publicité dans les quotidiens nationaux pour marteler un slogan qui prouve que l'on peut marier sens des affaires et sens de l'humour : « Si un assassin vous tue, c'est un homicide. Si un soûlard vous écrase, c'est un meurtre. Si la FDA vous tue, c'est juste qu'elle faisait attention. »

Les douleurs rhumatismales représentent une part non négligeable des consultations en médecine de ville. De nombreux patients se plaignent de douleurs plus ou moins intenses, plus ou moins invalidantes, liées à l'arthrose ou à des maladies inflammatoires. Les Anti-Inflammatoires Non Stéroïdiens (AINS) sont souvent utilisés, en cure courte ou plus prolongée, pour combattre ces douleurs et permettre aux patients de retrouver une meilleure mobilité. Si ces médicaments sont en général efficaces, leur maniement est délicat : en effet, ils interfèrent avec de nombreux mécanismes biologiques et peuvent entraîner des complications rénales, diminuer l'efficacité d'un traitement antihypertenseur, ou causer des irritations digestives pouvant aller jusqu'à l'ulcère gastrique, avec une complication aux conséquences parfois dramatiques, l'hémorragie digestive.

Si tous les AINS comportent un risque digestif, certains d'entre eux ont, en revanche, comme l'aspirine (dont ils sont proches sur le plan pharmacologique), des propriétés protectrices des vaisseaux sanguins.

Les études menées ces dernières années ont d'ailleurs permis de classer les AINS en fonction de leur rapport bénéfice/risques, et de sélectionner les mieux tolérés (diclofenac, ibuprofène). Reste que tout AINS peut déclencher un saignement digestif, en particulier chez un patient âgé ou avec des antécédents d'ulcère. Sont ainsi apparus au cours des années 90 de nouvelles molécules destinées à prévenir les effets digestifs des AINS : le misoprostol (Cytotec), puis les inhibiteurs de la pompe à protons (Mopral, Ogast, etc.). Efficaces, ces produits n'éliminent cependant pas entièrement les effets indésirables des AINS et alourdissent considérablement le coût de la prescription. Dans un contexte de maîtrise des dépenses, les médecins accueillirent donc avec intérêt l'annonce au début de l'année 2000 par les laboratoires pharmaceutiques de l'arrivée imminente sur le marché de nouveaux médicaments révolutionnaires, dénués d'effets secondaires digestifs. Ces nouveaux anti-inflammatoires, présentés comme différents des AINS classiques, étaient promus comme étant des « inhibiteurs spécifiques de la cyclo-oxygénase de type 2 (Cox-2) ». Nouveau concept, innovation thérapeutique, battage médiatique orchestré avec brio, tout était en place pour un lancement sans précédent. Les patients eux-mêmes avaient été avertis de l'imminence de cette révolution médicale, annoncée à grands renforts de superlatifs dans les gazettes et les news-magazines. L'enjeu était de taille, et le « marché » de la douleur articulaire en valait le prix.

Dès sa sortie, pourtant, le rofécoxib (Vioxx, des laboratoires Merck Sharp et Dohme-Chibret) surprend les prescripteurs vigilants : la dépense médicamenteuse quotidienne atteint 1,60 euro, quand les traitements habituels de l'arthrose, le paracétamol, un antalgique non AINS, et l'ibuprofène, coûtent respectivement 0,32 et 0,75 euro par jour. De plus, Vioxx n'est pas remboursé et le traitement est entièrement à la charge du patient. Les visiteurs médicaux évoquent devant les médecins récalcitrants l'économie représentée par l'abandon des coprescriptions de protecteurs digestifs, mettent en avant le confort et la sécurité des patients, terminent par un couplet larmoyant sur l'incurie des pouvoirs publics, incapables de faire bénéficier l'ensemble des assurés sociaux des prodiges de la recherche de pointe...

Et malgré l'avis sévère de la revue *Prescrire*, qui dès le début considère que le rofécoxib n'est qu'un antalgique AINS décevant, qui n'a pas démontré sa supériorité par rapport au paracétamol ou à l'ibuprofène, et note qu'« il n'est pas non plus rigoureusement démontré que son profil d'effets indésirables soit différent au point d'offrir un avantage clinique notable, en particulier sur un autre AINS à faible dose », les sollicitations à prescrire le produit affluent de toutes parts.

Sollicitation des patients, tout d'abord, car celui ou celle qui souffre de manière chronique aspire avant tout à être soulagé, et s'accroche à ce nouvel espoir vanté sur les ondes et dans les colonnes des journaux. Oh, certes, il ne s'agit pas de publicité, interdite lorsqu'il s'agit d'un médicament destiné au public ! Mais de l'avis éclairé de « grands professeurs » ou de l'enthousiasme de journalistes abreuvés de dépêches AFP ou de communications édifiantes...

Ainsi, dans *L'Express*, Vincent Olivier, journaliste médical, dans un article sur l'« Arthrite mal traitée », assène : « Quant aux traitements, ils ont connu quelques progrès ces dernières années, avec l'apparition de nouveaux médicaments comme les coxibs, aux effets secondaires moindres que les anti-inflammatoires classiques. Encore faut-il que les médecins songent à en parler à leurs patients. La moitié d'entre eux oublient pourtant cet effort minimal d'information, et un tiers seulement acceptent de faire participer leurs malades au choix thérapeutique... »

Sollicitation des confrères, ensuite. Car comme vont le dénoncer la revue *Prescrire* et *Libération* un an plus tard, le laboratoire propose aux pharmacies des hôpitaux le comprimé de Vioxx au prix imbattable de 0,15 centime d'euro hors taxe, soit 1 000 fois moins que le prix affiché en ville... et 250 à 400 fois moins que le paracétamol ou l'ibuprofène. Difficile pour un pharmacien des hôpitaux astreint à un budget global de ne pas sauter sur l'occasion, et de ne pas stocker du Vioxx en réserve, au détriment de ses concurrents. Et lorsqu'un interne, un assistant, un chef de clinique, prescrit du diclofenac ou de l'ibuprofène, et se rend compte le lendemain que sa prescription n'a pu être honorée pour cause de rupture de stock, mais que la pharmacie de l'hôpital propose éventuellement de remplacer par Vioxx... il a toutes les chances d'accepter et, tel le chien de Pavlov, de modifier inconsciemment ses prescriptions ultérieures dans le but de soulager plus rapidement les patients dont il a la charge. Pour peu qu'une jolie représentante de l'industrie soit venue lui apporter la bonne parole, et chanter le couplet de la bonne maîtrise des dépenses aux plus éveillés en leur faisant miroiter l'économie engendrée par l'arrêt des coprescriptions de protecteurs gastriques, et le but sera atteint. Le Pr Georges Hazebroucq, directeur de la pharmacie centrale des hôpitaux de l'Assistance publique-Hôpitaux de Paris (AP-HP), n'en disconvient pas : « Les firmes savent bien qu'un médicament prescrit par un grand professeur d'université a peu de chance d'être changé par un médecin généraliste... » La stratégie commerciale est ici sans faille : vendre à perte aux hôpitaux, afin de générer une explosion des ventes en officine !

En l'espace de deux ans, de 2000 à 2002, les Cox-2 vont se placer parmi les cinq substances les plus prescrites en France, grâce entre autres à ce genre d'artifices... Je dis entre autres, car la manipulation des esprits ne s'arrête pas là : en novembre 2000, soit neuf mois après la sortie du Vioxx, un nouveau Cox-2, le celecoxib, est commercialisé en France sous le nom de Celebrex. Et Celebrex, que *Prescrire* jugera « aussi décevant » que son concurrent, bénéficiera dès sa sortie... d'un atout majeur : le remboursement à 65 % par la Sécurité sociale. À cette date, en novembre 2000, Vioxx coûte donc 1,60 euro en ville (et 0,15 centime d'euro à l'hôpital...), non remboursé, et Celebrex coûte 1,17 euro, remboursé. On pourrait imaginer qu'il s'agit là d'une version boursière de l'arroseur arrosé, que le laboratoire MSD, ayant réussi à implanter son Vioxx grâce à une stratégie commerciale musclée, se voit soudain voler la vedette par le Celebrex du laboratoire Pfizer... Pas si sûr. Car dans les mois qui vont suivre, en juin 2001, Vioxx va lui aussi être remboursé par la Sécurité sociale, en échange d'une diminution de prix assez modeste (le comprimé passe de 1,60 euro à 1,42 euro), et ceci alors qu'aucune nouvelle étude n'est venue modifier de manière rigoureuse l'appréciation qui peut être faite de son efficacité et de sa tolérance. Tout se passe en fait comme si en France, Vioxx avait joué le rôle d'éclaireur. En jouant la carte d'un prix élevé (que les pouvoirs publics refusent de rembourser dans un premier temps), en organisant un battage médiatique intense en direction du grand public, doublé d'une promotion insistante auprès des médecins, en cassant les prix à l'hôpital pour mieux s'installer en ville, Vioxx a fait figure de précurseur. Lorsque Celebrex arrive, la bataille de « l'innovation thérapeutique » est gagnée. Ne reste qu'à mettre les pouvoirs publics, les agences de santé, devant l'incontournable : les Français plébiscitent les Cox-2, qui représentent une révolution thérapeutique, adoptée par les assurés sociaux (électeurs en puissance…) et entérinée par les prescripteurs… Un grand système de santé comme le nôtre peut-il vraiment se permettre de ne pas rembourser cette avancée médicale majeure ? Les pouvoirs publics acceptent donc *in fine* de rembourser au prix fort le celecoxib, alors que des solutions de rechange plus anciennes, validées, moins onéreuses, existent… Celebrex entre donc dans la bataille avec l'avantage du remboursement… Permettant ainsi à Vioxx de solliciter un traitement équitable contre une légère baisse de prix. Tout se passe en fait comme si les firmes concurrentes avaient joué la même partie, et comme si le grand perdant dans cette affaire était la Sécurité sociale, bernée par le savoir-faire commercial de Big Pharma.

Mais l'histoire ne s'arrête pas là…

Car au cours des mois suivants, vous l'avez deviné, les choses se gâtent.

Des études sont en cours pour valider l'efficacité et la tolérance des Cox-2, des études dont les résultats préliminaires mirobolants ont pesé dans les autorisations de la FDA américaine et de l'Affsaps française. Mais ces études vont au final poser problème aux firmes comme aux prescripteurs.

La première de ces études, l'étude CLASS, se penche sur la tolérance à long terme du Celebrex. Elle a démarré en 1998, et a été publiée dans le prestigieux *Journal of the American Medical Association* (*JAMA*) en septembre 2000, après une procédure de relecture express, car la revue souhaitait favoriser la « dissémination rapide de résultats de travaux scientifiques de grande qualité ». C'est sur ses conclusions positives que le laboratoire américain Pharmacia s'est fondé pour asseoir la notoriété de son médicament, et obtenir un prix de vente aux USA trente fois supérieur à celui des AINS classiques. Aussi, lorsqu'en juin 2002 paraît dans le *British Medical Journal* une critique en règle des conditions de publication de l'étude, l'affaire déborde rapidement du domaine médical pour pénétrer dans le domaine juridique. Car il apparaît que les résultats publiés ont été manipulés, tronqués. Au départ, l'étude CLASS (le « L » signifie *long term,* à long terme) devait déterminer le profil d'effets indésirables du Celebrex, dans une étude en double aveugle, avec tirage au sort, en comparant le nombre d'ulcères gastriques avec complications (de perforation ou hémorragie) ou l'incidence de symptômes digestifs plus bénins sur 12 à 15 mois. Or il apparaît que les résultats publiés ont en fait amalgamé deux études, l'une comparant celecoxib et diclofenac, l'autre celecoxib et ibuprofène à la dose maximale autorisée. Et que les incidences annuelles d'ulcères ont été calculées… en extrapolant à partir des chiffres sur six mois. Mais, surtout, on apprend que lorsque l'étude « positive » a été publiée, les chercheurs étaient déjà en possession des résultats sur douze mois, qui ne révélaient, eux, aucune différence réellement significative de survenue de complications entre Celebrex et les AINS classiques (diclofenac et ibuprofène). La promotion de Celebrex reposant uniquement sur le fait qu'il serait moins dangereux pour l'estomac, les associations de patients, puis la FDA, se retournent contre le laboratoire : pourquoi payer trente fois plus cher un produit équivalent ? D'autant qu'en France, une étude de la Caisse d'assurance maladie des travailleurs indépendants de Picardie sur les prescriptions de Celebrex note que celle-ci ne s'est pas accompagnée d'une diminution de la prescription conjointe de « protecteurs digestifs » !

L'étude VIGOR, qui elle devait démontrer la supériorité du Vioxx sur un autre AINS, le naproxène, a semble-t-il rempli sa mission. Mais elle laisse planer des doutes sur l'utilité du produit. Tout d'abord parce que le laboratoire s'est bien gardé de comparer le Vioxx aux deux AINS de référence (diclofenac et ibuprofène) dont la balance entre bénéfices attendus et risques encourus est la meilleure, mais a choisi le naproxène, AINS certes connu de longue date mais dont la tolérance est « intermédiaire ». Et surtout parce qu'il est apparu un excès significatif mais totalement inattendu d'accidents vasculaires majeurs chez les patients sous Vioxx, sans doute explicable non pas par une toxicité du produit en lui-même, mais par le fait que les AINS classiques possèdent, eux, un effet protecteur vasculaire que le Vioxx ne partage pas. Là encore, la question se pose : pourquoi payer beaucoup plus cher un médicament moins performant ?

Tandis qu'outre-Atlantique la FDA exige des deux laboratoires des études complémentaires, l'Afssaps se borne à rappeler dans un communiqué embarrassé que le risque de perforation gastro-intestinale, d'ulcère et d'hémorragie digestive est clairement mentionné dans le résumé des caractéristiques de Celebrex, dans le chapitre « Mises en garde et précautions d'emploi », spécialement chez les patients à risque (plus de 65 ans) ou qui présentent des antécédents d'ulcère. Manière comme une autre de ne pas revenir sur les conditions dans lesquelles les Cox-2 ont réussi à arracher un remboursement à prix élevé, malgré un service médical rendu dont on peut aujourd'hui légitimement douter…

À l'heure où j'écris ces lignes, et malgré de nouvelles études, les Cox-2, qui soit dit en passant continuent à coûter des centaines de millions supplémentaires à la Sécurité sociale et aux patients, n'ont toujours pas fait la preuve de leur supériorité thérapeutique.

« *Actuellement* », commente le Pr Roger Jones dans le *British Medical Journal* au vu des études les plus récentes, « il est encore difficile de donner aux patients un compte rendu honnête, précis et compréhensible de la balance entre soulagement de la douleur et amélioration fonctionnelle d'une part, et probabilité d'effets indésirables de l'autre. »

Une étude tronquée mais avantageuse publiée dans un journal médical prestigieux par des chercheurs qui sont pourtant en possession de données globales moins flatteuses, une promotion savamment orchestrée pour tromper journalistes et médecins et susciter un engouement démesuré chez des patients désinformés et forcer la main aux agences sanitaires… le bilan de la courte histoire des Cox-2 est lourd en termes d'image pour l'industrie pharmaceutique. Lourd, et révélateur du machiavélisme des stratégies commerciales utilisées dans un univers où chaque laboratoire, pour engranger des bénéfices, se doit de développer périodiquement un « blockbuster », un best-seller sous blister qui assurera le contentement immédiat des actionnaires et, accessoirement, la pérennité de la firme, de ses équipes et de ses dirigeants.

Révélateur, parce qu'il démontre qu'aujourd'hui Big Pharma est capable de manipuler la mise en place, le contenu, l'analyse finale et la publication de résultats d'études apparemment rigoureuses, sur lesquels pouvoirs politiques et prescripteurs devront ensuite étayer leurs décisions.

Révélateur aussi, parce que ce bilan montre assez dans quelle direction Big Pharma va lancer les filets de la désinformation si jamais politiques et médecins, trop longtemps abusés, se rebiffent : le jour où il deviendra plus malaisé de mentir aux médecins, il sera encore possible de mystifier... les patients.

Où il est question de la presse médicale...
et de la revue *Prescrire*

« Les arguments de ceux qui attaquent le médicament sont si pauvres et de nature si tendancieuse qu'il est difficile de ne pas réagir. » C'est sous la plume de Gérard Bardy, alors directeur de la rédaction de l'hebdomadaire *Impact Médecin*, que l'on peut lire ce vibrant plaidoyer, en octobre 1999, à l'occasion de la publication, largement commentée dans les médias, de la liste des « 280 médicaments inutiles ». « Bien sûr, poursuit-il, on prêtera à la presse médicale quelques noirs desseins en la voyant monter au créneau pour défendre une industrie pharmaceutique qui contribue à son existence. Facile, messieurs ! Ce serait oublier, d'une part, que les mauvais procès visent parfois aussi notre famille de presse, d'autre part que les médias médicaux – excusez-moi, chers confrères – connaissent un peu mieux que d'autres les réalités de l'industrie du médicament... Il faut se complaire dans la culture de nihilisme et la culture de mort qui caractérisent cette fin de siècle pour ne pas reconnaître que l'industrie du médicament, quelles que soient par ailleurs ses failles, est d'abord et avant tout une industrie de vie. Éminemment une industrie de vie. »

Au sein même de la rédaction, certains journalistes vont tiquer, tousser un peu fort. L'éditorial de leur rédacteur en chef leur semble l'exemple même de ce qu'il faut éviter pour qu'enfin la presse médicale française accède au statut d'une presse libre en recouvrant une part de son autonomie compromise.

Car l'image de la presse médicale, en France, est assez mauvaise. Si la publicité représente une part non négligeable de l'équilibre financier de la majorité des titres de la presse grand public, la part très importante que prend la publicité des laboratoires pharmaceutiques dans l'équilibre des grands titres de la presse médicale a toujours posé la question de son indépendance. La plupart des médecins, d'ailleurs, même s'ils la parcourent quotidiennement, ont une image brouillée de cette presse qu'ils reçoivent le plus souvent sans débourser un centime. En effet, les abonnements sont rares, et la plupart des journaux médicaux sont distribués gratuitement aux médecins. Lesquels entretiennent donc avec leur presse une relation perverse : beaucoup la lisent tout en jurant ne pas se laisser influencer par l'omniprésence de la publicité, d'autres la méprisent avec ostentation alors qu'elle représente un des principaux canaux de leur formation médicale continue. On retrouve ici les mêmes rapports ambigus entretenus par nombre de médecins avec la « visite médicale ». Or il suffirait que le niveau d'exigence des médecins s'élève pour que l'industrie pharmaceutique soit obligée de modifier ses stratégies commerciales, dans un cas comme dans l'autre.

L'image caricaturale du journaliste médical à la solde des laboratoires est fausse. Nombre d'entre eux aspirent à une plus grande indépendance, d'autant que, comme le souligne Gérard Bardy, ils connaissent… « un peu mieux que d'autres les réalités de l'industrie du médicament ». Mais le système est verrouillé, et l'équipe commerciale, qui démarche auprès des laboratoires l'achat d'espaces publicitaires et de publi-rédactionnels, influe de plus en plus souvent sur les choix rédactionnels. Ici aussi pourtant, comme le souligne Pierre Bourdieu à propos de la télévision, « dans ce microcosme qu'est le monde du journalisme, les tensions sont très fortes entre ceux qui voudraient défendre les valeurs de l'autonomie, de la liberté à l'égard du commerce, de la commande, des chefs, etc., et ceux qui se soumettent à la nécessité, et qui sont payés de retour… ». Mais le système fait tout pour « lisser » la parole autorisée, ce qui explique que les dérives de Big Pharma ne soient jamais franchement dénoncées dans la presse médicale française : tout au plus, lorsque l'actualité le commande, comme lors du retrait de la cérivastatine, les faits sont traités, mais la place accordée aux explications et à l'autojustification de l'industrie pharmaceutique prime sur la parole des victimes ou sur la colère des prescripteurs. Et les études cliniques sont toujours présentées sous un jour favorable, l'analyse critique étant le plus souvent réduite à sa plus simple expression.

Parfois pourtant la machine se grippe, causant de profonds remous dans la profession. En juin 2001, une journaliste avait refusé de signer un article sur un congrès médical de sexologie, avant de démissionner. Cet article, qui lui avait été demandé par sa rédaction, avait été modifié à la dernière minute, et on y avait intégré des arguments promotionnels destinés à mettre en valeur un nouveau médicament contre l'impuissance, concurrent du Viagra. Arguments apparemment tirés du dossier de presse du médicament, et ajoutés sans consultation de la journaliste. Elle s'y était opposée, mais sa hiérarchie, minimisant cette entorse à la charte de déontologie du journal, avait quand même insisté. Elle avait alors proposé de retravailler l'article, en présentant conjointement les autres médicaments utilisés dans le traitement des troubles de l'érection, de manière à sauvegarder une certaine objectivité. Et s'était vu répondre qu'il était nécessaire de « donner un petit coup de pouce » au laboratoire, budget publicitaire oblige. Puis, comme elle persistait à refuser de signer l'article... celui-ci avait été publié sous un nom fictif...

Lorsque le lundi suivant, jour de bouclage, les journalistes avaient été mis au courant de l'affaire, la rédaction avait tenté d'obtenir des éclaircissements, sans succès. Les journalistes ont alors débrayé pendant plusieurs heures, forçant la direction à venir s'exprimer devant eux. Et là, dans un silence accablé, ils se sont entendu annoncer qu'à l'avenir le contenu rédactionnel du journal devrait tenir compte des plannings de sorties de médicaments des laboratoires, qui devraient être préparés en amont. Big Pharma avait décidé de ne plus se contenter de communiquer à travers la publicité, mais de « communiquer » à travers les articles rédactionnels. La jeune journaliste avait saisi la section syndicale et démissionné. L'affaire a donné lieu ultérieurement à une transaction, après sa révélation dans *Le Monde*.

En février 2002, au sein du même groupe de presse, un directeur de rédaction s'est vu notifier son licenciement parce que, selon *Le Monde*, « il dénonçait, neuf mois après son entrée dans l'entreprise, les ingérences publicitaires au sein de la rédaction. "Tous les arbitrages sont faits aujourd'hui en faveur des annonceurs",

a-t-il indiqué à l'AFP ». *Le Monde* notait que, par solidarité, la rédaction de l'hebdomadaire avait observé un
arrêt de travail de deux jours.

À ce stade de l'exposé, et conformément aux règles
déontologiques que s'impose aujourd'hui la presse
médicale anglosaxonne, qui exige de chaque rédacteur
qu'il énonce clairement les liens qu'il entretient ou
qu'il a entretenus avec l'industrie pharmaceutique, afin
de mettre au jour d'éventuels intérêts secondaires, il
me faut dire que j'ai travaillé pendant quatorze ans en
tant que pigiste dans la presse médicale, au sein des
pages « Culture » et du cahier « Informatique », et que
j'y ai côtoyé des « générations » de journalistes, du
pigiste au directeur de publication. Que cette participation m'a permis d'observer les changements intervenus
au sein de la presse médicale ces dernières années, et
les difficultés croissantes qu'y rencontrent les journalistes qui souhaitent préserver leur indépendance, quand
la direction commerciale ou financière leur renvoie
souvent l'argument que le client est roi, et que les
médecins payant rarement leur abonnement, le vrai
client n'est pas le lecteur, mais l'annonceur…

Cela n'empêche pas la presse médicale de publier des
articles intéressants, tant dans le domaine des actualités
professionnelles (quoique, là aussi, selon la couleur
politique du journal, le discours a plus ou moins tendance à servir les intérêts de l'industrie avant ceux du
corps médical ou de la santé publique) que dans le
domaine médical (synthèse des connaissances nouvelles
sur la prise en charge de telle ou telle pathologie), mais
dès qu'il s'agit de parler de thérapeutique médicamenteuse, l'absence d'autonomie rédactionnelle pèse lour-
dement sur la qualité des articles. Et le tri entre les
articles rigoureux, les publi-rédactionnels, les comptes
rendus de conférences sponsorisées par l'industrie, les
prises de position de leaders d'opinion à l'indépen-

dance discutable… représente une perte de temps conséquente.

Les médecins sont en partie responsables de cet état de fait : parce qu'ils ne font pas montre vis-à-vis des rédactions d'une exigence suffisante, et parce qu'ils rechignent à payer pour donner à leur presse les moyens de son indépendance. Dans d'autres pays, en Grande-Bretagne, aux États-Unis, des revues comme le *British Medical Journal* ou le *New England Journal of Medicine*, même si elles contiennent aussi des publicités médicales, tirent leur légitimité, et leur esprit critique, de leurs abonnés. Cette relative indépendance leur a permis, ces deux dernières années, de se livrer à une véritable révolution interne pour tenter d'échapper à la mainmise de plus en plus envahissante de Big Pharma, après plusieurs affaires retentissantes. Les articles font aujourd'hui l'objet de relectures critiques, des précautions sont prises pour mettre au jour les liens financiers (présents ou passés) de tout collaborateur avec l'industrie… La France est loin d'atteindre cette maturité…

Un seul journal résiste encore et toujours totalement aux sirènes de l'industrie pharmaceutique : la revue *Prescrire*.

Là encore, avant de poursuivre cet exposé, je me dois de révéler que je suis abonné à cette revue depuis dix-huit ans maintenant, c'est-à-dire depuis que j'exerce la médecine générale. Que, sans cette revue, ce livre n'aurait jamais pu être écrit. Parce que ses archives m'ont été un point de départ indispensable pour réaliser ce chapitre sur l'industrie pharmaceutique. Et parce que sans l'esprit d'indépendance farouche qui caractérise ces précurseurs, je n'aurais pas pris conscience, du moins pas de manière aussi nette, de la désinformation à laquelle, en tant que prescripteur, j'étais soumis.

Prescrire fonctionne sans publicité. Sans aucune publicité. Après une période de départ où elle a bénéficié d'une subvention de l'État lui permettant d'atteindre son équilibre financier, elle vit depuis 1993 uniquement de ses abonnés, qui paient annuellement une somme de 180 euros et forment un « noyau dur » fidèle de plus de 25 000 professionnels de santé, dont 10 000 généralistes. Spécialistes, pharmaciens et étudiants forment le reste de son lectorat[1].

1. La revue *Prescrire* est publiée par l'association Mieux Prescrire, association de formation permanente indépendante à but non lucratif (loi 1901), ayant pour but de « valoriser la diffusion de l'information médicale et pharmaceutique, afin de favoriser en particulier une meilleure maîtrise de la prescription et de la délivrance des moyens de traitement, de diagnostic et de prévention, par les professionnels de santé ». Créée en 1980 par des médecins et des pharmaciens en exercice, la revue *Prescrire* a été conçue comme un organe de formation professionnelle fiable, indépendant de tout groupe d'intérêts, adapté aux besoins, le plus facile possible à utiliser… Au fil des années, elle a mis au point et perfectionné des procédures de rédaction exigeantes. Tous ses articles sont élaborés par son équipe pluridisciplinaire de rédacteurs, qui sont pratiquement tous des professionnels de santé en exercice, longuement formés au sein de la revue aux multiples étapes collectives de rédaction des articles. Avant publication, de multiples contrôles de qualité ont pour but de garantir que les informations publiées permettent aux abonnés médecins et pharmaciens de faire évoluer en toute confiance leurs connaissances et leurs pratiques. La revue *Prescrire* participe activement à un réseau international de revues indépendantes sur les médicaments aux objectifs et méthodes comparables : l'*International Society of Drug Bulletins* (ISDB). Outre *Prescrire*, l'association Mieux Prescrire publie une revue en anglais, *Prescrire International*, des compilations thématiques, une banque de données des articles de la revue *Prescrire* sur CD-ROM ; elle établit un palmarès annuel des nouveaux médicaments (la « Pilule d'or »), attribue chaque année le prix *Prescrire* du livre médical et pharmaceutique, organise des formations en France et à l'étranger, et anime un site Internet : www.prescrire.org.

Totalement indépendante des pouvoirs politiques et financiers, *Prescrire* est redoutée par l'industrie pharmaceutique. Son autonomie, sa clairvoyance, sa rigueur et son esprit critique sont sans équivalents dans la presse médicale française. Chaque mois, elle passe au crible l'ensemble des nouveaux médicaments commercialisés, n'hésitant pas à remettre en cause la pertinence des décisions de l'Agence du médicament, à réévaluer systématiquement l'intérêt de chaque substance en reprenant, outre le dossier d'autorisation de mise sur le marché, l'ensemble des articles de la presse scientifique et des documents disponibles au niveau international. Chaque année, nombre de médicaments présentés comme des progrès thérapeutiques majeurs sont affublés d'un laconique « n'apporte rien de nouveau », et certains, dont le rapport bénéfice/risques apparaît trop négatif, sont estampillés d'un infamant « Pas d'accord » sous lequel Gaspard, la « mascotte » du journal, envoie valser d'un coup de pied le médicament incriminé.

Les représentants de l'industrie pharmaceutique ont appris à se méfier des analyses de *Prescrire*, et ont intégré son existence à leur discours. La manipulation des esprits hésitants a consisté à tenter d'isoler la revue, à la présenter aux médecins qui la connaissent peu, ou mal, comme un repaire de scientifiques rigoristes, sortes d'ayatollahs de la gélule. La manœuvre est assez grossière, proche de celle qu'utilisent les lobbies de la voiture, du tabac ou de l'alcool pour marginaliser les rares médecins français qui se préoccupent activement de santé publique (Pr Claude Got, Pr Albert Hirsh, etc.) en les caricaturant en rabat-joie tatillons. Elle a pour but, évidemment, de mettre en doute la pertinence des analyses critiques des médicaments, en jouant sur un réflexe d'identification avec certains médecins peu enclins à remettre en question leurs habitudes. Car accepter de lire la revue *Prescrire*, de poursuivre la réflexion grâce à une étude de la littérature internationale, c'est accepter de remettre en cause une illusoire facilité de prescription, pour épouser un raisonnement scientifique rigoureux, fondé sur le doute, l'étude des risques, la retenue et la prudence devant les nombreuses inconnues... C'est, au bout du compte, prescrire mieux, mais surtout, probablement, prescrire moins.

Du producteur au consommateur

Pour se soigner, il n'est pas forcément indispensable de se rendre chez un médecin. On trouve en pharmacie des médicaments en vente libre sans ordonnance. Le pharmacien est ici censé jouer un rôle de conseil. Cette automédication est plébiscitée par ceux qui voudraient se libérer un tant soit peu du joug du pouvoir médical, et estiment qu'il est possible aujourd'hui, pour certains maux de la vie courante, de se soigner seul. C'est la position que défend en janvier 2000 le philosophe André Comte-Sponville dans les pages « Humeur » d'*Impact Médecin*, tout en notant que les médecins y sont plutôt réticents : « Les médecins n'apprécient guère l'automédication. Cela ne surprendra personne. Comment approuver ce qui semble vous rendre inutile, ou moins utile, ce qui vous fait perdre de l'argent, du prestige, du pouvoir ?... » S'il plaide pour une extension de l'automédication, c'est au nom de « ces millions de gens qui savent se servir d'un ordinateur, qui sont informés mieux que jamais sur l'état du monde et des techniques », mais aussi parce qu'il estime que « le nombre de médicaments efficaces et bien tolérés n'a cessé de se multiplier ». Il cite l'aspirine, disponible sans ordonnance alors qu'elle peut provoquer des effets indésirables, et plaide : « Pour quelques cas d'intoxications, d'ulcères ou d'allergies, combien de souffrances soulagées ? Combien de consultations et de remboursements en moins ? Combien d'économies pour la Sécu ? » Et il termine en assenant : « Pourquoi passer systématiquement chez le médecin – perdre du temps, perdre de l'argent – quand je sais fort bien, depuis des années, ce qu'il va me prescrire ?… D'ailleurs, celui qui veut tel antidépresseur, tel somnifère (ou tel antifongique, ou tel antimigraineux…) n'aura aucune peine à se les faire prescrire par un médecin, dût-il en consulter deux ou trois. »

Ainsi l'automédication serait l'avenir de la santé publique… Dans un monde idéal, où l'éducation à la santé serait enseignée, où l'information sur le médicament circulerait librement sans manipulation, l'automédication permettrait en effet au patient de mieux prendre en charge certains petits maux de sa vie courante. Et la première leçon de cette éducation à la santé serait probablement qu'il y a un monde, parfois, entre « ne pas se sentir très bien » et « être malade », et qu'un désagrément momentané ne nécessite pas forcément le recours à un médicament.

Hélas, les évolutions récentes, en France et à l'étranger, permettent de douter de la pertinence de certaines informations sur le médicament que l'on met à la disposition du grand public, sur Internet ou ailleurs…

Pour le profane, un médicament vendu sans ordonnance est probablement un médicament « moins fort » qu'un médicament réservé à la prescription médicale, mais aussi un médicament que l'on peut absorber sans courir le moindre danger.

La réalité est tout autre.

Mourir pour un rhume ?

Qui n'a pas connu les désagréments d'un rhume, la gêne de l'obstruction nasale, qui peut aller jusqu'à vous priver de sommeil ? On a beau se moucher, rien n'y fait, vos fosses nasales, encombrées de mucus, vous empêchent de respirer.

C'est pour remédier à cela qu'ont été commercialisés les vasoconstricteurs nasaux, produits utilisables localement en spray, ou par voie orale en comprimés. Leur mode d'action ? Comme leur nom l'indique, ils entraînent une constriction des vaisseaux qui irriguent les muqueuses nasales. Rationnées en oxygène, les cellules ralentissent la production de mucus, le nez se dégage, vous respirez à nouveau correctement. Notons que l'effet obtenu est tout sauf physiologique, puisqu'on « étouffe » les cellules pour déboucher les fosses nasales. Et ces produits, réservés à un usage ponctuel, sont susceptibles d'occasionner des lésions quasi irréversibles de « rhinite atrophique » chez les patients qui en utiliseraient trop longtemps. Le sevrage est alors extrêmement difficile, et le patient imprudent deviendra « dépendant » du médicament pour continuer à respirer…

Reste qu'à condition de les utiliser avec parcimonie, les « vasoconstricteurs » soulagent efficacement les patients… dans le cadre d'une pathologie bénigne qui de toute façon guérirait spontanément. Certains d'entre eux sont disponibles sur ordonnance, d'autres sont en vente libre. Du moins était-ce la situation jusqu'en mai 2000, lorsqu'une étude américaine révèle que la phénylpropanolamine, aussi appelée noréphédrine, un vasoconstricteur proche de l'amphétamine, entraîne un risque accru d'accident vasculaire hémorragique cérébral chez les patients qui l'utilisent, soit en tant que décongestionnant nasal, soit dans des préparations amaigrissantes. Ce n'est pas la première alerte : dès 1990, des auteurs américains avaient recensé 142 cas d'accidents sévères (poussées hypertensives, crises convulsives, troubles du rythme cardiaque, troubles psychiatriques, accidents vasculaires cérébraux). Mais l'étude menée pendant cinq ans à l'université de Yale par le Dr Walter Kernan et ses collègues conduit la FDA, le 6 novembre 2000, à demander aux laboratoires commercialisant cette substance de retirer leurs produits du marché américain. Il ne s'agit pas d'une injonction (qui sur le plan légal pourrait prendre plusieurs mois), mais d'une demande amiable, prenant en compte la susceptibilité du public américain au risque sanitaire… et l'intérêt bien compris des laboratoires : outre le souci éthique, il y a un risque financier majeur, dans un pays où l'on est volontiers procédurier, à laisser sur le marché des produits susceptibles de provoquer des accidents graves, et des procès en cascade. Très rapidement, les laboratoires américains retirent du commerce la phénylpropanolamine, et proposent en substitution des médicaments contenant de la pseudoéphédrine, un vasoconstricteur dont le profil d'effets indésirables semble meilleur… sans qu'on en soit réellement sûr… Il est intéressant de noter que cette réaction rapide des laboratoires américains provoque un tollé sur les sites Internet des grandes revues américaines. Nombre de médecins, de pharmaciens, s'insurgent contre le retrait de médicaments qu'ils prescrivent depuis longtemps, dont ils ont « l'expérience » (nous avons vu plus tôt ce qu'il faut penser de cette notion…). Ils remettent en cause les conditions de l'étude, la réaction « politiquement correcte » de la FDA. On peut surtout se demander s'ils ne rechignent pas à abandonner le dogme si confortable de leur infaillibilité médicale… Ils ne seront pas les seuls, d'ailleurs. Car si la revue *Prescrire* mentionne dès décembre 2000 les conditions de retrait de la molécule, qui en France est alors présente dans de nombreux médicaments très connus du grand public (Fervex rhume, Denoral comprimés, Humex Fournier gélules…), seuls certains fabricants vont retirer leurs produits du marché, tandis que les autres attendront les conclusions d'une réévaluation des effets indésirables de la phényl-propanolamine par l'Affsaps... Surtout, il convient de se hâter lentement... La revue *Prescrire* ne partagera pas cette circonspection, recommandant immédiate-ment à ses lecteurs « de ne pas faire prendre aux patients des risques injustifiés en voulant soulager un rhume banal ».

Le conseil ne sera pas répercuté très activement dans la presse médicale...

Et il faudra attendre juillet 2001 pour que l'Affsaps statue. Les commissions de pharmacovigilance et d'autorisation de mise sur le marché considèrent « que le bénéfice de la phénylpropanolamine est mineur au regard du risque très faible mais grave d'accident vas-culaire hémorragique ».

La sanction logique qui en découle devrait être le retrait immédiat du produit du marché français, n'est-ce pas ?... Eh bien, non...

Le ministre de la Santé se limite à faire passer la phénylpropanolamine de la liste II à la liste I. Qu'est-ce que cela veut dire ? Que si les spécialités contenant le produit incriminé ne peuvent plus être délivrées librement par un pharmacien, il sera toujours possible à un patient de se les procurer pour peu qu'il présente une ordonnance. Autrement dit, un produit potentiel-lement dangereux utilisé pour soigner les symptômes d'un rhume banal est laissé en vente, à la discrétion du médecin prescripteur. Pour un ministère qui clame à tout-va le principe de précaution, cette mesure que la revue *Prescrire* jugera « tardive et timorée » est assez surprenante. Surtout si l'on prend conscience que, dans leur immense majorité, les médecins ne seront pas avertis des résultats de l'étude américaine, des conclusions de l'Affsaps ou de la dangerosité du produit ! Cela équivaut à reporter l'essentiel de la responsabilité sur un prescripteur plus ou moins volontairement maintenu dans l'ignorance des enjeux, et permet probablement aux firmes concernées (qui ont délibérément choisi de ne pas imiter leurs concurrents responsables, et continuent à engranger des bénéfices grâce à la phénylpropanolamine) de réajuster leur stratégie de commercialisation, en planifiant leur retrait ou en changeant la composition de leur médicament tout en gardant son nom de marque, fidélisation de la clientèle oblige. Ce genre de manœuvre ne peut se concevoir que si le grand public est laissé dans l'ignorance des risques qu'on lui fait sciemment courir… et si les médecins n'en sont pas clairement informés. La FDA estime qu'en Amérique, 200 à 500 accidents vasculaires cérébraux étaient imputables chaque année à la phénylpropanolamine. Et même si les conditions d'utilisation en France sont différentes, quel risque a-t-on fait courir, quel risque fait-on encore courir aux Français par ce genre de demimesure ?

« *Nos vies valent mieux que leurs profits* », martelait une affiche pendant la dernière campagne présidentielle. En sommesnous si sûrs ?

C'est dans les vieux pots qu'on fait la soupe de demain

Je tiens à rassurer ceux qui pourraient en douter à la lecture de ces lignes : le progrès thérapeutique existe. Prenons le cas du traitement des ulcères de l'estomac et des brûlures digestives liées au reflux gastro-œsophagien chez l'adulte. Pendant des années, les médecins ont prescrit à leurs patients de la cimétidine (Tagamet). Puis est apparue en 1985 une nouvelle substance, la ranitidine (Azantac, Raniplex), vantée pour son efficacité supérieure. Elle dépassera les

2 milliards de dollars de vente mondiale en 1992, pour être ensuite détrônée par une nouvelle famille de médicaments, les inhibiteurs de la pompe à protons, qui non contents de se révéler plus efficaces dans le traitement de l'ulcère et du reflux, seront aussi utilisés avec succès dans la prévention des effets secondaires digestifs des AINS comme nous l'avons évoqué plus haut. Dans le même temps, la prescription de Tagamet (et donc le chiffre d'affaires du médicament), autrefois importante, chute au fur et à mesure de l'arrivée de concurrents plus récents et plus efficaces. Ce qui donne l'idée au laboratoire SKB de proposer le principe actif du Tagamet, la cimétidine, en vente libre en pharmacie sans ordonnance sous le nom de Stomédine. Malheureusement, une des raisons qui ont amené les médecins à privilégier la ranitidine, puis les IPP, en substitution de la cimétidine plus ancienne, est l'existence des nombreuses interactions médicamenteuses de cette molécule, qui expose à un risque de surdosage avec les anticoagulants oraux, les antiépileptiques, les bêtabloquants, la théophylline... Sans remettre en cause les vertus de la cimétidine, comment peut-on laisser l'industrie pharmaceutique promouvoir auprès des pharmaciens et des patients (car la publicité des médicaments en vente libre est autorisée) un médicament qui peut interférer avec d'autres traitements prescrits par leur médecin, sans le signaler clairement ? Et parmi les patients, combien songeront à prévenir leur médecin qu'ils prennent plus ou moins régulièrement de la Stomédine, dont la vente libre leur fait croire à tort qu'elle n'a ni effets indésirables ni interactions médicamenteuses ?

Les exemples de cette nature abondent et montrent que l'intérêt financier des laboratoires, la « satisfaction » des besoins immédiats de patients considérés avant tout comme des « consommateurs » de gélules priment sur la santé publique. Le médecin consciencieux, prudent, indépendant, bien loin de représenter, comme l'imagine André ComteSponville, un facteur de coût supplémentaire, reste l'un des ultimes remparts qui protègent le patient d'un monde de cauchemar où il n'existerait plus que des consommateurs gavés de publicité et des producteurs de médicaments contraints à l'excellence boursière.

Mais parce que (trop lentement, j'en conviens), grâce à la revue *Prescrire*, grâce à un réveil de la vigilance d'un nombre croissant de médecins face au marketing des laboratoires, la marge de manœuvre de Big Pharma se réduit légèrement, le lobby du médicament a décidé de jouer le tout pour le tout, et de pousser la Commission européenne à autoriser, comme aux États-Unis, la publicité directe vers le consommateur.

Extension du domaine de la lutte

« Une proposition de directive, et une proposition de règlement, toutes deux concernant le médicament, vont prochainement être soumises, pour adoption, au Parlement européen et au Conseil de l'Union européenne… » prévient la revue *Prescrire* dans un courrier courant 2002 à l'ensemble de ses lecteurs, qu'elle invite à se mobiliser en faisant circuler une pétition pour s'y opposer. Parmi les changements extrêmement préoccupants qu'énumère la revue :

– l'accélération des autorisations de mise sur le marché, accordées une fois pour toutes, sans révision régulière de la balance des bénéfices et des effets indésirables des médicaments ;

– le maintien dans le quasi-secret des activités de pharmacovigilance ;

– une pression publicitaire directe auprès du grand public[1].

La publicité directe au consommateur est autorisée aux USA et en Nouvelle-Zélande depuis 1997. En feuilletant le *New-Yorker*, magazine culturel de haute tenue, le lecteur peut tomber sur une double page couleur annonçant : « Pravachol aide à prévenir les crises cardiaques. » Suit une page en noir et blanc listant en caractères à la limite de la visibilité les contre-indications, les effets indésirables, toutes les informations légales… que peu de gens auront la patience de lire, d'autant que les sigles utilisés (HMG-CoA, AST et ALT, AUC, Cmax…) sont aussi compréhensibles que des hiéroglyphes.

Dans le *Boston Globe*, un grand quotidien, l'information est réduite au strict minimum : « Demandez à votre médecin de vous parler du Buspar. » L'information légale est ici imprimée en petits caractères quasiment illisibles sur du papier journal. Et la traduction française ne rend pas exactement la teneur du message en anglais : « Ask your doctor about Buspar » évoque par analogie « Ask your doctor for Buspar », « Demandez du Buspar à votre médecin »…

Depuis 1997, date à laquelle la publicité directe au consommateur a été facilitée par la FDA aux États-Unis, une étude publiée par l'American Medical Association révèle que 80 % des patients (soit plus

1. La revue *Prescrire* attire d'ailleurs l'attention de ses lecteurs sur un fait apparemment anodin qui en dit long sur l'état des forces en présence, en révélant que l'Agence européenne du médicament, majoritairement financée par les redevances que les industriels lui versent directement, est actuellement rattachée… à la « Direction générale Entreprises » de la Commission européenne, et non à la « Direction générale Santé et Protection des consommateurs ».

de 12 millions de personnes) qui demandent à leur médecin un médicament vu dans une publicité voient leur souhait exhaucé. Plus besoin d'intermédiaires, les industriels du médicament remplacent ici les médecins…

Car les intérêts en jeu sont colossaux : entre 1996 et 1999, le budget de Big Pharma pour la publicité directe a fait un bond de 500 millions de dollars à … 1,8 milliard de dollars, dépassant de loin le budget pour la presse médicale…

En octobre 2000, suite à un éditorial (non signé) favorable à la publicité directe dans *The Lancet*, de nombreux médecins ont réagi, l'un d'entre eux pointant le danger que représentait la publicité directe pour les statines. Notons que cette lettre est publiée onze mois avant que la cérivastatine soit retirée du marché ! Le médecin remarque que si « les statines » sont des médicaments utiles en pathologie cardio-vasculaire, ils ne sont pas exempts de dangers, qu'il énumère (myopathies, rhabdomyolyse) et nécessitent une surveillance médicale et biologique. Visionnaire, ou simplement correctement informé, il note : « De plus, les six statines approuvées par la FDA n'ont été introduites aux USA que depuis 3 à 9 ans pour les plus anciennes, et nous n'en connaissons pas les effets à long terme. » Leurs effets complexes méritent attention, plaide ce médecin qui voit poindre, derrière la publicité directe, le désir des laboratoires de provoquer l'engouement du public et, à terme, la vente directe sans ordonnance.

Un autre explique que la publicité directe affaiblit la relation médecin-patient. « Les médecins ont aujourd'hui affaire à des patients mieux informés, mais exposer ces patients à la publicité pour des médicaments vendus sur prescription ne les rendra pas plus informés, mais plus revendicatifs. »

D'autres enfin soulignent que, tout comme cela arrive pour la publicité destinée aux médecins[1], la publicité directe bafoue parfois les règles édictées. Et qu'elle tend à privilégier les « blockbusters » que l'industrie cherche à vendre en priorité, plutôt que de promouvoir une information de santé de qualité.

Alors que Big Pharma intensifie son lobbying auprès de la Commission européenne pour légaliser la publicité directe de médicaments vendus exclusivement sur prescription médicale (*Direct to Consumer Advertisement*, alias DTCA), il est utile de faire un retour en arrière et d'étudier comment la publicité directe s'est imposée aux États-Unis :

La première publicité directe a été publiée en 1981 dans le *Reader's Digest*. Devant le développement de la DTCA dans les années qui ont suivi, la Food and Drug Administration, inquiète, a imposé un moratoire pour étudier le problème. Bien que l'étude ait conclu que « la publicité directe destinée au consommateur n'est pas dans l'intérêt du public », la FDA a levé son moratoire en 1985, en instaurant quelques règles de présentation pour protéger le consommateur... mais sans instaurer aucun contrôle *a priori* ! Notons ici que la Constitution américaine, très respecteuse des droits de l'individu, ne laissait pas une grande marge de manœuvre à la FDA. Comment interdire purement et simplement la DTCA quand les contenus pornographiques ou les écrits négationnistes sont protégés au nom du Premier Amendement, celui qui garantit la liberté de parole ? Sans parler du pouvoir des médias, trop heureux de bénéficier de cette manne publicitaire... En 1997, lorsque la FDA a encore assoupli ses contrôles, les investissements de Big Pharma ont triplé en deux ans... Et

1. La revue *Prescrire* relate régulièrement les interdictions de certaines publicités mensongères par l'Afssaps.

même si l'on parle beaucoup, car c'est politiquement correct, d'« informer » le citoyen, de lui permettre de participer à la prise en charge de sa santé, le retour sur investissement, on s'en doute, est conséquent : entre 1998 et 1999, les dépenses pharmaceutiques aux USA ont augmenté de 19 %. Les prescriptions pour les 25 premiers médicaments bénéficiant de la DTCA augmentèrent de 34 %, tandis que les autres prescriptions médicamenteuses n'augmentaient « que » de 5 %…

En Europe, et en France, la bataille s'annonce. D'un côté, les professionnels de santé informés, les revues scientifiques indépendantes, les quelques parlementaires qui ont saisi l'enjeu majeur de santé publique que représente la publicité directe. De l'autre, une industrie pharmaceutique qui comme aux USA plaide pour l'information du patient, explique qu'elle se bornera à communiquer sur de grandes pathologies méconnues : l'asthme, le diabète, le sida… Dans le but louable et désintéressé d'améliorer la prise en charge des malades qui s'ignorent, ou que les médecins dépistent ou traitent insuffisamment… Alors que ces contre-vérités cherchent souvent tout simplement à créer un marché là où il n'y en a pas, en culpabilisant les soignants et en générant un besoin dans le public, au risque d'inventer de toutes pièces un concept de maladie pour vendre un produit.

Un coup de sonde

En France, au cours de l'été 2002, les lecteurs de plusieurs grands quotidiens nationaux ont pu découvrir un encart les « informant » de la nécessité de parler avec leur médecin de leurs troubles de l'érection. Aucun nom de médicament n'était cité, même si quelques années plus tôt un intense matraquage avait inculqué au public l'équation « troubles de l'érection = Viagra ».

Sur la photo de cet encart publicitaire, une icône, le grand footballeur Pelé, « Athlète du siècle ». Et quelques mots : « Pourquoi suis-je bien placé pour vous parler des troubles de l'érection ? Parce que je suis un homme. Tout simplement. »

En toute innocence, la publicité directe venait de lancer en France son ballon-sonde.

Pas cette fois

Une fois n'est pas coutume, Big Pharma a été renvoyé dans ses buts. Les parlementaires européens, lors d'un vote intervenu à Strasbourg le 23 octobre 2002, ont privilégié la santé publique plutôt que l'intérêt de l'industrie, en affirmant que « le médicament n'est pas une marchandise comme les autres ». Un intense travail de lobbying mené par *Prescrire* et les autres revues européennes indépendantes a amené la Commission européenne à rejeter la publicité directe au consommateur (par 494 voix contre 42 !). Et les protecteurs des patients ont même réussi à faire passer des amendements prônant une plus grande transparence de l'ensemble des données que récoltent les agences du médicament, et qu'elles sont souvent réticentes à communiquer, alors que la FDA permet la consultation de l'ensemble des études et des textes qu'elle archive. La plupart des pays européens ne sont pas habitués à la transparence, note la revue *Prescrire* dans son compte rendu « mais il existe aujourd'hui des principes… et des textes… exigeant que soient mises en lumière les décisions prises, leurs motivations et les données qui les sous-tendent ». De plus, la pharmacovigilance est encouragée et rendue publique : « Les patients peuvent notifier des effets indésirables, soit à leurs médecins et pharmaciens, soit directement aux agences. Ils sont invités à signaler particulièrement les effets inattendus survenant lors des traitements par de nouveaux médicaments ; une mention spéciale sur le conditionnement des nouveaux médicaments les y incite, pendant 5 ans après la commercialisation. » Enfin « l'ensemble des pays européens doit obliger les professionnels de santé à signaler les effets indésirables graves ou inattendus » et « la base de données d'effets indésirables de l'Agence européenne du médicament doit être rendue publique… de même que les avis de la commission de l'agence chargée de la pharmacovigilance ».

Il est moins une, docteur Schweitzer

Cette fois-ci, la santé publique, qui n'est autre que la santé du public, donc la santé de chacun d'entre nous, a marqué des points. Grâce à l'engagement citoyen de ceux qui savaient ce qui était en jeu, et ont décidé de passer à l'action, d'informer les élus et les associations. Oh, certes, cette information n'a guère fait la une des journaux télévisés, mais elle révèle, à l'instar de ce qui se passe dans le monde entier depuis quelques années, les succès de ces mouvements qui partout se dressent contre la commercialisation de l'homme, contre la marchandisation des rapports humains. Dans le domaine social, dans le domaine culturel, dans le domaine politique, et pourquoi pas demain dans le domaine de la santé, on découvre qu'il peut y avoir un autre avenir pour l'homme que le profit. Il est temps…

Il est temps parce que la santé est dans le collimateur de l'Organisation mondiale du commerce, qui considère que, au même titre que l'éducation, le logement social et le transport, elle doit être privatisée et livrée aux lois du marché. Le but : la dérégulation du secteur, l'entrée en force des assurances privées, et des investisseurs étrangers. En 1999, la Coalition des industries de service américaine, alias USCSI, affichait ses espoirs quant aux négociations du GATT : « Nous pensons pouvoir progresser largement dans les négociations afin de dégager les opportunités pour les compagnies américaines de s'implanter sur les marchés des systèmes de soins étrangers… Historiquement, les services de santé dans de nombreux pays ont largement été sous la responsabilité du secteur public. Cette appartenance au secteur public a rendu difficile l'implantation marchande des industries de service du secteur privé US dans ces pays… »

Depuis lors, la montée de la contestation antimondialisation, ainsi que l'instabilité du secteur de santé, qui a entraîné des restructurations drastiques aux États-Unis, a modifié la donne, et ralenti cette tentative de privatisation du système, sans la stopper tout à fait. Les difficultés du secteur public hospitalier français, l'insatisfaction des professionnels de santé de ville devant la lourdeur des procédures administratives auxquelles les contraint la Sécurité sociale attisent les flammes d'un ultralibéralisme qui se pare des masques du bon sens. Si la Sécurité sociale solidaire ne peut plus payer notre travail à sa juste valeur, estiment certains médecins, qu'elle passe la main, ou nous laisse fixer nos tarifs librement… Aux patients de se débrouiller avec leurs assurances privées ou leurs mutuelles…

Jalouses de leur pouvoir administratif, les caisses d'assurances maladie et les syndicats qui y règnent en maître sous couvert d'un paritarisme moribond savent pertinemment que leur survie en l'état, qui dépend de leur équilibre financier, est gravement menacée. Le déficit chronique de la branche maladie, malgré les multiples plans de sauvetage et autres approximations comptables régulièrement épinglées par la Cour des comptes, a forcé l'État à s'impliquer ces dernières années dans le secteur de la santé. Les gouvernements successifs savent que les conflits dans le monde de la santé peuvent faire tomber un gouvernement, faire perdre une élection. Ils naviguent donc entre accès de rigueur et poussées de clientélisme, sans jamais définir une politique de santé publique globale à long terme.

Mais l'inquiétante situation des comptes sociaux, et la piètre gestion des caisses, a forcé l'État à s'impliquer directement dans ce secteur dans les années 90 avec la mise en place de la CSG, la création de nombreuses agences en charge de la santé publique (Agence du médicament, Agence de l'évaluation médicale…), et enfin la restriction de la compétence des caisses.

Depuis 1996, c'est en effet le Parlement, en sortant de son chapeau l'ONDAM (Objectif National des Dépenses d'Assurance Maladie), qui impose aux caisses un budget global à ne pas dépasser, sans d'ailleurs leur laisser grande latitude pour pouvoir influer sur les dépenses. N'était l'inertie habituelle de la société française, on pourrait parier sans crainte que les gestionnaires actuels des caisses d'assurance maladie ont du souci à se faire…

D'autant que l'État, par l'intermédiaire du plan Juppé et de son volet concernant l'informatisation à marche forcée des professionnels de santé, a mis en route les systèmes nécessaires pour diminuer les coûts de gestion des caisses dans une première phase (en transférant généreusement ces coûts vers les professionnels de santé) puis éventuellement se passer d'elles dans un second temps. Soit que l'État poursuive dans la voie actuelle en étendant sa tutelle sur les caisses réduites à une peau de chagrin, avant de mettre en place une assurance maladie sous sa responsabilité directe, soit qu'il accepte la mise en concurrence avec le privé, voire la privatisation. Mais si le domaine de la santé constitue un gigantesque marché qui attire bien des convoitises, il représente aussi un risque politique majeur. La privatisation de l'assurance maladie ne pourrait se concevoir qu'en rendant celle-ci bénéficiaire, en réduisant drastiquement les coûts de gestion engendrés par la multiplicité des régimes, mais surtout en définissant un « panier de soins » pris en charge et en laissant le reste à la discrétion et à la charge de la population, sous couvert d'une « responsabilisation » uniquement financière, qui permettrait aux plus aisés de bénéficier de mutuelles complémentaires, quand les plus démunis seraient réduits au minimum vital. Une Couverture maladie universelle (CMU) relookée, restreinte, pourrait ici servir d'alibi à un gouvernement lorgnant vers la privatisation...

Une privatisation de cette nature, en dehors des remous sociaux qu'elle engendrerait et de la prévisible dégradation des conditions sanitaires qui en résulterait (à l'instar de la situation américaine), aurait le « mérite » de contenter un temps une partie des professionnels de santé, ceux qui ne supportent plus de devoir pratiquer des tarifs trop bas, et dont certains, même, refusent systématiquement, en toute illégalité, de prendre en charge les patients en CMU ou en ALD. Définir ce que la Sécurité sociale doit rembourser, et laisser les médecins libres d'appliquer les tarifs qu'ils estiment justifiés, en abandonnant la différence à la charge de la population, voilà qui ne déplairait pas à la frange la plus libérale de la profession. Pour ces adeptes du dépassement d'honoraires, il est temps de « responsabiliser » le patient... en lui faisant payer au prix fort ses exigences... Sous le couvert de la logique, ce type de système crée évidemment deux catégories de patients : ceux qui peuvent se permettre d'exiger, et d'en payer le prix… et ceux qui ne le peuvent pas, et auront droit à une prestation « standard »… Étrange conception de la relation du médecin au patient, ou de la dignité du médecin. Ces dépassements appliqués à une partie de la clientèle ne servent-ils pas de compensation à une relation médecin-patient ressentie comme intolérable ? Ne servent-ils pas d'exutoire à des médecins qui, contre leur gré, répondraient à des « exigences » qu'ils estimeraient déplacées ? Je pense ici à cette femme téléphonant à cinq heures du matin au médecin de garde afin de pouvoir arriver sur les pistes de Courchevel en temps et en heure. Est-il plus cohérent de se rendre disponible malgré la fatigue, en échange d'un dépassement conséquent, ou de refuser ce déplacement de convenance personnelle, afin de préserver le repos du médecin et la qualité du service professionnel qu'il proposera le lendemain aux patients plus… patients ? Un système où le médecin accepte à contrecœur de répondre à des demandes de soins ou de prescriptions illusoires et se venge en haussant ses honoraires est-il un système viable ? D'autant que les patients les plus exigeants, s'ils sont couverts par une assurance privée remboursant les dépassements d'honoraires, pourront continuer à utiliser le système de santé n'importe comment…

Une autre voie avait été tentée un temps par la CNAM, sous le regard intéressé de l'État, en 1997, une voie dans laquelle la notion de « responsabilisation » du patient n'était pas un simple euphémisme pour faire avaler le déremboursement d'une partie des soins ou la hausse des cotisations, mais où les caisses auraient favorisé les médecins et les patients qui accepteraient d'adopter conjointement une démarche de soins structurée privilégiant la prévention. La modulation de la prise en charge financière du patient dépendant dans ce cas non pas de son aptitude à payer, ou de la nature du risque médical encouru, comme c'est le cas avec une assurance privée, mais de son degré d'implication volontaire dans cette démarche cohérente. Patient et médecin généraliste choisissaient conjointement de signer un contrat de principe, par lequel le patient s'engageait à privilégier le recours au médecin généraliste en première ligne, sans obligation toutefois. Et le médecin s'engageait à tenir le dossier global du patient et à suivre une formation médicale continue réellement indépendante de l'industrie pharmaceutique, ainsi qu'à faire bénéficier ses patients du tiers payant, ce qui dispensait ces derniers d'avancer les frais lors des soins. L'assurance maladie versait alors annuellement au médecin généraliste, en complément du paiement à l'acte, une capitation qui correspondait à une forme de reconnaissance du travail administratif, du travail de formation, du travail accompli hors consultation. Cette voie, bien qu'optionnelle pour le corps médical comme son nom l'indiquait clairement (Option médecin référent, alias OMR) rencontra dès les prémices de sa mise en œuvre en 1997 l'opposition musclée de la majorité des spécialistes, et de nombreux généralistes qui refusaient de « collaborer » avec les organismes financeurs, clamant le principe de leur totale indépendance… Tandis que Big Pharma se frottait les mains, la presse médicale, simple coïncidence, se déchaînait contre l'option, qui instaurait une certaine cohérence dans l'accès aux soins en incitant le patient à consulter son généraliste en premier lieu.

Les accusations fusèrent contre les référents : « Collabos, médecins de caisse, médecins déférents… » Certains porteparole de syndicats de spécialistes n'hésitèrent pas à les menacer de procès, agitant le spectre de retards de diagnostics fautifs liés à la rétention de patients par des généralistes forcément ignares et incompétents… L'Ordre des médecins utilisa toutes les ressources de l'arsenal juridique pour miner cette option, exploitant certaines erreurs de communication des caisses d'assurance maladie, qui pouvaient laisser penser que le médecin référent était un « meilleur » médecin que le médecin non référent, alors que la différence ne se situait pas au niveau de la qualité professionnelle du soignant mais dans le mode de rémunération et de consultation choisi. Car le grand tabou que levait l'option médecin référent était un tabou si profondément ancré dans les mentalités que très peu de médecins et de patients l'avaient même jusqu'alors envisagé : la remise en cause du paiement à l'acte.

Paiement à l'acte

Se faire payer à l'acte après des années de salariat hospitalier est une nouveauté troublante pour bien des jeunes médecins à peine installés. Mais le poids des charges incompressibles (location, secrétariat, remboursement des emprunts, paiement des cotisations sociales, des assurances…), qui souvent pendant les premières années engloutit toutes les recettes du cabinet, nous propulse bon gré mal gré dans la logique du patron d'une toute petite entreprise, forcé de démarcher le client et de « faire du chiffre » pour subsister. Or le système du paiement à l'acte exclusif pousse à la multiplication de ceux-ci, puisque chacun donne lieu à une nouvelle facturation. Plus d'actes, c'est plus d'argent. C'est aussi, bien évidemment, moins de temps pour chaque acte. Oh, bien sûr, les gros prescripteurs, les médecins à très forte activité (atteignant parfois 60 à 80 actes par jour en moyenne) donnent l'impression, aux autres et à eux-mêmes, d'une toute-puissance que rien ne peut abattre. Ce sont des bourreaux de travail, toujours disponibles, toujours harassés. Longtemps ils sont apparus comme des modèles, et ont instauré un rapport totalement pervers au temps, au patient et à la médecine. Le médecin « lent », le médecin qui, comme Robert N. Braun en 1979, choisissait dans un tel environnement de n'assurer « que 20 à 25 actes médicaux par jour », était considéré par ses pairs comme un mauvais médecin. Cela lui permettait pourtant de dégager plus de temps pour chaque patient, et donc de mieux aborder le moment de la prescription. Car il n'y a pas de secret : rien n'est plus facile, rien n'est plus rapide que de se saisir d'un bloc d'ordonnances au plus vite et de couper court à une consultation par une longue prescription. Plus le médecin prend de temps, plus il écoute son patient, plus il recueille de renseignements, plus aussi il argumente et explique son résultat de consultation… moins il est amené à prescrire.

Le meilleur allié de Big Pharma, c'est le médecin pressé, épuisé, qui pallie son manque de temps ou de conviction à coups de lignes d'ordonnances, et fait le ravissement de nombreux patients qui ne s'avouent pas leur surconsommation médicamenteuse. Ce médecin qui ajoute une molécule supplémentaire à l'ordonnance à chaque nouveau symptôme allégué par le patient, sans même se poser la question de la responsabilité éventuelle des médicaments antérieurement prescrits, jusqu'à ce que le risque d'interactions médicamenteuses dépasse de loin le bénéfice attendu… Ce médecin qui, à chaque demande, si peu justifiée soit-elle, répond par l'affirmative, quitte à faire payer son acquiescement.

Au contraire, le médecin qui prend son temps, le médecin qui a appris à dire « non », à expliquer et à négocier avec son patient ce refus de prescrire un médicament inadapté ou dangereux, ce médecin ne tirera aucun bénéfice d'un paiement à l'acte qui voudrait le transformer en machine à prescrire…

En instaurant une part de capitation dans le système, une somme forfaitaire versée annuellement par la caisse au médecin pour le suivi et la synthèse du dossier du patient, l'option médecin référent modifiait le rapport du médecin et du patient, les caisses d'assurance maladie choisissant de rémunérer, au-delà de la répétition des actes médicaux, une prise en charge plus globale, plus lente, dans laquelle l'éducation du patient pouvait primer sur son infantilisation par rapport à la prescription.

La levée de boucliers de la majorité des syndicats de spécialistes, qui y ont vu un risque de ne plus être considérés que comme des consultants exclusifs, et le torpillage de l'option par de nombreuses mutuelles complémentaires qui, par impéritie ou calcul, firent de son application sur le terrain une ubuesque usine à gaz, tout cela voua l'option à un échec relatif. Alors même que les caisses d'assurance maladie proposaient pour une fois aux généralistes un partenariat rémunéré, seuls 10 % des généralistes avaient choisi cette option à la fin de l'année 2002, soit 6 500 médecins, et quand même près de 1,4 million de patients, ce qui n'est pas négligeable. Cela contraignit les syndicats de spécialistes, en position de force lors de la négociation de la convention début 2003, à n'en demander que le gel en l'état, quand sa suppression avait longtemps constitué un de leurs principaux objectifs.

Demain commence aujourd'hui

Je ne sais plus exactement de quoi j'ai rêvé, mais j'ai dû finir par me rendormir, puisque le contact froid de la truffe du chien sur ma main m'a réveillé voilà trois quarts d'heure. Le temps de prendre une douche, un café, d'aider ma femme à habiller les enfants… Dehors il fait froid, encore plus froid que la veille. Tandis que je gratte le givre sur le pare-brise de la voiture, je songe à mes confrères des campagnes, ceux qui ont affronté les routes verglacées cette nuit. Dans quel état abordent-ils la journée ? Et sont-ils tous rentrés au port ? De temps à autre, dans un entrefilet ou au détour d'un mail, j'apprends qu'un confrère s'est tué en voiture au sortir d'une garde. Ce fut le cas sur la départementale que je prends chaque matin pour me rendre au cabinet, il y a quelques années déjà. Et l'été dernier, une jeune interne connut le même sort après une garde de quarante-huit heures… Médecins généralistes, urgentistes des hôpitaux, médecins en formation, infirmières, patients, nous sommes la variable humaine compressible d'un système devenu fou, qui privilégie la technologie par rapport aux hommes. Un système de consommation médicamenteuse à outrance, un système de profits dans lequel, lorsqu'il ne reste plus suffisamment d'argent, certains rêvent de remiser au clou l'assurance maladie solidaire pour créer un véritable marché régi par la seule loi de l'offre et de la demande. Je veux croire qu'il est encore temps d'explorer une autre voie. C'est ce que je me dis, chaque matin, depuis des années, en route vers mon cabinet. Ça commence aujourd'hui. Ça commence aujourd'hui avec les quinze, vingt, vingt-cinq personnes qui vont venir me consulter. Sortir de la course à l'acte, prendre le temps de parler, d'informer, pas parce que c'est une obligation légale, inscrite dans les dispositions de tel ou tel amendement, mais parce que c'est une obligation morale, sans laquelle ce métier n'aurait aucun sens. Et je sais que nous sommes nombreux, très nombreux, à tenter d'œuvrer en ce sens, quand bien même le poids des charges, la lourdeur des contraintes administratives, la présence pesante de Big Pharma, ainsi que le mépris dans lequel nous tiennent de manière plus ou moins voilée les pouvoirs publics ne nous facilitent pas la tâche.

Parce que la pénurie médicale a été organisée sciemment pour réduire les coûts, parce que cette baisse démographique nous met momentanément en position de force (ce qui est rare est cher…), certains pourraient être tentés de se satisfaire de pérenniser la situation actuelle en augmentant la participation financière des patients.

Il me semble qu'il est encore possible de modifier la donne, d'affirmer haut et fort que les intérêts de nos patients sont les nôtres.

Pendant longtemps, on a défini la consultation médicale comme un colloque singulier. Colloque singulier, parce que mettant en contact les représentants de deux univers distincts, celui où l'on vit sans songer à la mort, et celui dans lequel trop souvent on est contraint d'en soupçonner la présence devant un symptôme d'apparence banale, en une sorte de déformation professionnelle. Singulier colloque, parce qu'il existe dans notre société peu d'endroits où, dans une relation d'aide en théorie neutre et bienveillante, le citoyen est à même de s'épancher, de faire part de ses craintes, de livrer certains de ses secrets les plus intimes, de se voir aussi parfois sommé de répondre à des questions indiscrètes, impudiques, voire franchement gênantes, de livrer enfin son corps aux mains et aux instruments d'un tiers investi d'un savoir obscur, d'un pouvoir touchant aux questions essentielles de la vie, de la mort et de la souffrance.

Pourtant, si idéale que soit cette vision d'une relation d'aide librement consentie entre deux individus, dans une société qui semble chaque jour nous inciter de manière plus égoïste à assurer notre confort matériel au détriment de toute autre considération, si rassurante que soit cette notion d'un lieu d'échange privilégié à l'écart du bruit et de l'influence du monde environnant, la réalité impose de faire voler en éclats cette fiction artificielle. L'irruption en son sein d'une multitude d'acteurs invisibles, légitimes ou illégitimes : gestionnaires de l'assurance maladie, assureurs privés, journalistes, industriels du médicament, procureurs, lobbys…, a profondément modifié le prétendu colloque singulier.

Vers 1950, le président de l'Ordre des médecins de l'époque avait défini la consultation médicale comme la rencontre d'une confiance et d'une conscience. Au cours de mes études, cette définition en apparence humaniste m'a gêné, sans que je puisse précisément en déterminer la raison. C'est bien plus tard seulement que m'est apparue sa fondamentale ambiguïté. Définir ainsi la consultation, c'est poser que le médecin est doté de la conscience dont le patient serait dépourvu. Et que le patient, lui, n'a qu'à faire confiance. Cette définition n'est plus tenable aujourd'hui, mais la remplacer par une simple transaction commerciale entre un prestataire de services et un client n'est guère plus enthousiasmant. Il doit être possible d'ouvrir le dialogue entre l'homme qui souffre et l'homme qui soigne. D'en extirper les malentendus et les présupposés mensongers. De provoquer la rencontre de deux consciences et de deux confiances. Parce que le médecin généraliste doit aujourd'hui devenir l'éducateur de son patient, faire éclore en lui la conscience de sa responsabilité propre dans le maintien de son état de santé, l'aider à discerner dans le discours pharmaceutique ou scientifique la part de la vérité de celle du consumérisme. Et parce que, tout comme le patient doit faire confiance à son médecin, le médecin doit apprendre à faire confiance à son patient. À l'écouter, à l'entendre. Afin de préserver sa capacité de soigner. Car le médecin est lui-même le premier médicament, un médicament d'autant plus efficace qu'il dispose de suffisamment de temps.

C'est un matin d'hiver, pas plus glacial qu'un autre.

J'ai déposé les enfants au collège.

Avant de sortir de la voiture, je scrute les pare-brise gelés des autres véhicules sur le parking de la gare et n'y découvre aucun ticket.

Ça commence aujourd'hui.

« Près de moi seront des hommes, et être un homme parmi les hommes et le demeurer toujours, quelles que soient les circonstances, voilà le vrai sens de la vie. »

Fedor Dostoïevski,
in « Les Démiurges », Nikos Lygeros.

Postface

Ça commence aujourd'hui.

C'est sur ces mots que j'ai mis un terme, il y a cinq ans, à ces « Confessions d'un médecin généraliste ».

Sans imaginer à l'époque que ce que j'avais décrit dans l'un des chapitres finaux, « Il est moins une, docteur Schweitzer », était déjà sur les rails.

Faut-il que la situation ait atteint un seuil critique pour lire, sous la plume du Professeur Guy Nicolas, dans un rapport intitulé « *Le corps médical à l'horizon 2015* » adopté en 2007 par la vénérable Académie Nationale de Médecine, les phrases suivantes :

« Le généraliste a un métier difficile, il doit connaître des panoramas étendus de la médecine, faire un diagnostic en quelques minutes et prendre une décision thérapeutique ; il peine à maîtriser son emploi du temps ; en milieu rural il est isolé et en milieu suburbain, sa sécurité est fragile. Les spécialistes ont un mode de vie beaucoup plus confortable... à ces difficultés en terme de conditions de vie, il faut ajouter le fait que le revenu des médecins connaît également de grands écarts, toujours au détriment des généralistes

et de certaines spécialités qui sont dépourvues d'actes techniques. »

Si enfin l'Ordre des Médecins, l'Académie Nationale de Médecine, la plupart des experts du secteur s'accordent à considérer comme préoccupante la désaffection des jeunes internes pour la médecine générale et la baisse démographique déjà amorcée, la situation n'évolue pas, ou seulement dans les mots. Car depuis des années les généralistes sont habitués aux louanges. On vante leur compétence, on loue leurs qualités d'écoute, on estime indispensable leur rôle de « *pivot du système de santé* », de « *garant de l'accès aux soins* », sans jamais aller plus loin que ces promesses et ces qualificatifs vides de contenu.

La réalité du métier, et ses perspectives, sont toutes autres. Chaque année, lors du choix de l'Examen National Classant, les jeunes étudiants diplômés choisissent, au terme d'un parcours d'égale difficulté, leur spécialité future. Chaque année, celui ou celle qui, le premier, annonce son choix pour la médecine générale, le fait sous les ricanements, les quolibets et les lazzi. Tant est profondément ancré à l'université, parmi les spécialistes enseignants, l'adage méprisant qui voudrait que la médecine générale soit le fruit d'une sélection par l'échec. Tant est évidente la réalité économique, qui veut que seul un idiot ou une illuminée choisirait, d'un mot, d'amputer son revenu de 40 à 50 % tout au long de sa carrière future.

Pour les médecins généralistes en exercice et les étudiants qui, en toute lucidité, font ce choix d'une médecine de premier recours alliant compétence et humanisme dans l'indifférence des pouvoirs publics et des organismes gestionnaires de l'assurance-maladie, il y a plus pénible encore : l'incompréhension dont fait preuve une grande partie de la population à qui l'on se charge, à chaque augmentation ponctuelle, de bien enfoncer le clou : l'appétit financier des généralistes, leurs demandes de revalorisation, pourraient mettre en danger l'équilibre de la Sécurité Sociale, rien de moins ! C'est la thèse soutenue aussi bien par Michel Régereau, Président de l'UNCAM (CFDT) que par Michel Boisson, représentant le MEDEF, qui exhorte les médecins généralistes à « se montrer raisonnables », alors qu'on leur lâche, pour la seconde année, un euro de plus par consultation (soit globalement $1/1000^{ème}$ des dépenses annuelles d'assurance-maladie), l'année où la médecine générale est reconnue au niveau européen comme une spécialité. Outre que ces augmentations successives ne couvrent pas la seule inflation depuis 2002, il faut remarquer l'habileté avec laquelle les syndicats signataires choisis comme « représentatifs » par le Ministère malgré leur cinglant désaveu lors d'élections récentes (62 % de votes pour les opposants), se chargent de médiatiser ces augmentations modestes, tout en passant systématiquement sous silence le différentiel entre les revenus des médecins généralistes (et d'autres spécialités essentiellement cliniques, c'est-à-dire ne réalisant pas d'actes techniques onéreux) et les spécialités les mieux rémunérées, dont la moindre diminution d'activité, intolérable, doit donner lieu à compensation.

Ainsi, à longueur de colonne, de forum, les généralistes conventionnés en secteur 1, les médecins de premier recours les plus attachés à un accès aux soins solidaires alors que les dépassements se généralisent, sont-ils désignés à la vindicte publique comme des fossoyeurs du système, alors que leur honoraires représentent à peine 3,2 % du total des dépenses de Sécurité Sociale, soit moins que les indemnités journalières

(5,9 %) ou que les frais de gestion de la Sécurité Sociale (4,6 %). La part remboursée des actes de spécialistes atteignant, elle, 7,4 %, et l'hôpital 51 %. En l'absence de toute réflexion sur la place dévolue à chacun des acteurs, sur les missions que doivent remplir les généralistes (dont on charge quotidiennement la barque), il apparaît utile de préciser qu'ils sont bien les seuls à faire les frais de cette sollicitude médiatique : qui a noté que les établissements privés ont fait +7,7 % en 2006 après une augmentation de 19,5 % en 2005 ? Qui a pointé les procédures opaques d'obtention de prix de remboursement très élevés de certains médicaments « innovants » dont les revues de pharmacologie indépendantes contestent à juste titre l'utilité ? Qui, surtout, a remarqué que les efforts de modération des dépenses et les objectifs chiffrés de maîtrise comptable sur les prescriptions et les arrêts de travail sont *opposables aux seuls généralistes* ? Comme si les médecins spécialistes avaient été augmentés parce qu'ils le valaient bien, tandis que les généralistes, encore et toujours, devraient faire la preuve de leur mérite. Rien ne bouge, les promesses succèdent aux promesses, le désert avance : dans dix ans, face à une demande de soins accrue par le vieillissement de la population, la France aura perdu 50 % de ses généralistes libéraux.

Oui, cinq ans plus tard, la réforme Douste-Blazy de 2005, avec son slogan « *C'est en changeant tous un peu qu'on peut tout changer* » a impulsé le mouvement qu'attendaient depuis longtemps les fossoyeurs d'un système d'assurance-maladie solidaire [1]. En martelant dans les esprits que les malades étaient des « consom-

1. *Les Fossoyeurs... Notre santé les intéresse.* Christian Lehmann, ed. Privé, 2007.

mateurs » qu'il fallait « *responsabiliser* » par l'argent. En répétant inlassablement que la santé était un secteur du « *marché* » comme un autre, soumis aux mêmes lois de l'offre et de la demande [1]. En généralisant la défiance vis-à-vis des plus économiquement faibles, et les refus d'accès aux soins opposés aux patients censés bénéficier de la Couverture Maladie Universelle ou de l'Aide Médicale d'État. Et surtout, dans la vie quotidienne du cabinet de médecine générale, en laminant l'une des rares avancées de ces dernières années, l'option médecin-référent, un système incitatif et non pénalisant de coordination des soins, pour le remplacer par le système obligatoire et pénalisant du médecin traitant.

Un médecin généraliste traitant que vantaient à longueur de communiqués glorieux la Caisse Nationale d'Assurance-Maladie et le Ministère de la Santé.

Un médecin généraliste traitant dénué de tout réel moyen de coordination, coquille vide et simple alibi d'un « *parcours de soins* » réduit à un maquis tarifaire incompréhensible généralisant habilement les dépassements hors d'un parcours virtuel.

Un médecin généraliste traitant otage de petits arrangements tarifaires amicaux entre le pouvoir et les syndicats les plus proches de lui politiquement, au point de passer outre la représentativité réelle issue des votes des médecins aux élections professionnelles.

---

1. « *Comment comprendre que le paiement d'une franchise soit insupportable dans le domaine de la santé alors qu'une charge de plusieurs centaines d'euros par an pour la téléphonie mobile ou l'abonnement Internet ne pose pas de question ?* » C'est la question naïve que pose sur son blog François Fillon, le 27/06/2006, comparant sans vergogne la santé des malades à la téléphonie mobile, « *Un Peuple, un Empire, Un Hypermarché* », reprenant à son compte le rêve érotique mouillé de l'Organisation Mondiale du Commerce.

Un médecin généraliste traitant premier et dernier recours de patients déboussolés, accusés, culpabilisés.

Car on en a lus, des éditoriaux assassins, ces dernières années, sur l'inconséquence de ces Français qui restaient stupidement accrochés à leurs acquis sociaux, quand l'adhésion au néolibéralisme financier nécessitait une flexibilité accrue, et l'abandon de droits sociaux conçus aujourd'hui comme des privilèges. Comme l'assène avec cet humanisme un peu rude qui fait tout son charme Éric Le Boucher dans *Le Monde* : « *La protection sociale est plus un coût dans la compétitivité internationale qu'un avantage* ».

Conséquence de cette reprise en main du système en fonction d'intérêts financiers bien éloignés de la problématique du soin, la déshérence préoccupante de la médecine générale.

Je dédie donc ce livre, cinq ans plus tard, à l'inconscient, à l'inconsciente, qui chaque année, dans les années à venir, osera le premier, la première, affronter les quolibets de la caste médicale pour déclarer à l'issue de l'Examen National Classant qu'il, qu'elle, choisit la médecine générale.

Parce qu'au-delà des appétits de rentabilité assurantielle des uns, des mirages de croissance de dividendes pharmaceutiques des autres, il y aura des hommes, des femmes, malades, et des hommes, des femmes, pour les soigner. Ça commence aujourd'hui.

Christian Lehmann

Remerciements

À Gilles Bardelay et Philippe Foucras, pour leur relecture attentive et leur soutien inestimable.

Aux confrères qui ont accompagné, parfois sans même le savoir, la maturation de ce livre : Bernard Abbal, Malek Abderrahim, Michel Amar, Michel Amouyal, Jérôme Aubertin, Geneviève Barbier, Gérard Barichard, Hélène Baudry-Lamy, Bernard Becel, Paul Benkimoun, Norbert Bensaïd (†), Yves Bertin, Jean-Luc Besnard, Michel Biland, Christian Bonnaud, François Bonnaud, Luc Bonnin, Richard Bouton, Alain Boutry, Claude Bronner, Yves Cattin (†), Pascal Charbonnel, Jean-Benoît Chenique, Abdel-Ilah Chiheb, Jacques Cogitore, Claire Colas, François Cordonnier, Pierre Corratge, Thierry Dambry, Olivier Darreye, Georges Delamare, Florence De Ruyter-Goyet, Jean-Pierre Dio, Patrick Doat, Catherine Dormard, Guy Doukhan, Laurent Dominguez, Dominique Dreux, Dominique Dupagne, Pierre Dusein, Serge Éricher, Jean-Jacques Fraslin, Antoinette Galerne, Philippe Garache, Marcel Garrigou-Grandchamp, Bernard Gay, Jean-Marie Gendarme, Jean Gires, Jean-Pierre Goguelin, Claude Got, Jean-Paul Hamon, Pascal Hericotte, Marcel Hess, Georges Jung, Simon-Daniel Kipman, Jean Laleuw, Stéphane Lambert, Pascal Lamy,

Jean-François Leduc, Philippe Le Rouzo, Bruno Lopez, Yves Maba, René Magniez, Éric Mahé, Christian Mallemont, Loutfaly Mamodaly, Hervé-Jean Maréchal, Jean Margaritora, Jacques Marlein, Pierre Martin, Patrick Millour, Jean-Louis Montastruc, Paul Montastruc, Patrice Muller, Axel Munthe (†), Thierry Navelier, Pierre Nevians, Bernard Opoczynski, Alain Paupe, Henri-Jean Philippe, Georges Pradoura, Thérèse Prieur, Denis Rambour, Hugues Raybaud, Bruno Ripault, Jacques Rouillier, Frédéric Rouquier, Franck Roussia, Philippe Roux, Serge Ségu, Philippe Sopena, Thierry Stefanaggi, Bernard Topuz, Ariane Tougeron, Hervé Vilarem, Michel Villiers, Patrick Vogt, David Widgery (†), Richard Wild, Franck Wilmart, Bruno Wisman, Marc Zaffran… et tous les autres.

À Joseph Heller, Nanni Moretti, Leonard Cohen, Jeff Goldblum et David Cronenberg, Max Von Sydow, Peter Blatty et William Friedklin, Pierre Bourdieu,

À Riccardo Ceriani, splendide quadragénaire,

À Aldo, pour ses escalopes à la crème,

À Thierry Gandillot, pour m'avoir aidé à trouver un éditeur,

À Nicole Lattès, qui m'a demandé de lui raconter une histoire,

À Abel Gerschenfeld, qui a cru à cette histoire,

À Stefen Fried,

À tous les collaborateurs de la revue *Prescrire*,

À Public Citizen et Social Audit,

À Danielle Bardelay et Alan Cassels, à Laura Merson,

À Nancy Olivieri,

À Charles Medawar,

À David Cornwell, alias John le Carré,

Aux confrères des sites www.generalistes2002.net et www.medito.com,

Aux patients qui m'honorent de leur confiance,

À tous ceux qui, quel que soit leur métier, tentent de l'exercer avec persévérance, compétence, courage, honnêteté et lucidité.

À mes parents, à mes amis,

Enfin, à ma femme et à mes enfants, qui purent craindre pendant la réalisation de ce livre que j'aie définitivement fusionné avec mon ordinateur portable.

Bibliographie

Luigi et Helena

Wayne Gritting, « Philip Morris sees the light », 7 août 2001, www.alternet.org

Pharmacie Besnier

UFC-Que choisir, n° 319.

Jean-Pierre Dio, « Histoire d'un crime déontologique », revue *Prescrire* 2002, tome 22, n° 328, p. 391-393.

Thomas J. Moore, *Prescription for Disaster*, Simon and Schuster, 1998, p. 122-123.

« Danger at the Drugstore : too many pharmacists fail to protect consumers against potentially hazardous interactions of prescription drugs », *US News and World Report*, 26 août 1996.

« Make no mistake : medical errors can be deadly serious », *FDA Consumer magazine*, US Food and Drug Administration, septembre-octobre 2000.

Albert

Jean-Pierre Rageau, « Le sujet âgé polymédiqué », *Consulter en médecine générale*, n° 13, 23 avril 2002.

Charles S. Ridell, « Gériatrie : le piège d'une médicalisation excessive », *La Recherche*, juillet-août 1999.

Didier Castel, « Démarche éthique en économie de la santé », *Concours médical*, tome 124, n° 30, 5 octobre 2002, p. 1988-1990.

Mario aux fourneaux

L'Humanité, 16 février 2000, « Handicapés : Axa le groupe qui n'assure pas. »

Le Monde, 16 février 2000, « Les parents d'enfants handicapés en colère contre l'assureur Axa. »

Isabelle

« Docteur, je veux maigrir », dossier réalisé par le Dr Sophie Dumery, *Impact Médecin Hebdo*, n° 524, p. 30-35.

Marie-Joëlle Gros, « Les marchands de diète », *Libération*, 16 juin 2002.

Monique Astier-Dumas, « Populations défavorisées et obésité », *Concours médical*, tome 124, n° 7, 23 février 2002, p. 431.

Melvin

Dominique Piettre, « S'asseoir sur l'AMM ? », revue *Prescrire*, 1992, tome 12, n° 114, p. 53.

« Ordonnance 96-345 du 24 avril 1996 relative à la maîtrise médicalisée des dépenses de soins », *Journal officiel* du 25 avril 1996 : 6311-6320 et « Décret n° 96-786 du 10 septembre 1996 relatif au contrôle médical et modifiant le code de la Sécurité sociale (deuxième partie : Décrets en Conseil d'État) », *Journal officiel* du 11 septembre 1996 : 13529-13531.

« Le point de vue de la rédaction : Prescription hors AMM », revue *Prescrire* 1997, tome 17, n° 169, p. 71.

Pharmacie Desjoyeux

« Penser et prescrire en DCI : une bonne pratique professionnelle », revue *Prescrire* 2000, tome 20, n° 209, p. 606-623 (des extraits de ce dossier sont en libre accès sur www.prescrire.org).

« Pas de catéchisme », revue *Prescrire* 2002, tome 22, n° 233, p. 721.

« Médicament : le SNIP veut une convention inscrite dans la loi », *Panorama du médecin*, samedi 29 juin 2002.

Honoré

« Médicaments non utilisés : détruire ou recycler ? », revue *Prescrire* 1997, tome 17, n° 176, p. 599-603.

« Médicaments non utilisés : la fausse piste humanitaire », revue *Prescrire* 2001, tome 21, n° 220, p. 624-625.

Nora

Dr Iulius Rosner, « Pourquoi les patients changent de médecin ? », *Quotidien du médecin*, n° 7022, 3 décembre 2001.

Angela Kilmartin, *Understanding cystitis*, 1973, éd. Heinemann Med.

Jean-Michel Chabot, « Démographie médicale : les mécanismes de la crise », *Revue du praticien*, 2001, tome 15, n° 553, p. 1917-1926.

Anne Bergogne, « Un avenir démographique inquiétant », *Concours médical*, tome 123, n° 39, 8 décembre 2001, p. 2666-2667.

Philippe Roy, « Le rapport du Haut Comité de la santé publique : la France se porte bien, mais risque de manquer de médecins », *Quotidien du médecin*, n° 7058, 4 février 2002.

Alexandre Dhordain et Dorothée Huard, « Pourquoi ils dévissent leur plaque », *Panorama du médecin*, n° 4837, 28 février 2002.

Guy

Sophie de Menthon, « Les nouveaux profiteurs », *Le Figaro*, août 2002.

Jean-Michel Rétaux, « Arrêt de travail argumenté ? », revue *Prescrire* 2001, tome 21, n° 216, p. 310-311.

Jean-Yves Feberey, « Arrêt de travail : la presssion monte », revue *Prescrire* 2001, tome 21, n° 223, p. 866.

Cécile Daumas, « Une maladie sans nom », *Libération*, 18 février 2002.

Nanni

Journal intime [*Caro diario*], Nanni Moretti, 1993.

Ne dites pas à ma mère que je suis généraliste

Axel Munthe, *The Story of San Michele*, 1929.

Jean-Michel Chabot, « Démographie médicale : les mécanismes de la crise », *Revue du praticien*, 2001, tome 15, n° 553, p. 1917-1926.

Jeux de pouvoir

Norbert Bensaïd, « Un médecin dans son temps », textes réunis et présentés par Nadine Fresco, *Un médecin à cœur ouvert*, 1968, éd. Seuil, 1995.

Dr Jean-François Rey, président de l'UMESPE, « Oui, notre rivalité avec vous, généralistes, a vécu », propos recueillis par Jean Paillard, *Le Généraliste*, n° 2220, 11 octobre 2002.

Christian Lehmann, « Pourquoi je suis hors la loi », *Impact Médecin Hebdo*, n° 241, 17 juin 1994.

Christian Lehmann, « Décoincer les généralistes », *Le Monde*, 25 octobre 1996.

Robert N. Braun, *Pratique, critique et enseignement de la médecine générale*, Bibliothèque scientifique Payot, 1997.

Collège national des généralistes enseignants, *Médecine générale, concepts et pratiques*, 1996, éd. Masson.

« Les Français jugent leur médecin », *Vivre plus*, septembre 2002.

Le principe d'autorité

Stephen Smith, « Medicine copes with change of direction », *Boston Globe*, 14 juillet 2002.

Petr Skrabanek et James McCormick, *Idées folles, idées fausses en médecine*, coll. Opus, éd. Odile Jacob, 1997.

Robert N. Braun, *Pratique, critique et enseignement de la médecine générale*, op. cit.

Une logique de consommation

« Check-up : pour quoi faire », revue *Prescrire* 1993, tome 13, n° 130, p. 309.

La toute-puissance médicale

« La branche médicale de Siemens profite du vieillissement de la population », *Le Monde*, 22 mai 2002.

La papaye du pape

« Entretien avec le Pr Luc Montagnier », *Nutranews*, juin 2002.

« Scientist provides pope with natural medicine for Parkinson's disease », *Catholic News Service*, 11 juin 2002.

Jean-Yves Nau, « Luc Montagnier a prescrit au pape un traitement miracle », *Le Monde*, 31 août 2002.

« Un médecin français conseille le pape », *La Croix*, 2 septembre 2002.

Dr Guy Benzadon, « Parkinson et papaye : une absence de preuves scientifiques », *Quotidien du médecin*, 4 septembre 2002.

« Le secret de Jean-Paul II : deux nouvelles vitamines », *Paris-Match*, 5 septembre 2002.

Thierry Souccar, « Le professeur, le pape et la papaye », *Sciences et Avenir*, n° 669, novembre 2002.

La MG Pride

Bernard Gay et Justin Allen, « Une nouvelle définition de la médecine générale », *Revue du praticien* – Médecine générale, tome 16, n° 587, p. 1371-1372.

Philippe Ravaud, « La médecine fondée sur les preuves en pratique quotidienne », *Concours médical*, tome 124, n° 17, p. 1153-1156.

Françoise Girard, « Les besoins de santé des Français : un an de diagnostics en médecine générale », *Société française de médecine générale*, 13 février 2002, www.sfmg.org

Burn out

Pierre Canouï et Aline Mauranges, *Le syndrome d'épuisement professionnel des soignants*, éd. Masson, 2002.

Jean Paillard, « Les médecins… sur le divan du psy », enquête Aventis/Sofres, *Panorama du médecin*, n° 485, 26 mars 2001.

On est de garde, papa ?

« Les soutiers de la santé », *Libération*, 29 décembre 2001.

Gabriel Cohn-Bendit, « Médecins preneurs d'otages », *Libération*, 2 janvier 2002.

Chritian Lehmann, « Réponse d'un preneur d'otages à un idiot utile », *Libération*, 5 janvier 2002.

Jérôme Marty, « Des contre-vérités cousues d'aigreur », *Libération*, 5 janvier 2002.

Martine Bungener, « Les généralistes sont le pivot du système mais ils ne sont pas reconnus », *Le Monde*, 6 janvier 2002.

Christian Lehmann, « Malaise des médecins, silence des politiques », *Le Monde*, mars 2002.

Christian Lehmann et Martin Winckler, « L'Ordre sème le désordre », *Libération*, 20 mars 2002.

« Arrêté du 31 janvier 2002 portant approbation d'un avenant à la convention nationale des médecins généralistes », *Journal officiel*, n° 2 du 1er février 2002, p. 2143.

Protocole d'accord CNOM-CNAM-Gouvernement, mars 2002.

« Décret n° 95-1000 du 6 septembre 1995 portant code de déontologie médicale », *Journal officiel*, n° 209 du 8 septembre 1995.

« Charte des droits fondamentaux de l'Union européenne », article 31, paragraphe 1.

« Application de la législation sur la santé et la sécurité au travail aux travailleurs indépendants », A5-0326-2002, rapporteur Manuel Pérez Alvarez (COM 2002) 166-C5-0235/2002 – 2002/0079 (CNS).

Nicole Gauthier, « Le droit de retrait stoppe les bus des Hautes Vosges », *Libération*, 30 octobre 2000.

Best-sellers sous blister…

Petr Skrabanek et James McCormick, *Idées folles, idées fausses en médecine*, *op. cit.*

Hélène Grillon, « Les Français font largement confiance aux médicaments qui leur sont prescrits », *Quotidien du médecin*, n° 7125, p. 7, 15 mai 2002.

Sandrine Blanchard, « Les Français dépensent toujours plus pour les médicaments », *Le Monde*, 15 juillet 2002.

Sandrine Blanchard, « Les médecins continuent à prescrire les 835 produits à effet insuffisant », *Le Monde*, 15 juillet 2002.

Jacques Degain, « La Cour des comptes juge sévèrement la politique du médicament à l'hôpital », *Quotidien du médecin*, n° 7170, 5 septembre 2002, p. 4.

« Les Français prêts à des sacrifices pour sauver leur système de santé », sondage Ipsos réalisé pour *Le Figaro* et France 2. *Le Figaro*, 22 octobre 2002.

« Santé : la France a dépassé 148 milliards en 2001, soit 10,1 % du PIB », *Medhermes*, 6 septembre 2002, www.medhermes.com

Catherine Bac et Gérard Cornilleau, « Comparaison internationale des dépenses de santé : une analyse des évolutions dans sept pays depuis 1970 », *Études et Résultats*, n° 175, juin 2002, Direction de la Recherche des études de l'évaluation et des statistiques.

Patience Wheatcroft, « Frustration and fury », *The Times*, 26 novembre 2001.

Big Pharma et Grand Satan

Le Fugitif [*The Fugitive*], Andrew Davis, 1993.

« La polémique sur le dernier roman de John Le Carré : une charge sans nuances contre l'industrie pharmaceutique », *Quotidien du médecin*, octobre 2001.

« Le Dr Yves Juillet (SNIP) : les moutons noirs sont l'exception », *Quotidien du médecin*, octobre 2001.

« L'offensive de charme de l'industrie pharmaceutique », *Quotidien du médecin*, novembre 2002.

John Le Carré, *La Constance du jardinier*, éd. Seuil, 2001.

John Le Carré, « In Place of Nations », *The Nation Magazine*, 9 avril 2001.

La Bourse ou la vie…

Rita Devise, « Les bons résultats de Sanofi-Synthelabo ne satisfont pas totalement le monde économique », *Quotidien du médecin*, n° 7170, 5 septembre 2002.

Philippe Demenet, « Le scandale stavudine : ces profiteurs du sida », *Le Monde diplomatique*, février 2002.

Paul Benkimoun, *Morts sans ordonnance*, coll. Le monde n'est pas à vendre, Hachette Littératures, 2002.

Où il est question des os blanchis de nos aînés

« Médicaments de l'ostéoporose », revue *Prescrire*, courrier du docteur F. Caulin, 1985, tome 5, n° 4, p. 45.

« Fractures par insuffisance osseuse chez les ostéoporotiques traités par le fluor », *Presse médicale*, 1987, tome 16, p. 571-55.

« Fractures spontanées chez les ostéoporotiques traités par le fluor : une fréquence sous-estimée ? », revue *Prescrire*, 1988, tome 8, n° 71, p. 15.

« Pseudo-consensus », revue *Prescrire*, 1988, tome 8, n° 75, p. 259.

« Bataille autour d'un pseudo-consensus », revue *Prescrire*, 1989, tome 9, n° 82, p. 86.

Riggs B.L. et coll., « Effects of fluoride treatment on the fracture rate in postmenopausal women with osteoporosis », *New England Journal of Medicine*, 1990, tome 322, n° 12, p. 804-808.

« Gare au fluor dans l'ostéoporose », revue *Prescrire*, 1990, tome 10, n° 98, p. 297.

« Fluor dans l'ostéoporose », revue *Prescrire*, 1990, tome 10, n° 99, p. 379.

« Les traitements de l'ostéoporose », revue *Prescrire*, 1992, tome 12, n° 121, p. 433.

« Fluor et os : pas d'effet utile dans l'ostéoporose », revue *Prescrire*, 1998, tome 18, n° 183, p. 261.

« Rhumatologie : l'évaluation permet de trier l'utile, l'inefficace, le dangereux », revue *Prescrire*, 199, tome 19, n° 191, p. 48.

Phipps K.R. et coll., « Community water fluoridation, bone mineral density, and fractures : prospective study of effects in older women », *British Medical Journal*, 2000, tome 321, p. 860-864.

Sébastien Le Jeune, « Biphosphonates dans l'ostéoporose : le Dr Lanza retourne sa veste », *Medhermes*, 29 décembre 2000, www.medhermes.com

De Vernejoul M.-C., « Ce qui a changé dans la prise en charge des fractures ostéoporotiques », *Concours médical*, 2002, tome 124, n° 1, p. 23-24.

« Suspension sanitaire et retrait de tous les lots des spécialités contenant des sels de fluor », Agence française de sécurité sanitaire des produits de santé, 15 janvier 2002, www.afssaps.sante.fr.

« Fluorosomnolence collective », revue *Prescrire*, 2002, tome 22, n° 226, p. 193.

Où il est question de fluor, toujours,
et des quenottes de nos têtes blondes, ou brunes…

Docteur Folamour [Doctor Strangelove or How I stopped worrying and loved the bomb], Stanley Kubrick, 1964.

« La supplémentation systématique en fluor chez l'enfant doit être remise en question », revue *Prescrire*, 1996, tome 16, n° 12, p. 381-387.

Colquhoun J. « Why I changed my mind about water fluoridation », *Fluoride*, 1998, tome 31, n° 2, p. 103-118, www.fluoride-journal.com

« Water fluoridation and tooth decay in 5 year olds », *British Medical Journal*, 1998, courrier du Dr Tiemo Vemmer, tome 316, p. 230-231.

« Fluor et prévention de la carie dentaire », revue *Prescrire*, 1998, tome 18, n° 18, p. 634-635.

« Coloration des dents par les médicaments », revue *Prescrire*, 2000, tome 20, n° 202, p. 37.

« Prévention de la carie par le sel fluoré, recommandation d'utilisation », Assurance maladie des Yvelines et UFSBD 78, juillet 2000.

« Le point sur le fluor », Union française pour la santé bucco-dentaire, comité français d'éducation pour la santé, 2000.

« The Irish experience », courrier du Dr Don MacAuley, *British Medical Journal*, 13 octobre 2000.

« Fluoride farce », courrier de John Graham, *British Medical Journal*, NPWA, 13 octobre 2000.

Freeman R. et coll., « Addressing children's oral health inequalities in Northern Ireland : a research-practice-community partnership initiative », *Public Health Reports*, 2001, v. 116, p. 617-625.

Glasser J. et Jones J., « Dental fluorosis : Smile, please – but don't say Cheese ; The psychological impact of dental fluorosis », National Pure Water Association, www.npwa.org

« Fluorose dentaire », revue *Prescrire*, 2001, tome 21, n° 215, p. 220.

« Zymaduo », revue *Prescrire*, 2001, tome 21, n° 216, p. 268.

« Fluor et vitamine D : à qui les prescrire ? », *Revue du praticien*, 2002, tome 16, n° 567, p. 413.

Connett P. et Jones J., « Sodium fluoride used in fluoridation is NOT pharmaceutical grade », International Fluoride Information Network, 19 août 2002, www.fluoridealert.org

Médecins sous influence

Jean de Kervasdoué, Roger Fauroux et Bernard Spitz, « Panser ou repenser le système de santé », in *Notre État, le livre vérité de la fonction publique*, Robert Laffont, 2002.

Lauzon L.P. et Hasbani M., « Analyse socio-économique de l'industrie pharmaceutique brevetée (1991-2000) », université de Montréal, www.unites.uqam.ca

« Carnets statistiques 2002 », Assurance maladie des salariés, DRESS, avril 2002, ADSP, juin 1999, www.chemg.com

« Palmes économiques pour l'industrie du médicament », *Impact Médecin Hebdo*, 2002, n° 568, p. 23.

« Histoire en cinq actes », courrier du Dr P. Foucras, revue *Prescrire*, 2002, tome 22, n° 224, p. 72-73.

« A meeting too many », *The Lancet*, vol. 352, n° 9135, 10 octobre 1998.

« Industry funding in medical education », *The Lancet*, vol. 359, n° 9321, 1er juin 2002.

« Just how tainted has medicine become ? », *The Lancet*, vol. 359, n° 9313, 6 avril 2002.

« Drug-company influence on medical education in USA », *The Lancet*, vol. 356, n° 9232, 2 septembre 2000.

« Le Carré sickened by crimes of unbridled capitalism », *The Spectator*.

« La promotion déguisée des médicaments par des stars », *Le Figaro*, septembre 2002.

« Academia and industry », *The Lancet*, Peter Wilmhurst, vol. 356, n° 9226, 22 juillet 2000.

« The politics of disclosure », *The Lancet*, vol. 348, n° 9028, 7 septembre 1996.

Où il est question de cholestérol,
et d'un lancement promotionnel qui tourne mal…

« Randomised trial of cholesterol lowering in 4 444 patients with coronary heart disease : the Scandinavian Simvastatin Survival Study (4S) », Scandinavian Simvastatin Survival Study Group, *The Lancet*, 1994, vol. 344, p. 1383-1399.

« Bayer joue au Père Noël pour faire avaler la pilule », *Le Canard enchaîné*, 9 décembre 1998.

« Décisions du 17 mai 1999 interdisant des publicités pour des médicaments mentionnés à l'article L. 551, premier alinéa, du code de la santé publique, destinées aux personnes appelées à prescrire ou à délivrer ces médicaments ou à les utiliser dans l'exercice de leur art », *Journal officiel*, n° 159 du 11 juillet 1999, p. 10317.

Fraslin J.-J., « Sesam'Doc rentre par le portail », 19 février 2000, www.amgitweb.com

« Statines : vers un nouveau mode d'emploi », *Impact Médecin Hebdo*, n° 546, 7 septembre 2001.

Hannedouche T., « Risque cardio-vasculaire absolu », 7 mars 2001, www.nephrohus.org

Pr Forette B., « Le diabète de type 2 chez le sujet âgé : qu'est-ce qu'un sujet âgé ? », *Réseaux Diabète*, mars 2002.

« MRC/BHF Heart Study of cholesterol lowering with simvastatin in 20 536 high-risk individuals : a randomised placebo-controlled trial », Heart Protection Study Collaborative Group, *The Lancet*, 2002, vol. 360, n° 9326.

Yusuf S., « Two decades of progress in preventing vascular disease », Commentaire, *The Lancet*, 2002, vol. 360, n° 9326.

« Risque musculaire des statines : l'avis de l'Affaps », *Concours médical*, 2002, tome 124, n° 24-25, p. 1693-1694.

« Un médecin mis en cause pour avoir prescrit un médicament avant son retrait du marché », *Quotidien du médecin*, n° 7169, 4 septembre 2002.

« La revanche des statines », *Impact Médecin*, n° 6, 6 septembre 2002.

Où il est question d'éthique médicale,
et d'héroïsme au quotidien…

Jugé coupable [*True Crime*], Clint Eastwood, 1999.

Erin Brockovich, Steven Soderbergh, 2000.

Révélations [*The Insider*], Michael Mann, 1999.

« A curious stopping rule from Hoechst Marion Roussel », *The Lancet*, vol. 350, n° 9072, 19 juillet 1997.

Ian Roberts, Alain Li Wan Po, Iain Chalmers, « Intellectual property, drug licensing, freedom of information, and public health », *The Lancet*, vol. 352, n° 9129, 29 août 1998.

« Nancy Olivieri and the scandal at Sick Kids Hospital : Struggle for academic freedom – not yet over », *UTFA Newsletter*, 11 février 1999.

« Academia and industry : lessons from the unfortunate events in Toronto », *The Lancet*, vol. 353, n° 9155, 6 mars 1999.

Drummond Rennie, « Fair conduct and fair reporting of clinical trials », *Journal of the American Medical Association (JAMA)*, vol. 282, n° 18, 10 novembre 1999.

« Relations professions de santé-industrie : les conflits d'intérêt », revue *Prescrire*, tome 20, n° 204, mars 2000, p. 229-230.

« Position Prescrire : éviter et signaler les conflits d'intérêt », revue *Prescrire*, tome 20, n° 204, mars 2000,
p. 230.

« Conflit d'intérêt dans la recherche médicale : le
débat sans fin », 30 décembre 2000, www.medher-
mes.fr

« The tightening grip of big pharma », éditorial, *The
Lancet*, 2001, vol. 357, n° 9623, 14 avril 2001.

« Releasing the grip of Big Pharma », *The Lancet*, vol.
358, n° 9282, 25 août 2001.

« U of T tells hospital to disclose Olivieri documents »,
The Globe and Mail, 3 mars 2001.

« U of T tightens rules for medical research », *The
Globe and Mail*, 27 mars 2001.

« Les résultats de la recherche clinique appartiennent
au bien public », revue *Prescrire*, tome 20, n° 208,
juillet-août 2000, p. 543-544.

« Drugs tests need rules, report says », *The Globe and
Mail*, 27 octobre 2001.

Jon Thompson, Patricia Baird, Jocelyn Downie,
« Report of the Commitee of inquiry of the case
involving Dr Nancy Olivieri, the Hospital for Sick
Children, the University of Toronto, and Apotex
Inc. », novembre 2001.

Nancy Olivieri, « Scientific inquiry : the fight's just
starting », *The Globe and Mail*, 31 octobre 2001.

« Report vindicates Nancy Olivieri », *Canadian Association of University Teachers*, vol. 48, n° 9, novembre 2001.

Jon Thompson, Patricia Baird et Jocelyn Downie,
« Supplement of the Report of the Committee of
inquiry of the Case involving Dr. Nancy Olivieri, the
Hospital for Sick Children, the University of Toronto,
and Apotex Inc. », 30 janvier 2002.

« The Olivieri dispute : no end in sight ? », *Canadian
Medical Association Journal*, 19 février 2002.

Elaine Gibson, Françoise Baylis et Steven Lewis, « Dances with the pharmaceutical industry », *Canadian Medical Association Journal*, 19 février 2002.

Nancy Olivieri, « I beg to differ », *Canadian Medical Association Journal*, 9 juillet 2002.

« Olivieri affair was ripe with errors », *The Globe and Mail*, 24 octobre 2002.

David Nathan et David Weatherall, « Academic freedom in clinical research », *New England Journal of Medicine*, vol. 347, n° 17, 24 octobre 2002, p. 1368-1371.

« Sick Kids Olivieri wins settlement », *The Globe and Mail*, 12 novembre 2002.

Où il est question d'innovation thérapeutique,
et de rhumatismes…

Dr Roger Bate, « The Medicine Chest Villain », 29 janvier 2001, Competitive Enterprise Institute, www.cei.org

Thomas J. Moore, *Prescription for Disaster, op. cit.*

Dr Frank Stora, « À qui profite la rumeur ? », éditorial, *Actualités Innovations Médecine*, 2002, n° 77.

« Rofécoxib, un antalgique AINS décevant : Vioxx comprimés », revue *Prescrire*, août 2000, tome 20, n° 208, p. 483-488.

« Effets indésirables du rofécoxib », revue *Prescrire*, tome 20, n° 211, p. 757.

« Arthrose et polyarthrite rhumatoïde : pas de supériorité pour Celebrex face aux AINS classiques », *Medhermes*, 2 décembre 2000, www.medhermes.com

« Celecoxib et arthrose ou polyarthrite rhumatoïde : aussi décevant que le rofécoxib », revue *Prescrire*, tome 20, n° 212, p. 803-808.

Pr Montastruc J.-L., « Les coxibs dans l'actualité », extraits du *Bulletin d'informations de pharmacovigilance de Toulouse*, 21 février 2001.

« Vioxx à 1 centime le comprimé », revue *Prescrire*, tome 21, n° 215, mars 2001, p. 193.

Sandrine Cabut, « Pilules cadeaux pour futurs accros : la stratégie de firmes produisant des anti-inflammatoires dénoncée », *Libération*, 8 mars 2001.

« Effets indésirables du rofécoxib : suite », revue *Prescrire*, tome 21, n° 216, avril 2001, p. 277.

« Publicité Celebrex interdite aux États-Unis », revue *Prescrire*, tome 21, n° 217, mai 2001, p. 353.

Pr Jean-Louis Montastruc, « Les coxibs dans l'actualité », revue *Prescrire*, tome 21, n° 217, mai 2001, p. 392.

« Aux USA le doute sur les anticox-2 commence à s'installer », *Medhermes*, 28 mai 2001, www.medhermes.com

« Les anticox-2 augmentent-ils le risque cardio-vasculaire ? », *Medhermes*, 23 août 2001, www.medhermes.com

« Vioxx remboursable », revue *Prescrire*, tome 21, septembre 2001, n° 220, p. 589-590.

« Vioxx : à la limite de l'intox », *Medhermes*, 27 septembre 2001, www.medhermes.com

« La bonne tolérance du celecoxib en fait un AINS de choix », *Impact Médecin Hebdo*, n° 559, 7 décembre 2001.

« La diffusion des anti-cox-2 dans la prescription des médecins », Programme de recherche 2002, *CREDES*, p. 55.

« Coxibs + anticoagulants oraux : gare aux interactions », revue *Prescrire*, tome 22, n° 225, février 2002, p. 121-122.

« Arthrite mal traitée », *L'Express*, 16 mai 2002.

Sébastien Le Jeune, « Anticox-2 : la polémique bat son plein », *Medhermes*, 10 juin 2002, www.medhermes.com

Jones R., « Efficacity and safety of Cox 2 inhibitors », éditorial, *British Medical Journal*, 2002, vol. 325, p. 607-608.

Deeks J.J. et coll., « Efficacity, tolerability and upper gastrointestinal safety of celecoxib for treatment of osteoarthritis and rheumatoid arthritis : systematic review of randomised controlled trials », *British Medical Journal*, 2002, vol. 325, p. 619.

Mamdani M. et coll., « Observational study of upper gastrointestinal haemorrhage in elderly patients given selective cyclo-oxygenase-2 inhibitors or conventional non-steroidal anti-inflammatory drugs », *British Medical Journal*, 2002, vol. 325, p. 624.

Paul Benkimoun, « Controverse sur les atouts d'un anti-inflammatoire à grand succès », *Le Monde*, 20 juin 2002.

Eric Leser, « Aux États-Unis, Pharmacia ne peut plus prétendre que le Celebrex a moins d'effets secondaires », *Le Monde*, 20 juin 2002.

Véronique Lorelle, « Le marketing des laboratoires pour vendre leurs blockbusters », *Le Monde*, 20 juin 2002.

« Ulcères graves sous celecoxib », revue *Prescrire*, tome 22, n° 230, juillet-août 2002, p. 512.

« Dépenses pharmaceutiques, Medic'am 2001 : la déferlante de Celebrex », revue *Prescrire*, tome 22, n° 231, septembre 2002, p. 625.

« Pas moins de protecteurs gastriques avec Celebrex », revue *Prescrire*, tome 22, n° 231, septembre 2002, p. 622.

« Celecoxib et essai CLASS : un exemple de manipulations industrielles », revue *Prescrire*, tome 22, n° 231, septembre 2002, p. 623-625.

« Effets indésirables cardio-vasculaires des coxibs », revue *Prescrire*, tome 22, n° 231, septembre 2002, p. 596-597.

Sébastien Le Jeune, « Anticox-2 : des résultats encourageants », *Medhermes*, 23 septembre 2002, www.medhermes.com

Où il est question de la presse médicale... et de la revue *Prescrire*

« Procès contre le *Guide de la presse* : le *Quotidien du médecin* débouté », revue *Prescrire*, tome 16, n° 162, mai 1996, p. 140.

« Publicité rédactionnelle : la transparence », revue *Prescrire*, tome 18, n° 180, janvier 1998, p. 62.

Gérard Bardy, « Une industrie de vie », éditorial, *Impact Médecin Hebdo* n° 467, 29 octobre 1999.

Véronique Lorelle, « Les journalistes médicaux sous la pression des laboratoires », *Le Monde*, 21 février 2002.

Véronique Lorelle « Une presse qui tente de sortir d'un système historique de collusions », *Le Monde*, 21 février 2002.

Du producteur au consommateur

André Comte-Sponville, « Automédication », *Impact Médecin Hebdo,* n° 475, 14 janvier 2000, p. 114.

Christian Lehmann, « Un mauvais rêve », *Impact Médecin Hebdo*, n° 477, 28 janvier 2000, p. 130.

Philippe Eveillard, « Qualité de l'information de santé : on tourne la page », *Revue du praticien*, tome 16, n° 569, p. 519-520.

Philippe Eveillard, « Internet santé : les fractures », *Revue du praticien*, tome 16, n° 573, p. 711-712.

« Pushing ethical pharmaceuticals direct to the public », éditorial, *The Lancet*, 1998, vol. 351, n° 9107.

« Advertising prescription-only drugs », *The Lancet*, 1998, vol. 351, n° 9115.

Charles Medawar, « Direct to consumer advertising : King's Fund breakfast debate », octobre 1999, www.socialaudit.org.uk/5101.DTCA.htm

« Medical ethics » The Lancet, 2000, vol. 356. n° 9240.

Woloshin S. et coll., « Direct-to-consumer advertisements for prescription drugs : what are Americans being sold ? », *The Lancet*, 2001, vol. 358, p. 1141-1146.

« Europe on the brink of direct-to-consume drug advertising », éditorial, *The Lancet*, 2002, vol. 359, n° 9319.

Charles Medawar, « La Santé, l'industrie pharmaceutique et l'UE : exposé pour les membres du Parlement européen sur la promotion des médicaments en direct auprès des consommateurs (DTC) », *Social Audit/ Health International (HAI)*, janvier 2002.

Mourir pour un rhume ?

Charatan F., « Phenylpropanolamine in drugs could be a risk for stroke », *British Medical Journal*, 2000, vol. 321, p. 1037.

Kernan W.N. et coll., « Phenylpropanolamine and the risk of hemorrhagic stroke », *New England Journal of Medicine*, vol. 343, n° 25, décembre 2000, p. 1826-1832.

« Phenylpropanolamine et accident vasculaire cérébral hémorragique », www.sante.gouv.fr/htm/actu/ssssp/ppa.htm

Gunn. V. et coll., « Toxicity of over-the-counter cough and cold medications », *Pediatrics*, vol. 108, n° 3, septembre 2001, p. 52.

Clark D., « Monitoring the safety of over the country drugs », *British Medical Journal*, vol. 323, septembre 2001, p. 706-707.

Pr Moffat A.C., « Phenylpropanolamine putting the record straight », *The Pharmaceutical Journal*, vol. 265, n° 7125, p. 817.

« Questions and answers, safety of phenylpropanolamine », U.S. Food and Drug Administration, Center for Drug Evaluation and Research, 6 novembre 2000.

Paiement à l'acte

« L'option référent : un pari de santé publique », MG France, www.medsyn.fr./mgfrance

« Tiers payant : pratique ou problématique ? », MG France, www.medsyn.fr./mgfrance

Dr Georges Jung, « Option référent : gâchis pour qui ? » *Panorama du médecin*, n° 4825, 22 novembre 2001.

Pas cette fois

Silvio Garattini et Vittorio Bertele, « Adjusting Europe's drug regulation to public health needs », *The Lancet*, vol. 358, n° 9275, 7 juillet 2001, p. 64-67.

« Pétition auprès du président du Parlement europeén : Il faut redresser le cap de la politique du médicament à usage humain », revue *Prescrire*, coll. Europe et Médicament, 2002.

Jean-Michel Bader, « Législation : un projet de directive européenne oppose lobbies industriels et associations », *Le Figaro*, 19 juin 2002.

Il est moins une, docteur Schweitzer

« La santé fait peur à l'État », entretiens avec Gilles Johanet, propos recueillis par Patrick Coquidé, *L'Expansion*, n° 651, septembre 2001.

Jean de Kervasdoué, « Panser ou repenser le système de santé » in *Notre État, le livre vérité de la fonction publique, op. cit.*

Price David et coll., « How the World Trade Organisation is shaping domestic policies in health care », *The Lancet*, vol. 354, n° 9193, 27 novembre 1999, p. 1889-1892.

Vincent Navarro, « Assessment of the World Health Report 2000 », *The Lancet*, vol. 356, n° 9241, 4 novembre 2000, p. 1598-1601.

Allyson M. Pollock et David Price, « Rewriting the regulations : how the World Trade Organisation could accelerate privatisation in health-care systems », *The Lancet*, vol. 356, n° 9246, 9 décembre 2000, p. 1995-2000.

Celia Almeida et coll., « Methodological concerns and recommendations on policy consequences of the World Health Report 2000 », *The Lancet*, vol. 357, n° 9269, 26 mai 2001, p. 1692-1697.

Catherine Bateman et coll., « Bringing global issues to medical teaching », *The Lancet*, vol. 358, n° 9292, 3 novembre 2001, p. 1539-1542.

Julio Frenk et Octavio Goemz-Dantes, « Globalisation and the challenges to health systems », *British Medical Journal*, vol. 325, 13 juillet 2002, p. 95-97.

DU MÊME AUTEUR

Essais :
Patients si vous saviez... Confessions d'un médecin généraliste, 2003, Robert Laffont.
Les Fossoyeurs...Notre santé les intéresse, 2007, Privé.

Romans :
La Folie Kennaway, 1988, Rivages Noir, réédition, 2001.
La Tribu, 1990, Rivages Noir, réédition, 2003.
Un monde sans crime, 1993, Rivages Noir, réédition, 2000.
L'Évangile selon Caïn, 1995, Éditions du Seuil, Points Seuil-Romans.
Une éducation anglaise, 2000, Éditions de l'Olivier.
Une question de confiance, 2002, Rivages Noir.

Pour les adolescents :
No Pasarán, le jeu, 1996, École des Loisirs.
La Citadelle des cauchemars, 1998, École des Loisirs.
La Nature du mal, 1998, École des Loisirs.
Tant pis pour le Sud, 2000, École des Loisirs.
Andréas, le retour, 2005, École des Loisirs.

Pour les enfants :
Pomme et le magasin des petites filles pas sages, 1994, École des Loisirs.
Taxi et le bunyip, 1995, École des Loisirs.
Le Crocodile de la bonde, 1996, École des Loisirs.
Le Père Noël n'existe même pas, 1998, École des Loisirs.

Nouvelles :
Vincent Moranne, réanimateur, 2005, in *Noirs Scalpels*, Le Cherche Midi.
Cohésion Nationale, 2007, in *La France d'Après*, Privé.

www.christianlehmann.net

COMPOSITION : NORD COMPO À VILLENEUVE-D'ASCQ

GROUPE CPI

Achevé d'imprimer en octobre 2007
par **BUSSIÈRE**
à Saint-Amand-Montrond (Cher)
N° d'édition : 93985. - N° d'impression : 71747.
Dépôt légal : novembre 2007.
Imprimé en France